ମୁହୂର୍ତ୍ତ

ମୁହୂର୍ତ

ସୁଚରିତା ବେହେରା

ବ୍ଲାକ୍ ଇଗଲ୍ ବୁକ୍ସ

ଭୁବନେଶ୍ୱର, ଓଡ଼ିଶା

BLACK EAGLE BOOKS
Dublin, USA

ମୁହୂର୍ତ / ସୁଚରିତା ବେହେରା

ବ୍ଲାକ୍ ଇଗଲ୍ ବୁକ୍ସ : ଭୁବନେଶ୍ୱର, ଓଡ଼ିଶା ● ଡବ୍ଲିନ୍, ଯୁକ୍ତରାଷ୍ଟ୍ର ଆମେରିକା

BLACK EAGLE BOOKS

USA address:
7464 Wisdom Lane
Dublin, OH 43016

India address:
E/312, Trident Galaxy, Kalinga Nagar,
Bhubaneswar-751003, Odisha, India

E-mail: info@blackeaglebooks.org
Website: www.blackeaglebooks.org

First International Edition Published by
BLACK EAGLE BOOKS, 2025

MUHURTA
by Sucharita Behera

Copyright © Sucharita Behera

Cover & Interior Design: Ezy's Publication

ISBN- 978-1-64560-750-2 (Paperback)

Printed in the United States of America

ଉତ୍ସର୍ଗ

ମୋ ବାପା... ଯେଉଁଠି ମୋ ସମଗ୍ର ପୃଥିବୀ ସମାହିତ

ଶ୍ରେୟ

କନ୍ୟା ରୂପେ କେବେ କିଛି ଗର୍ବିତ ମୁହୂର୍ତ୍ତ ମୋ ବାପା, ମା'ଙ୍କୁ ଦେଇଥିବି କି ନାହିଁ ମୁଁ ଜାଣିନି। କିନ୍ତୁ ମୋ ସାରସ୍ୱତ ଜୀବନର ଏହି ସୁଖଦ ମୁହୂର୍ତ୍ତ ପାଇଁ ତାଙ୍କ ଆଶୀର୍ବାଦିତ ହାତ ନିଶ୍ଚିତ ରହିଥିବା ମୁଁ ଅନୁଭବ କରୁଛି। ବୈବାହିକ ଜୀବନରେ ପାଦ ଦେବା ପରେ ମୋର ସବୁ ଅଃଟପଣକୁ ହସିହସି ସହିଯାଉଥିବା ମୋ ସ୍ୱାମୀ ନିଜ ଅଜାଣତରେ ନିଃସର୍ତ୍ତ ମୋ ସାହିତ୍ୟଯାତ୍ରାର ବି ସହଯାତ୍ରୀ ବୋଲି କହିପାରିବି। ପ୍ରାକ୍ ପରିଚୟ ନଥାଇ ମଧ ପାଣ୍ଡୁଲିପି ପଢ଼ି ଅଭିମତ ଦେଇଥିବା ଦେବପ୍ରିୟ ପ୍ରିୟଦର୍ଶୀ ଚକ୍ର ସାର୍ ନିଶ୍ଚିତ ଧନ୍ୟବାଦର ପାତ୍ର। ଶେଷରେ ପ୍ରକାଶନୀ ସଂସ୍ଥା ବ୍ଲାକ୍ ଇଗଲ୍ ଏବଂ ଏହାର ନିର୍ଦେଶକ ସତ୍ୟ ପଟ୍ଟନାୟକ ସାର୍, ପାଣ୍ଡୁଲିପି ଚୟନ ପରେ ମୁଦ୍ରଣ ପର୍ଯ୍ୟନ୍ତ କରିଥିବା ସହଯୋଗ ଓ ସମର୍ଥନ ମତେ ଭାବବିହ୍ୱଳ କରିବାକୁ ଯଥେଷ୍ଟ ଥିଲା। ଜଣେ ଲେଖକର ପ୍ରଥମ ପୁସ୍ତକ ପ୍ରକାଶନର ଅଦମ୍ୟ ଅଭିଲାଷକୁ ଚରିତାର୍ଥ କରିବାରେ ତାଙ୍କର ଅତୁଳନୀୟ ଭୂମିକା ପାଇଁ ଆନ୍ତରିକ ଧନ୍ୟବାଦ ଓ କୃତଜ୍ଞତା।

ସୁଚରିତା ବେହେରା

ଗପ ଯାତ୍ରାର ସ୍ୱପ୍ନିଳ ଅଭିଯାତ୍ରୀ

ଆଜିର ଗଳ୍ପ ବୁଢ଼ୀମା' କାହାଣୀ ପେଡ଼ିରୁ ହିଁ ଜନ୍ମ । ଏହା କେବଳ ଆଧୁନିକ ନବ୍ୟସଭ୍ୟ ବାବୁମାନଙ୍କ ଭଳି ମାର୍ଜିତ ପୋଷାକରେ ସଜ୍ଜିତ । କ୍ଷୁଦ୍ର କଳେବର ଯୋଗୁଁ ନୁହେଁ; ଏହାର ସ୍ୱତଃ ସମ୍ପୂର୍ଣ୍ଣ ଆବେଦନ ହେତୁ ଗଳ୍ପ ସାହିତ୍ୟର ଏକ ଲୋକପ୍ରିୟ ପ୍ରଭାଗ । ପ୍ରତିଦ୍ୱନ୍ଦ୍ୱିତାପୂର୍ଣ୍ଣ ତଥା ସଂଘର୍ଷମୟ ଜୀବନରେ ଉତ୍ତେଜିତ ମାନସିକ ଅବସ୍ଥାକୁ ଶାନ୍ତ କରିବା ସଙ୍ଗେ ସଙ୍ଗେ, ଏହା ଅଳ୍ପ ସମୟ ମଧ୍ୟରେ ଅବସାଦ ସମୟର ଦୁର୍ବିସହତାକୁ ଦୂର କରେ । ପୁଣି ପାଠକର ବହୁ କୌତୂହଳପୂର୍ଣ୍ଣ ଜିଜ୍ଞାସାକୁ ନିବାରଣ କରିଥାଏ ।

ଆଧୁନିକ ଗଳ୍ପ ବୁଢ଼ୀମା' କାହାଣୀର ଗୋତ୍ରରୁ ଜନ୍ମ ହୋଇଥିଲେ ହେଁ ଆଙ୍ଗିକ ଓ ଆମ୍ଭିକ ବିଭବ ଦୃଷ୍ଟିରୁ ଏଥିରେ ଏତେ ପାର୍ଥକ୍ୟ ଯେ, ଏହାରି ଜନ୍ମଲାଗ୍ନ କେବଳ ଶୋଇବା ପୂର୍ବରୁ ନିଦ ଆସିବା ପାଇଁ ଉଦ୍ଦିଷ୍ଟ ବିଶେଷରେ ସ୍ୱଷ୍ଟ; ଏହା ବିଶ୍ୱାସ କରିହୁଏ ନାହିଁ । କାହାଣୀ ଶୁଣାଇ ନିଦ କରାଉଥିବା ଅଜା, ଆଇ, ଜେଜେ ଓ ଜେଜେମା'ଙ୍କଠାରୁ ଗଳ୍ପ ଲେଖୁଥିବା ଗାଳ୍ପିକ କେତେ ଭିନ୍ନ; ତାହା ଅନ୍ତତଃ ବୁଝାଇ କହିବାକୁ ପଡ଼ିବ ନାହିଁ ।

ଆଇମା' କାହାଣୀରେ ଥିଲା କୌତୂହଳ, ଅଲୌକିକତା । ଏବର ଗଳ୍ପରେ ଥାଏ ତରଙ୍ଗାୟିତ ଭାବ ଓ ବିଚାରର ବିଶ୍ଳେଷଣ । ସମସ୍ୟାର ଉଦ୍ଘାଟନ ଓ ସମାଧାନ । ଘଟଣାର ପ୍ରାଧାନ୍ୟକୁ ହ୍ରାସ କରି ଭାବ ଓ ବିଚାର ଉପରେ ମହତ୍ତ୍ୱ ପ୍ରଦାନ କାରଣରୁ ପାଠକ ପଢ଼ିବାପରେ ଭାବିବାକୁ ବାଧ୍ୟ ହୋଇଥାଏ । ଭଲଗଳ୍ପର ପରିଭାଷା ଦେବା ସହଜ ନୁହେଁ । ସେଥିପାଇଁ କେହି କେହି ଗଳ୍ପକୁ ଜୀବନର ସ୍ଲାୟ୍ସ ସର୍ଟ, ସ୍ଲାଇସ୍ ଫ୍ରମ୍ ଲାଇଫ୍ କହିଥାନ୍ତି; କିନ୍ତୁ ଜୀବନର ଏହି ଅଂଶ ଅତି ସ୍ୱଷ୍ଟ ଓ ସ୍ୱତଃପୂର୍ଣ୍ଣ । ଗଳ୍ପ ନିଜର ଛୋଟ ମୁହଁରେ ବଡ଼ କଥା କହେ ଏବଂ ଏଥିରେ କେବଳ ବିଚାର ନଥାଏ, ଭାବ ମଧ୍ୟ ସମ୍ମିଳିତ ଥାଏ । ଏଥିରେ ଘଟଣା ସାଙ୍ଗରେ ଘଟଣା ଆକସ୍ମିକ । କ୍ଷିପ୍ର ଗତି ସହ

ଅପ୍ରତ୍ୟାଶିତ ଭାବେ ବିକଶିତ ହୋଇ ପାଠକ ମନରେ କୌତୂହଲ ସୃଷ୍ଟି କରି ଚରମବିନ୍ଦୁରେ ପହଞ୍ଚିବା ସଙ୍ଗେ ସଙ୍ଗେ ଗୁଡ଼ାଏ ଅସନ୍ତୋଷ ଛାଡ଼ିଯାଏ।

ଗଳ୍ପ ହେଉଛି ମଣିଷର ଜୀବନର ପ୍ରତିରୂପ। ଖଣ୍ଡିତ ଜୀବନ ଦର୍ଶନ ମାଧ୍ୟମରେ ଅଖଣ୍ଡ ଜୀବନର ଉଜ୍ଜ୍ୱଳତମ ଦ୍ୟୁତିକୁ ଦେଖ୍ୱାଏ। ନିଜ ରୂପକୁ ତ ମଣିଷ ଦେଖିପାରେ ନାହିଁ, ସେଥିପାଇଁ ଲୋଡ଼େ ଆଇନା। ଏହାରି ମଧ୍ୟରେ ନିଜର ପ୍ରତିବିମ୍ବ ଦେଖି ସେ ତନ୍ମୟ ହୁଏ। ଗଳ୍ପ ଭିତରେ ମଣିଷ ନିଜକୁ ଖୋଜି ପାଏ, ଆନନ୍ଦ ଓ ଦୁଃଖ ଆପଣାର ମନେ ହୁଏ। ଏ ଉନ୍ମୋଚିତ ପର୍ଦ୍ଦ ଭିତରେ ଖଣ୍ଡିତ ଜୀବନର ନିଃଶ୍ୱାସ ପ୍ରଶ୍ୱାସ ସେ ନିଜ ଭିତରେ ଉପଲବ୍ଧି କରେ। ବିନ୍ଦୁରେ ସିନ୍ଧୁର ବିଶାଳତା ଓ ଗଭୀରତା ଦେଖେ।

ଆମ ସାହିତ୍ୟରେ ଗପର ଯାତ୍ରାରେ ବାହାରିଛନ୍ତି ଜଣେ ନୂଆ ଅଭିଯାତ୍ରୀ ‘ସୁଚରିତା ବେହେରା’। ନୂଆ ଅଭିଯାତ୍ରୀ କହିବା ଠିକ୍ ନୁହେଁ ସେ ଅନେକଦିନରୁ ଏହି ପଥରେ। ମଝିରେ କିଛି ବର୍ଷ ବିଚ୍ୟୁତ ଥିଲେ। ପୁଣି ଥରେ ମନକୁ ଆଣ୍ଠୁକରି ସେ ଗପମୁଖର ହୋଇଛନ୍ତି। ବିଭିନ୍ନ ପତ୍ରପତ୍ରିକାରେ ତାଙ୍କର ଛୋଟ ଛୋଟ ଗପ ପ୍ରକାଶିତ ହୋଇ ତାଙ୍କୁ ପ୍ରେରିତ କରିବା ସହ ବେଶ୍ ପାଠକୀୟ ଶ୍ରଦ୍ଧା ସାଉଁଟିଛି। ସୁଚରିତା। ଅତି ସରଳ, ସ୍ୱଚ୍ଛନ୍ଦ ଆଉ ସ୍ୱାଭାବିକ ଭାବରେ ଗପ କହିପାରନ୍ତି। ସେ କହିବା ଭଙ୍ଗୀରେ ଭରିଥାଏ ଉତ୍କଣ୍ଠା ଆଉ ଅନ୍ତହୀନ ଜିଜ୍ଞାସା; କେଉଁଠି ସେ ଗପଗୁଡ଼ିକରେ ଥାଏ ବେଦନା ବିଧୁର ଜୀବନର କଳାତ୍ମକ ବାଣୀରୂପ। କେଉଁଠି ପୁଣି ପ୍ରେମ ମଧୁର ଜୀବନର ରୂପାୟଣରେ ତାହା ସ୍ନିଗ୍ଧ ଆଉ ମଧୁର। ତାଙ୍କ ଗପରେ ଥାଏ କଠୋର ନୈତିକତା ଓ ଆଦର୍ଶର ଜୟଗାନ। କେଉଁଠି ମଧ୍ୟ ପ୍ରକାଶ ପାଏ ଜୀବନ ପ୍ରତି ତୀର୍ଯ୍ୟକ ଦୃଷ୍ଟିଭଙ୍ଗୀ। ଭୂମିରୁ ଭୂମାକୁ ସ୍ପର୍ଶ କରିବାରେ ଥାଏ ତାଙ୍କ ଗପଗୁଡ଼ିକରେ ସାମର୍ଥ୍ୟ।

ଏଇ ଯେମିତି ତାଙ୍କର ଏକ ଛୋଟ ଗପ ‘ମୁକ୍ତି’କୁ ଦେଖନ୍ତୁ। ଶାଳପତ୍ର ଓ ଦାନ୍ତକାଠି ବିକ୍ରି କରୁଥିବା ସ୍ତ୍ରୀଲୋକଟି ଭିତରେ କେତେ ବଡ଼ ଜୀବନ ଦର୍ଶନ ଲୁଚି ରହିଛି। ସେ ହାଡ଼ଭଙ୍ଗା ପରିଶ୍ରମ କରେ; ହେଲେ ଏ ଜୀବନରେ ଆନନ୍ଦ ପାଏ। ସ୍ୱାମୀ ପାଖରୁ ନିର୍ଯାତନା ପାଇବା ଅପେକ୍ଷା ଶାନ୍ତି ଆଉ ସ୍ୱାଧୀନତାର ସନ୍ଧାନରେ ସେ ଏକାକୀ ବଞ୍ଚିବାକୁ ଚାହେଁ। ‘ମୁଖା’ ଗପରେ ଅଛି ଏକ ଚରମ ବିଦ୍ରୂପ। ମାଉସୀଙ୍କର ନିରୀହ ମୁହଁ ଭିତରେ ଛପି ରହିଛି ଆଉ ଏକ ରୂପ। ସେ ରୂପ ଅନ୍ୟର ଜୀବନକୁ ଜାଳିଦେବାକୁ ଯଥେଷ୍ଟ। ମୁଖା ଭିତରର ମୁହଁକୁ ନିଶିତା ଦେଖି ଆଶ୍ଚର୍ଯ୍ୟ ହେବା ସ୍ୱାଭାବିକ। ‘ବଦଳି ଯାଉଥିବା ପୃଥିବୀ’ ସୁଚରିତାଙ୍କର ଏକ ଗଭୀର ଆବେଦନଧର୍ମୀ ଗଳ୍ପ। ଜଣେ ଅସହାୟ ବୃଦ୍ଧଙ୍କର କରୁଣ କାହାଣୀକୁ ଅତି ସତର୍କତାରେ ସେ ସଜାଇଛନ୍ତି। ଫୁଟ୍‌ପାଥରେ ଜୀବନ ବଞ୍ଚାଇବାକୁ ଶ୍ରେୟସ୍କର ମନେ କରୁଥିବା ବୃଦ୍ଧ କୃତଘ୍ନ ପୁଅ ପାଖକୁ ଲେଉଟିବାକୁ

ଚାହାନ୍ତି ନାହିଁ । ଏଭଳି ଚିତ୍ର ତ ଆମ ସମାଜର ଚିରାଚରିତ । ପୁସ୍ତକରେ ଏମିତି ଛୋଟ ଛୋଟ ଅନେକ ଗପ । ସବୁର ଅନ୍ତଃସ୍ୱର ବର୍ଣ୍ଣନା ଅପେକ୍ଷା କିଛି ପାଠକଙ୍କ ପଠନ ଯାଏ ଉହ୍ୟ ରହୁ ।

ସୁଚରିତାଙ୍କ ଗପଗୁଡ଼ିକ ସରଳ ରୈଖିକ । ଅଯଥା ବିସ୍ତୃତି ନାହିଁ । ଅଳ୍ପରେ ସେ ଅନେକ କଥା କହିବାକୁ ଚାହାନ୍ତି । ତାହା ହିଁ ତାଙ୍କର ବିଶେଷତ୍ୱ । ସୁଚରିତା ଓଡ଼ିଶାରୁ ଦୂରରେ ଗାଜିଆବାଦରେ ରହନ୍ତି । ଦୂରରେ ଥାଇ ମଧ୍ୟ ସେ ଓଡ଼ିଆ ଭାଷା ଓ ସାହିତ୍ୟ ପ୍ରତି ଗଭୀର ଭାବେ ଶ୍ରଦ୍ଧାଶୀଳ । ଗପକୁ ନେଇ ସେ ଉତ୍ସାହୀ ଓ ମୁଖର । ଏ ଉତ୍ସାହପଣ ଆମ ସାହିତ୍ୟ ପ୍ରତି ଏକ ଶୁଭ ସଂକେତ ।

ଜୀବନ ତ ଘଟଣାବହୁଳ । ଅନ୍ତର୍ମନର ନୂଆ ନୂଆ ଘଟଣାଗୁଡ଼ିକ ତାଙ୍କ ଗପରେ ରୂପ ପାଏ । ମଣିଷ ସବୁବେଳେ ନିଜ ଅନ୍ତରଙ୍ଗ ମୁହୂର୍ତ୍ତର ଅପାସୋରା କାହାଣୀ ଓ ବଞ୍ଚୁଥିବା ପରିବେଶର ସମନ୍ଵିତ କାହାଣୀକୁ କହୁଥାଏ । ଯେତେ କହିଲେ ବି କାହାଣୀ ଅସମ୍ପୂର୍ଣ୍ଣ ରହିଯାଏ । କାରଣ ମଣିଷ ଅସରନ୍ତି କାହାଣୀର ଅବିଚ୍ଛିନ୍ନ ପ୍ରବାହ । ଆଶା କରିବା, ସୁଚରିତାଙ୍କ କାହାଣୀ ସରିବ ନାହିଁ ।

ମହାଲୟା, ୨୦୧୫

ଡ. ଦେବପ୍ରିୟ ପ୍ରିୟଦର୍ଶୀ ଚକ୍ର

ସହକାରୀ ପ୍ରଫେସର

ସ୍ନାତକୋତ୍ତର ଓଡ଼ିଆ ଭାଷା ଓ ସାହିତ୍ୟ ଦିଭାଗ

ମହାରାଜା ପୂର୍ଣ୍ଣଚନ୍ଦ୍ର ସ୍ଵୟଂଶାସିତ ମହାବିଦ୍ୟାଳୟ

ବାରିପଦା, ମୟୂରଭଞ୍ଜ

Short-story writers see by the light of the flash; theirs is the art
of the only thing one can be sure of—the present moment.
Ideally, they have learned to do without explanation of what
went before, and what happens beyond this point. How the
characters will appear, think, behave, comprehend, tomorrow
or at any other time in their lives, is irrelevant. A discrete
moment of truth is aimed at—not the moment of truth, because
the short story doesn't deal in cumulatives.

From "The Flash of Fireflies" by Nadine Gordimer,
Nobel Laureate, South African writer

କିଛି ମୁହୂର୍ତ୍ତର କଥା

ପୃଥିବୀ ପରିବର୍ତ୍ତନଶୀଳ। ସୁସ୍ମାତି ସୂକ୍ଷ୍ମରୁ ବୃହତ୍ତର ପରିବର୍ତ୍ତନ ଅହରହ ଆମ ଚତୁଃପାର୍ଶ୍ୱରେ ଲାଗିରହିଥାଏ। କୌଣସି ଚିନ୍ତାଶୀଳ ବ୍ୟକ୍ତି ହିଁ ସେସବୁକୁ ଲକ୍ଷ୍ୟ କରିପାରେ। ତନ୍ମଧ୍ୟରୁ କିଛି ସମୟସ୍ରୋତରେ ବିଲୀନ ହେଇଯାଏ, ଆଉ କିଛି ସ୍ମୃତିପଟଳରେ ଚିରକାଳ ସେମିତି ରହିଯାଏ। ଏମିତି କେତେ ସ୍ଥାନ, ଘଟଣା, ଚରିତ୍ର, ପରିସ୍ଥିତି ଲେଖିକୀୟ ଚିନ୍ତା ଚେତନା ଭିତରେ ରହି ଅହରହ ସଂଗ୍ରାମରତ ଥାନ୍ତି ପରିପ୍ରକାଶିତ ହେବାକୁ।

ପରିବର୍ତ୍ତନ ଓ ମୁଁ ଅଙ୍ଗାଙ୍ଗୀ ଭାବେ ଜଡ଼ିତ। ମତେ ପରିବର୍ତ୍ତନ ଭଲ ଲାଗେ। ସେଥିରେ ବ୍ୟାପ୍ତତା ଥାଏ। ଆପଣେଇବାର ସୁଯୋଗ ଥାଏ। ଏହା ଛଳ ଛଳ ହୋଇ ବହି ଯାଉଥିବା ଏକ ନଈ ସଦୃଶ। କେତେବେଳେ ଶାନ୍ତ, ଗଭୀର; ପୁଣି କେମେବେଳେ ପ୍ରଖର।

ଏବେ ଯଦି ମୁଁ ଅନୁଭବୀ ଥିବା ମୁହୂର୍ତ୍ତମାନଙ୍କୁ ଭେଟିଦି, ଅତିକ୍ରମ କରିଥିବା ରାସ୍ତାକୁ ପୁଣି ଥରେ ଫେରିଯିବି; ତେବେ କେଉଁ ସମୟରେ କେମିତି, କାହିଁକି କିଛି ଚରିତ୍ର ଓ ଘଟଣା ମୋ ଅବଚେତନ ମନକୁ ଆଚ୍ଛାଦିତ କରି ଶଢ ମାଧ୍ୟମରେ ଗପ ହୋଇ କାଗଜରେ ଉତୁରିଗଲେ କହିବା କଷ୍ଟସାଧ୍ୟ। ମୁଁ କେବେ ଲେଖିବି ବୋଲି ଭାବିନଥିଲି। ମୋ ଭିତରର ଚଞ୍ଚଳତା କେବେ ଅଦୃଶ୍ୟ ହୋଇ ଜୀବନକୁ ଦେଖିବାର ଦୃଷ୍ଟିଭଙ୍ଗୀ ବଦଳିଗଲା, ମୁଁ ଜାଣିପାରିଲିନି। ଏକ ସୃଜନଶୀଳ ପରିବାରରେ ଜନ୍ମ ହୋଇଥିବାରୁ ମୋ ଚତୁଃପାର୍ଶ୍ୱର ବାତାବରଣ କଳାମୟ ଥିଲା। ସେଥିରେ ଯେ ମୁଁ ପ୍ରଭାବିତ ନଥିଲି, କହିବା ଅନାବଶ୍ୟକ।

ମୁଁ ଶୁଣିଥିବା, ଭେଟିଥିବା କିମ୍ୱା ମୋ ଆଖପାଖରେ ଆତଯାତ କରୁଥିବା କିଛି ଚରିତ୍ର ବେଲେବେଲେ ମତେ ଏପରି ଆନ୍ଦୋଲିତ କରନ୍ତି; ସେଥିରୁ ମୁକୁଳିବା ପାଇଁ ମୁଁ କାଗଜ କଲମର ଆଶ୍ରୟ ଲୋଡ଼େ। କିଛି ଭାବନା ପ୍ରଶ୍ନ ହୋଇ ବାରମ୍ୱାର ମୋ

ସାମ୍ନାକୁ ଆସନ୍ତି। ମୋର ପ୍ରଥମ ଗପ 'ନିଶବ୍ଦ ପଦଧ୍ୱନି' ଏପରି ଏକ ପ୍ରଶ୍ନକୁ ନେଇ; ଯାହା ମୁଁ ନିଜେ ନିଜକୁ ପଚାରିଥିଲି; କିନ୍ତୁ ଉତ୍ତର ପାଇନଥିଲି। ଅଭାବ, ଦୁଃଖ ଓ ପ୍ରତିକୂଳ ପରିସ୍ଥିତି ପାଇଁ ଛୋଟ ପିଲାଟି ପାଠପଢ଼ା ଛାଡ଼ି କାମ କରିବାକୁ ବାଧ୍ୟ ହୋଇଛି। ସରକାରୀ ମନ୍ତ୍ରାଳୟ ଏବଂ ଯୋଜନା ତାକୁ ବାଳ ଶ୍ରମିକ ହେବାକୁ ବଞ୍ଚିତ କରିବାରେ ବିଫଳ ହେଇଛି। ଏପରି ଏକ କଥାବସ୍ତୁକୁ ନେଇ ରଚିତ ଏହି ଗପ ମୁଁ ବିଏ ଦ୍ୱିତୀୟ ବର୍ଷରେ ପଢୁଥିବା ସମୟରେ 'ପ୍ରଗତିବାଦୀ'ରେ ପ୍ରକାଶିତ ହୋଇଥିଲା।

ପ୍ରଥମ ଗପ ପ୍ରକାଶିତ ହେବା ପରେ ଉସ୍ସାହିତ ହୋଇ ଆଉ କିଛି ଗପ ମୁଁ ଲେଖିଥିଲି। ତନ୍ମଧ୍ୟରୁ 'ଅନ୍ତର୍ଦାହ' ଗପଟି ଏହି ପୁସ୍ତକରେ ସ୍ଥାନିତ ହୋଇଛି। ବର୍ତ୍ତମାନ ମୁଁ ଯଦି ଅଦ୍ୟାବଧି ମୋ ସୃଜନଶୀଳ ଯାତ୍ରାକୁ ଅନୁଧ୍ୟାନ କରିବି; ତେବେ ସମୟ ସମୟରେ ଏହା ଗତିଶୀଳ ହୋଇଛି; ପୁଣି କେତେବେଳେ ଧୀର ମନ୍ଥର ହୋଇ ଏକ ଲମ୍ବା ବିରତି ନେଇଛି। କିନ୍ତୁ ବର୍ତ୍ତମାନ ସେ ବିରତିର ଅନ୍ତ ଘଟି ମୁଁ ଅଧିକ ସାହିତ୍ୟମନସ୍କ ହୋଇଛି ବୋଲି ଭାବୁଛି।

୨୦୧୭ରେ 'କଥା' ପତ୍ରିକାରେ ପ୍ରକାଶିତ 'ଗ୍ଲାନି' ଗପଟି ଆମ ଚିରାଚରିତ ଧାରଣାକୁ ନେଇ ପର୍ଯ୍ୟବସିତ। ଆଖି ସାମ୍ନାରେ ଘଟୁଥିବା ଘଟଣାଟିକୁ ଦେଖିବାର ଦୃଷ୍ଟିଭଙ୍ଗୀ ବି ବେଳେବେଳେ ଭୁଲ୍ ସାବ୍ୟସ୍ତ ହୁଏ। ବଜାର, ଗଲି କି ବସ୍ସ୍ଟାଣ୍ଡରେ ଭିକ୍ଷା ବୃତ୍ତି କରୁଥିବା ପ୍ରତ୍ୟେକ ବ୍ୟକ୍ତିଙ୍କ ଜୀବିକାର୍ଜନର ମାଧ୍ୟମ ଏହା ନହୋଇ ହୁଏତ ନିର୍ଦିଷ୍ଟ ଉଦ୍ଦେଶ୍ୟ ପାଇଁ ହୋଇଥାଇପାରେ। ପିଲାଦିନର ସ୍ମୃତିକୁ ନେଇ 'ସାମ୍ନା' ପତ୍ରିକାରେ ଉକ୍ତ ବର୍ଷ ପ୍ରକାଶିତ ମୋ ଲେଖା ଏହି ପୁସ୍ତକରେ 'ଫର୍ଦ' ଶୀର୍ଷକ ଗପ ରୂପେ ସ୍ଥାନିତ ହୋଇଛି। ନବେ ଦଶକରେ ପାରିବାରିକ ଦାୟିତ୍ୱ ଯୋଗୁଁ ପରସ୍ପରଠୁ ଅଲଗା ରହିବାକୁ ବାଧ୍ୟ ଦମ୍ପତିଙ୍କ ନଅ ବର୍ଷ ଡିଠର ମାନସ୍ତାତ୍ତ୍ୱିକ ସଂଘର୍ଷର ଏକ ନିଛକ ପ୍ରତିଛବି ଏଇ ଗପଟି। ସେହିପରି ସେଇଠୁ ଆରମ୍ଭ ଦୈନିକ ସମ୍ୱାଦପତ୍ରରେ ପ୍ରକାଶିତ ଗପ 'ମୃତ୍ୟୁର କୂଅ'ରେ ବଞ୍ଚିବା ପାଇଁ ମୃତ୍ୟୁର ଶେଷ ସୋପାନ ପର୍ଯ୍ୟନ୍ତ ଯିବାକୁ ସାହସ କରୁଥିବା ମଣିଷର ସଂଘର୍ଷ, ମାନବୀୟ ସମ୍ୱେଦନା, ଆଉ ଏସବୁ ଭିତରେ ବି ମନୋରଞ୍ଜନର ଖୋରାକ ଖୋଜୁଥିବା ତଥାକଥିତ ସମାଜର ଚିତ୍ରଣ ଏକ ସତ୍ୟ ଘଟଣାରୁ ଅନୁପ୍ରାଣିତ ନିଶ୍ଚୟ। 'ସମ୍ୱାଦ'ରେ ପ୍ରକାଶିତ ଗପ 'ବେଲୁନବାଲା' ଗପଟି ପ୍ରକାଶିତ ହେବା ପରେ ମିଳିଥିବା ପାଠକୀୟ ପ୍ରତିକ୍ରିୟା ଅଭୂତପୂର୍ବ ଥିଲା। ଏହା ସର୍ବଦା ମୋ ପାଇଁ ପ୍ରେରଣାର ସ୍ରୋତ ହୋଇ ରହିବ। ସେହିପରି 'ନବନିତା'ରେ ପ୍ରକାଶିତ 'ଯୌଥ' ଗଛର ଯମୁନା ଚରିତ୍ରଟିକୁ ମୁଁ ମୟୂରଭଞ୍ଜର ଏକ ଗାଁରେ ଭେଟିଥିଲି। ଆଦୌ ପାଠ ପଢ଼ିନଥିବା ସ୍ତ୍ରୀଲୋକଟି ଜୀବନର ସବୁଠୁ ଦୁଃଖଦ ମୁହୂର୍ତ୍ତରେ ନେଇଥିବା ସାହସିକ

ନିଷ୍ଠିକୁ ଶୁଣି ମୁଁ ଆଶ୍ଚର୍ଯ୍ୟ ହୋଇଯାଇଥିଲି। 'ସ୍ୱପ୍ନ' ଗଳ୍ପର ନିରୁପମା ଚରିତ୍ରକୁ ମୁଁ ଭେଟିଥିଲି ରାଜସ୍ଥାନର ଡୁଙ୍ଗରପୁରରେ। ଏହିପରି ଭାବେ ପ୍ରତ୍ୟେକ ଗପର ଚରିତ୍ରମାନଙ୍କୁ ମୁଁ ପ୍ରତ୍ୟକ୍ଷ କିମ୍ୱା ପରୋକ୍ଷ ଭାବେ ଭେଟିଛି, ନହେଲେ ଶୁଣିଛି କିମ୍ୱା ନିଜେ ଭୋଗିଛି।

ଏହି ସଂକଳନର ପ୍ରାୟ ଗପ ଲଘୁ ଗଳ୍ପ ଶ୍ରେଣୀଭୁକ୍ତ। ଅଳ୍ପରେ ଅନେକ କଥା କହିବାକୁ ଚେଷ୍ଟା କରିଛି। କିଛି ଦୀର୍ଘ ଗଳ୍ପ ମଧ୍ୟ ରହିଛି। ମୋ କଲେଜ ସମୟରୁ ବର୍ତ୍ତମାନ ପର୍ଯ୍ୟନ୍ତ ଲିଖିତ ଏହି ଗପଗୁଡ଼ିକ ଆଶା କରୁଛି ପାଠକଙ୍କ ହୃଦୟକୁ ଛୁଇଁବ। ସଂକଳନରେ ସ୍ଥାନିତ ଗପଗୁଡ଼ିକ ବିଭିନ୍ନ ପତ୍ରପତ୍ରିକାରେ ପ୍ରକାଶିତ। ତନ୍ମଧରୁ 'କଥା', 'ନବନିତା', 'ରାଜଭୂମି', 'ସାମ୍ନା', 'ମହୁରୀ', 'ମୁକୁର', 'ବନଫୁଲ', 'ବାତାୟନ', 'ପ୍ରେମ', 'ସୀମାନ୍ତ', 'ବୈଶିଷ୍ଟ୍ୟ', 'ଶୋଭନା', 'ସମ୍ୱାଦ', 'ଧରିତ୍ରୀ' ସାହିତ୍ୟଯାନ, 'ସେଇଠୁ ଆରମ୍ଭ', 'ସୂର୍ଯ୍ୟପ୍ରଭା', 'ସକାଳ', 'ସଂଚାର', 'ସର୍ବସାଧାରଣ', 'ପ୍ରଗତିବାଦୀ', 'ନିତିଦିନ', 'ନିର୍ଭୟ' ଅନ୍ୟତମ। ଉକ୍ତ ପତ୍ରପତ୍ରିକାର ସଂପାଦକଙ୍କୁ ହୃଦୟର ସହିତ ମୋର ଧନ୍ୟବାଦ ଓ କୃତଜ୍ଞତା। ଗପ ପଢ଼ି ବହୁ ଦୂରଦୂରାନ୍ତରୁ ଫୋନ ମାଧ୍ୟମରେ ଶୁଭେଚ୍ଛା ଜଣାଉଥିବା ମୋର ପ୍ରତ୍ୟେକ ପାଠକ ପାଠିକାଙ୍କୁ ଆନ୍ତରିକ ଧନ୍ୟବାଦ। ମୋ ସୃଜନଶୀଳ ଯାତ୍ରାରେ ଏହା ସର୍ବଦା ମତେ ପ୍ରୋତ୍ସାହିତ କରିବ।

ସୁଚରିତା ବେହେରା

ସୂଚିପତ୍ର

ଗ୍ଲାନି

ବାଙ୍ଗାଲୋରରୁ ଭୁବନେଶ୍ୱର ଟ୍ରେନ୍‌ରେ ଆସିବାପରେ ବାରିପଦା ଯିବା ପାଇଁ ବସ୍‌ରେ ବସିଲି। ଦୀର୍ଘ ସମୟର ଯାତ୍ରାଜନିତ କ୍ଲାନ୍ତିରେ ଆଖ୍ଆପତାଗୁଡ଼ିକ ମୁଦି ହୋଇ ଆସୁଥାଏ। ହେଲେ ନିଦ କାହିଁ! ବସ୍ ଭିତରେ ପରସ୍ପର ମଧ୍ୟରେ ଆଳାପ କରି କିଛି ମୁଷ୍ଟିମେୟ ସହଯାତ୍ରୀ ବାରମ୍ବାର ମୋ ନିଦରେ ବ୍ୟାଘାତ ସୃଷ୍ଟି କରିବା ପାଇଁ ଯେମିତି ପ୍ରତିଜ୍ଞାବଦ୍ଧ ଥିଲେ। ମୁଁ ସିଟ୍‌କୁ ଆଉଜି ଶୋଇବାକୁ ଚେଷ୍ଟା କଲି।

'ବାବୁ କିଛି ପଇସା ଦିଅ!'

ଓଃ! ପୁଣି ଜଣେ। ଟିକେ ଆଗରୁ ତ ଜଣକୁ ବିଦା କରିଥିଲି। ବିରକ୍ତ ଓ ଅନ୍ୟମନସ୍କତାରେ ୱାଲେଟ୍‌ରୁ ଦଶ ଟଙ୍କା କାଢ଼ି ବଢ଼େଇଦେଲି।

'ଏତିକି କ'ଣ ଦେଉଛ ବାବୁ', ଅସନ୍ତୋଷ ବ୍ୟକ୍ତକରି ପିଲାଟି କହିଲା।

'ସେତିକି ରଖ, ଆଉ ନାହିଁ', ମୋ ସ୍ୱରରେ ରୁକ୍ଷତା ଥିଲା। ମନେ ମନେ ଭାବିଲି ବିନା ପରିଶ୍ରମରେ ବିଭିନ୍ନ ଉପାୟରେ ଲୋକମାନଙ୍କଠାରୁ ପଇସା ଆଦାୟ କରିବାର କଳା ଏମାନଙ୍କୁ ବେଶ୍ ଭଲଭାବେ ଜଣା। ମୁଁ ଆଖ୍ ବନ୍ଦ କରି ପରୋକ୍ଷରେ ବାଧ୍ୟ କଲି ତାକୁ ସେ ସ୍ଥାନ ଛାଡ଼ି ଚାଲିଯିବାକୁ।

ପିଲାଟି ଏଥର ଯନ୍ତ୍ରଣାସିକ୍ତ ସ୍ୱରରେ କହିଲା, 'ମୁଁ ଭିକ ମାଗୁନି ବାବୁ, ସାହାଯ୍ୟ ଚାହୁଁଛି। ମୋ ପେଟ୍‌ରେ ଟ୍ୟୁମର ଅଛି, ଅପରେସନ ହେବ। ସେଥିପାଇଁ ବହୁତ ଟଙ୍କା ଦରକାର। ମୋ ବାପା ଏତେ ଟଙ୍କା ଖର୍ଚ୍ଚ କରିପାରିବେନି। ଆଉ ଟିକେ ଅଧିକା ଦେଲେ ତୁମର ବହୁତ ଉପକାର ହେବ ବାବୁ।'

ମୁଁ କିନ୍ତୁ ତା'ର କୌଣସି କଥାକୁ ବିଶ୍ୱାସ କରିବାକୁ ପ୍ରସ୍ତୁତ ନଥିଲି। ଗର୍ବ ଅହଂକାରରେ ଯେମିତି ମୋର ସମଗ୍ର ସତ୍ତା ପୋତି ହୋଇଯାଇଥିଲା। ଡିସ୍କୋ, କ୍ଲବ୍, ପାର୍ଟିରେ ହଜାର ହଜାର ଟଙ୍କା ଖର୍ଚ୍ଚକରି ନିଜ ସମ୍ଭ୍ରାନ୍ତପଣକୁ ସାବ୍ୟସ୍ତ କରିବାକୁ ଚେଷ୍ଟା

କରୁଥିଲେ ବି ଆଜି ଶହେ ଟଙ୍କା ଦେବାକୁ ଅଯଥା ଅପଚୟ ଭାବୁଥିଲି। 'ବେଶୀ ପଇସା ଯଦି ଦରକାର; ତା'ହେଲେ ନିଜେ କିଛି କାମ କରନ୍ତୁ।', ତାଚ୍ଛଲ୍ୟକରି କହିଲି।

 କ୍ଷୋଭ ଆଉ ଅସହାୟତାରେ ତା' ମୁହଁଟି ଥମଥମ ଦେଖାଗଲା। ସେ କିଛି କହିଲାନି। ରୂପଚାପ ମୁଁ ଦେଇଥିବା ଦଶ ଟଙ୍କାକୁ ବଢ଼େଇ ଦେଇ ବସ୍‌ରୁ ଓହ୍ଲେଇଗଲା। ମୋ ଅସ୍ତିତ୍ୱକୁ ଯେମିତି କିଏ ଶକ୍ତ ଚାପୁଡ଼ାଟିଏ ପକେଇଲା। ଭୀଷଣ ଅସ୍ୱସ୍ତିରେ ମୁଁ ମୋ ପାଖ ୱିଣ୍ଡୋର ଗ୍ଲାସ୍‌ଟିକୁ ଖୋଲି ଦେଲି। ସେଇ ପିଲାଟି ଛିଡ଼ା ହୋଇଛି। ଗଞ୍ଜି ଆଉ ହାଫପ୍ୟାଣ୍ଟ ପିନ୍ଧିଥିବା ସେଇ ଷୋହଳ ବର୍ଷର ପିଲାଟି। କ୍ରୋଧ ଓ ଅପମାନରେ ମୁଁ ଫାଟିପଡ଼ିଲି। କେତେ ସାହସ ତା'ର! ମୋ ବଦାନ୍ୟତାକୁ ଗୋଡ଼ରେ ଆଡ଼େଇଦେଇ ଚାଲିଗଲା। କିନ୍ତୁ ଏ କ'ଣ! ପିଲାଟି ଯାହା କହୁଥିଲା, ତାହା ସତ। ଦେହରେ ଗାମୁଛା ପକେଇ ସେ ଯାହାକୁ ଲୁଚେଇବାକୁ ଚେଷ୍ଟା କରୁଥିଲା; ତାହା ମୁଁ ସ୍ପଷ୍ଟ ଦେଖିପାରିଲି। ତା' ବାମ ପାଖ ପେଟଟି ଅସ୍ୱାଭାବିକ ଭାବେ ଫୁଲିଯାଇଛି। କେତେ ବିକଳ ଦିଶୁଥିଲା ତା' ମୁହଁଟି। ମୁହୂର୍ତକ ଭିତରେ ମୋର ସବୁ ଅହଂକାର ଧୂଳିସାତ ହୋଇଗଲା। ସେ କାହାଠୁ ଦୟା ନୁହେଁ; ବରଂ କିଛି ସହାନୁଭୂତି, ସମବେଦନା ଚାହୁଁଥିଲା। ମୁଁ ନିଜକୁ ଧିକ୍କାର କଲି। ତରତର ହୋଇ ୱାଲେଟ୍‌ରୁ ହଜାରେ ଟଙ୍କା କାଢ଼ି ଦେଉଦେଉ ସେ ବସ୍‌ଷ୍ଟାଣ୍ଡର ଗହଳି ଭିତରେ କୁଆଡ଼େ ହଜିଗଲା। ବସ୍‌ଟି ତା' ଗନ୍ତବ୍ୟସ୍ଥଳକୁ ଆଗେଇଯିବା ପାଇଁ ପ୍ରସ୍ତୁତ ହେଲା। ଗ୍ଲାନି ଆଉ ଅପରାଧବୋଧରେ ମୋର ସମଗ୍ର ଶରୀର ଯେମିତି ଅବଶ ହେଇପଡ଼ୁଥିଲା।

ସମ୍ପର୍କ

ମାମୁ ଫୋନ କରିଥିଲେ! ପ୍ରାୟ ପାଞ୍ଚବର୍ଷ ପରେ। ବାପାଙ୍କ ସହ ସାମାନ୍ୟ କଥାରେ ମନୋମାଳିନ୍ୟ ହୋଇ କଥାବାର୍ତ୍ତା ବନ୍ଦ ଥିଲା। ଏବେ ମା' ବହୁତ ଖୁସି, ମୁଁ ବି। ଯା'ହେଉ, ବାପା ଓ ମାମୁଙ୍କ ସମ୍ପର୍କ ଭିତରେ ଥିବା ସାମାଜିକ ପ୍ରତିଷ୍ଠା, ଆର୍ଥିକ ସ୍ୱଚ୍ଛଳତାର ପାଚେରି ଭାଙ୍ଗି ଚୁରମାର ହୋଇଯାଇଛି। ମାମୁ ଏବେ ସମ୍ପୂର୍ଣ୍ଣ ବଦଳିଯାଇଛନ୍ତି। ଆମ୍ୟୀୟତା ବଢ଼ିଯାଇଛି।

ସେଦିନ କଲେଜରୁ ଫେରି ଦେଖିଲି ମା' କାହା ସହ ଫୋନରେ କଥା ହେଉଛନ୍ତି। ବୋଧେ ମାମୁ! ସେଥିପାଇଁ ଏତେ ଖୁସି ମା'। କିଛି ସମୟ ପରେ ଦେଖିଲି ତାଙ୍କ ମୁହଁର ଭାବ ବଦଳିଗଲା, ସେ ଅନ୍ୟମନସ୍କ ହୋଇଗଲେ। ହାତରୁ ଫୋନଟା ଖସି ଯାଉଯାଉ ମୁଁ ଧରିପକେଇଲି। ଅପରପାର୍ଶ୍ୱରୁ ଶୁଣାଯାଉଥିଲା, 'ଏଠିପରା କାମବାଲୀ ମିଳୁନାହାନ୍ତି, ତୋ ଭାଉଜ କେତେ ହଇରାଣ ହେଉଛି, ଜାଣିଛୁ! କିଛି ଦିନ ପାଇଁ ତୋ ଝିଅ ଲିନାକୁ ପଠେଇ ଦିଅନ୍ତୁନି' ?

ଆଲୋକର ରଙ୍ଗ

ଦୀପାବଲି ପାଖେଇ ଆସିଲାଣି । ମିନୁର ଏକା ଜିଦ୍, ସେ ଏଥର ଲଙ୍ଗ ସ୍କର୍ଟ ସହ ଟପ୍ ନେବ । ତା’ ସାଙ୍ଗମାନେ ଯେତେବେଳେ ନୂଆ ଡ୍ରେସ ପିନ୍ଧି ସନ୍ଧ୍ୟାରେ ସହରର ରଙ୍ଗ ବେରଙ୍ଗ ଆଲୋକମାଳା ଦେଖିବାକୁ ଯିବେ; ସେତେବେଳେ ସେ ବି ତାଙ୍କ ସହ ଯିବ । ବୋଉ ବି ଏଥିପାଇଁ ହଁ କରିଛି । ବୋଉ କିନ୍ତୁ ଅପେକ୍ଷା କରିଥିଲା, ସେ କାମ କରୁଥିବା ମାଲିକାଣୀଙ୍କ ଝିଅ ଠିକ୍ ଏମିତି ପିନ୍ଧୁଥିବା ଡ୍ରେସଟି ଦୀପାବଲି ପୂର୍ବରୁ ତାକୁ ଦେବାକୁ ପ୍ରତିଶ୍ରୁତି ଦେଇଥିବା ଦିନଟିକୁ ।

ଦାନ

'ଆଜି ଘରେ ଡିନର କରିବିନି । ତମେ ଖାଇ ନିଅ, ମୋର ଡେରି ହେବ' । ଏତିକି କହି ଫୋନ କାଟିଦେଲେ ଅବିନାଶ ବାବୁ । ଏକ ସଡ଼କ ନିର୍ମାଣ କମ୍ପାନୀରେ ଇଂଜିନିଅର ଭାବେ କାର୍ଯ୍ୟ କରୁଥିବା ଅବିନାଶ ବାବୁଙ୍କ ପାଇଁ ଡେରିରେ ଘରକୁ ଫେରିବା ଏକ ସ୍ୱାଭାବିକ ଘଟଣା ଥିଲା । ତଥାପି ପତ୍ନୀ ଅନୁପମାଙ୍କୁ କଥାଟା ଆଜି ଟିକେ ଅଡ଼ୁଆ ଲାଗିଲା । ଅନୁପମା ଫୋନ ଡାଏଲ କଲେ ।

'କହୁଛି ପରା ଆସିବା ଡେରି ହେବ । ପୁଣି କାହିଁକି ଫୋନ କଲ ?' ବିରକ୍ତ ହୋଇ କହିଲେ ଅବିନାଶ ବାବୁ ।

'କେଉଁଠି ଅଛ ? ସାଇଟ'ରେ !'

'ନା, ନାଥଦ୍ୱାର ମନ୍ଦିରରେ ।'

ଘଣ୍ଟା ଦେଖିଲେ ଅନୁପମା । ରାତି ନ'ଟା ହେବ । ନାଥଦ୍ୱାରେ ଶେଷ କପାଟ ଖୋଲିବା ସମୟ ଏ । ଖାଇ ଦେଇ ସ୍ୱାମୀଙ୍କୁ ଅପେକ୍ଷା କଲେ ସେ । ବାରଟାରେ ଅବିନାଶ ବାବୁ ଘରକୁ ଫେରିଲେ । ଆସିବା ମାତ୍ରେ ଅନୁପମାଙ୍କ ପାଟିରୁ ବାହାରିପଡ଼ିଲା, 'ମନ୍ଦିର ଯିବା କଥା ଆଗରୁ ତ କହି ନଥିଲ । ହଠାତ୍ କେମିତି ?'

'ହୁଁ, ମନ୍ଦିର ଦାନବାକ୍ସରେ ଲକ୍ଷେ ଟଙ୍କା ଦେଇ ଆସିଲି ।' ଅନୁପମାଙ୍କ ହାତକୁ ଭୋଗ ଥଲିଟି ବଢ଼େଇ ଦେଉ ଦେଉ କହିଲେ ଅବିନାଶ ବାବୁ ।

ସେଇଠି ସୋଫା ଉପରେ ଲଥ୍ କରି ବସିପଡ଼ି ଅନୁପମା ଭାବୁଥିଲେ ଭିକାରି ପାଇଁ ପକେଟରୁ ପାଞ୍ଚ ଟଙ୍କା କାଢ଼ୁ ନଥିବା ତାଙ୍କ ସ୍ୱାମୀ ମନ୍ଦିର ଦାନବାକ୍ସରେ କେମିତି ଲକ୍ଷେ ଟଙ୍କା ଦେଇ ଆସିଲେ ! କିଛି ଦିନ ପୂର୍ବରୁ ଭୁବନେଶ୍ୱରରେ ଦେଢ଼ କୋଟି ଟଙ୍କା ଦେଇ କିଣିଥିବା ଭୀଲ୍ଲା ସହିତ ଏଇ ଘଟଣାର କିଛି ସମ୍ପର୍କ ନାହିଁ ତ !

ଲୋଭ

ଧୁ ଧୁ ଖରା ହେଉ କି ବର୍ଷାର ତାଣ୍ଡବ, ଲୋକଟା ସହିତ ପ୍ରାୟ ଅଫିସ୍ ଯିବା ଆସିବା ସମୟରେ ମୁହାଁମୁହିଁ ହୁଏ ପ୍ରମୋଦ। ମଣ୍ଡିରୁ ପରିବା ଆଣି ଠେଲା ଗାଡ଼ିରେ ଗଳି ଗଳି ବୁଲି ବିକେ। ପ୍ରମୋଦ ଲୋକଟିର ପରିଶ୍ରମ ଦେଖି ଆଶ୍ଚର୍ଯ୍ୟ ହୁଏ। ତାକୁ ଦେଖିଲା ମାତ୍ରେ ତା' ସହିତ ନିଜ ଭାଇ ପ୍ରତୀକର ଏକ ତୁଳନାମ୍ଳକ ଚିତ୍ର ମନ ଭିତରକୁ ଆପେ ଆସିଯାଏ। ଭଲ ପାଠ ହେଲାନି, ତେଣୁ ପ୍ରାଇଭେଟ କଲେଜରୁ ଯାଇତାଇ ପାସ୍ କରି ଏବେ ଘରେ। ସରକାରୀ ଚାକିରି ଆବେଦନ ପାଇଁ ଯୋଗ୍ୟତା ହେଲାନି ବୋଲି ଅନ୍ୟ କାମଧନ୍ଦା ପାଇଁ ବି ଯୋଗ୍ୟ ହେବନି ? ବେଳେବେଳେ ବିରକ୍ତ ହେଇପଡ଼େ ପ୍ରମୋଦ।

ସେଦିନ ମନସ୍ଥିର କରି ଆସିଲା, 'ଆଜି ଏ ବିଷୟରେ ପ୍ରତୀକ ସହିତ କଥା ହେବାକୁ ପଡ଼ିବ।'

ଘର ଭିତରେ ପଶୁ ପଶୁ ବୋଉ କଥା ଶୁଣି ସେଇଠି ପାଦ ଅଟକି ଗଲା ପ୍ରମୋଦର।

'ପ୍ରମୋଦ ଏତେ ରୋଜଗାର କରୁଛି, ଦୁଇଟି ପରିବାର ଚଲେଇବା କ୍ଷମତା ତା'ର ଅଛି। ତୁ ଏତେ ବ୍ୟସ୍ତ କାହିଁକି ହେଉଛୁ, ଅଧିକ ଟଙ୍କା ଲୋଭ କରିବା ଆମର କ'ଣ ଦରକାର।'

ପ୍ରେମର ଭାଷା

ପ୍ରବଳ ଗରମ ! ହଠାତ୍‌ ମତେ କାହିଁକି ଆଇସକ୍ରିମ୍‌ ଖାଇବାକୁ ଇଚ୍ଛା ହେଲା। ଫ୍ରିଜ ଖୋଲି ଦେଖିଲି, ଫ୍ରିଜ ଭିତରେ ଆଇସକ୍ରିମର ଫ୍ୟାମିଲି ପ୍ୟାକ୍‌ ତରଲି ବହି ଯାଇଛି। ବୋଧେ କାଲି ରାତିରେ ଲାଇନ ନଥିଲା ସେଥିପାଇଁ। ମନଦୁଃଖରେ ଆସି ସୋଫା ଉପରେ ବସିଲି। ଏଇ ସମୟରେ ଦେହ ଖରାପରୁ ଭଲହୋଇ ସଦ୍ୟ ବିଛଣାରୁ ଉଠିଥିବା ମୋ ସ୍ୱାମୀ ପ୍ୟାଣ୍ଟ ସାର୍ଟ ପିନ୍ଧି କୁଆଡ଼େ ଯିବାକୁ ପ୍ରସ୍ତୁତ ହେଲେ। ଆଶ୍ଚର୍ଯ୍ୟ ହୋଇ ତାଙ୍କୁ କିଛି ପଚାରିବା ପୂର୍ବରୁ ଘରର ମୁଖ୍ୟ କବାଟ ବନ୍ଦ ହୋଇସାରିଥିଲା। ଶାଶୂ ବି ବ୍ୟସ୍ତ ହୋଇପଡ଼ିଲେ ତାଙ୍କ ରୁଗ୍ଣ ପୁଅକୁ ହଠାତ୍‌ ବାହାରକୁ ଯିବା ଦେଖି।

କିଛି ସମୟ ପରେ କଲିଂବେଲ ବାଜିଲା, ମୁଁ କବାଟ ଖୋଲିଲି। ସାମ୍ନାରେ ମୋ ସ୍ୱାମୀଙ୍କ ହାତରେ ଆଇସକ୍ରିମର ଫ୍ୟାମିଲି ପ୍ୟାକ୍‌। ଆଖି ଛଲଛଲ ହେଇଗଲା ମୋର। ପାଖରେ ଠିଆ ହେଇ ମୋ ଶାଶୂ ଥରେ ମତେ, ଥରେ ତାଙ୍କ ପୁଅକୁ ଦେଖୁଥିଲେ ଖୁବ୍‌ ଅବିଶ୍ୱସନୀୟ ଭାବେ।

ମୁକ୍ତି

ରବିବାର ହେଲେ ସେ ସ୍ତ୍ରୀଲୋକଟି ଆସେ ତାଙ୍କ ଗଳିକୁ। ଶାଳପତ୍ର ଓ କାଠି ବିକ୍ରି କରିବାକୁ। ଖାଲି ତାଙ୍କ ଗଳି କାହିଁକି, ଏମିତି ଅନେକ ଗଳି ବୁଲେ ସେ। ସମ୍ବେଦନା ଦେଖେ ତାକୁ ଛାତଉପରୁ। ଖବରକାଗଜ ଓ କଫି ମଗରୁ ସ୍ବତନ୍ତ୍ରିତ ଭାବେ ତା' ନଜର ଚାଲିଯାଏ ସେ ସ୍ତ୍ରୀ ଲୋକଟି ଆଡ଼େ। ସାବନ ବର୍ଷ, ପତଲା ହେଇ ଡେଙ୍ଗା ସ୍ତ୍ରୀ ଲୋକଟି। ମୁଣ୍ଡରେ କାଠିବିଡା, ହାତରେ ଶାଳପତ୍ର ଭର୍ତ୍ତି ବ୍ୟାଗ। ପାଦରେ ପୁରୁଣା ସ୍ଲିପର ସହିତ ରଙ୍ଗଛଡା ସୁତା ଶାଢ଼ୀ ଖଣ୍ଡେ ପିନ୍ଧି ମୁହଁ ଦେହ ଝାଳରେ ସମ୍ପୂର୍ଣ୍ଣ ଓଦା। ତାକୁ ଦେଖିଲେ ସମବେଦନାରେ ସମ୍ବେଦନାର ମନ ବତୁରିଯାଏ। ଆହାଃ କେତେ ପରିଶ୍ରମ କରୁଛି ସେ! ଆଶ୍ଚର୍ଯ୍ୟ ବି ହୁଏ ବର୍ତ୍ତମାନ ଯୁଗରେ କ'ଣ ଏହାର ଆବଶ୍ୟକତା ଅଛି! କିଏ କିଣୁଥିବ ଏସବୁ। କିନ୍ତୁ ନିଜେ ସମ୍ବେଦନା କିଣେ। କାହିଁକି କିଣେ ତା' ଉତ୍ତର ସେ ଖୋଜିନି।

କିଛି ସମୟ ପରେ ଗେଟ୍ ଖୋଲି ଭିତରକୁ ପଶିଆସିଲା ସେ। ମୁଣ୍ଡଉପରୁ କାଠିବିଡାତକ ତଲେ ଥୋଇଦେଇ ପୋର୍ଟିକୋରେ ବସିପଡ଼ିଲା। ଏବେ ଆଉ ଅନୁମତିର ଆବଶ୍ୟକତା ହୁଏନି।

ଦିଦି, ଆଜି ଥକିଗଲି, କିଛି ସମୟ ବସିକି ଯିବି।

ବସୁନୁ। ସମ୍ବେଦନା ପାଣି ଗ୍ଲାସ୍‌ଟେ ବଢ଼େଇ ଦେଇ କହିଲା।

ତୁମେ ସବୁଥର କିଣ ବୋଲି ମୁଁ ଆଉ ପଚାରେନି। ବ୍ୟାଗରୁ ଶାଳପତ୍ର ବିଡାଟି କାଢି ସମ୍ବେଦନା ହାତକୁ ବଢ଼େଇ ଦେଉ ଦେଉ କହିଲା। ସମ୍ବେଦନା ସାମାନ୍ୟ ହସି ତାଠୁ ଶାଳପତ୍ର ବିଡାଟି ନେଇ ପଇସା ବଢ଼େଇ ଦେଲା।

ବେଶ୍ କିଛି ଦିନ ହେଲାଣି ସମ୍ବେଦନା ସହିତ ତା' ଚିହ୍ନା ପରିଚୟ। ସ୍ତ୍ରୀଲୋକଟିର ନାଁ କମଲା। ଆଗରୁ ବେଶୀ କଥା କହୁନଥିଲା। କେବଳ ଅନୁରୋଧ କରୁଥିଲା, ତା'

ଜିନିଷ କିଣିବାକୁ। ଏବେ ଆସିଲେ ସପ୍ତାହ ସାରାର କଥା ଗପେ। କେମିତି ଏବେ ଶାଳପତ୍ର ଆଣିବାକୁ ଜଙ୍ଗଲକୁ ଗଲେ ତାକୁ ଗୁଡ଼ାଏ ବାଟ ଯିବାକୁ ହୁଏ। ସେଥିରେ ଫରେଷ୍ଟ ଗାର୍ଡର ତାଗିଦ, ଘରେ ପୁଅର ଦୁଷ୍ଟାମୀ କଥା, ମା'ର ଔଷଧ ପାଇଁ କେତେ ହଇରାଣ ହେଲା ସବୁ ଆମୂଳଚୂଳ ଅନର୍ଗଳ ଗପେ। ସେ ଭିତରେ ତା' ନିର୍ଯ୍ୟାତିତ ଅତୀତର ପୃଷ୍ଠାଗୁଡ଼ିକ ବି ଖୋଲି ହୋଇଯାଏ। ଶାଶୂ ଶଶୁରଙ୍କ ଅକଥନୀୟ ଅତ୍ୟାଚାର ସହିତ ସ୍ୱାମୀର ପରୋକ୍ଷ ସମର୍ଥନ କଥା କହିଲା ବେଳେ ତା' ଅନ୍ତରର ବେଦନାକୁ ଖୁବ୍ ଭଲଭାବେ ଅନୁଭବ କରେ ସମ୍ୱେଦନା। ସାନ୍ତ୍ୱନା ଦିଏ ତାକୁ ଧୈର୍ଯ୍ୟ ରଖିବାକୁ।

ସମ୍ୱେଦନା ବେଳେବେଳେ ମନ ଦେଇ ଶୁଣେ ତା' କଥା, କେତେବେଳେ ଅନ୍ୟମନସ୍କ ବି ହୁଏ; କିନ୍ତୁ କେବେ ମଝିରୁ ତା' କଥା କାଟେନି। କହୁ ଯାହା କହିବା କଥା। ଅନ୍ତତଃ ତା' ମନ ହାଲୁକା ହେଇଯିବ। ଏଇ ଧାଁଦଉଡ଼ ଦୁନିଆରେ କିଏ ଅଛି କାହା କଥା ଶୁଣିବାକୁ। ସମସ୍ତେ ଯେଉଁ କାମରେ ବ୍ୟସ୍ତ। ସମ୍ୱେଦନା ବି ତ ବେଳେବେଳେ ନିଜ ଲୋକଟିଏ ଖୋଜି ପାଏନି; ଯିଏ ତା' ମନ କଥା ଶୁଣିବ, ବିନା କୌଣସି ସର୍ତ୍ତରେ।

'ତତେ କିଛି କହିବି କମଳା।' ସାମାନ୍ୟ ଦ୍ୱିଧାର ସହ ସମ୍ୱେଦନା କହିଲା।

'କହୁନ ଦିଦି।'

'ତୋ ସ୍ୱାମୀ ସହିତ କଥାବାର୍ତ୍ତା କରି ଶାଶୂଘରକୁ ଗଲେ ହୁଅନ୍ତାନି ?'

'ଶାଶୂଘରକୁ ଗଲେ ମତେ କ'ଣ ମିଳିବ ଦିଦି ?' ବଡ଼ ବଡ଼ ଆଖିରେ ଆଶ୍ଚର୍ଯ୍ୟ ହେଇ ସମ୍ୱେଦନାକୁ ଓଲଟା ପ୍ରଶ୍ନ କଲା କମଳା।

'ମୁକ୍ତି। ଏଇ ହାଡଭଙ୍ଗା ପରିଶ୍ରମରୁ ତ ତତେ ମୁକ୍ତି ମିଳିବ।'

ଏଥର ସମ୍ୱେଦନା କଥାରେ ହସିଲା କମଳା। କିଛି ସମୟପରେ ଦୃଢ଼ ଅଥଚ ନିର୍ଭୀକ ସ୍ୱରରେ କହିଲା, 'ପରିଶ୍ରମକୁ ଡରି ମୁଁ ଯିବି ସେଠି ଗାଳି ମାଡ ଖାଇବାକୁ, କେବେ ନୁହେଁ! କାମ ତ ସେଠି ବି କରୁଥିଲି, ଏଠିବି କରୁଛି। କିନ୍ତୁ ତଫାତ କ'ଣ ଜାଣିଛ ଦିଦି, ଏଠି ଶାନ୍ତି ଅଛି, ସ୍ୱାଧୀନତା ଅଛି।'

କମଳାର ଶେଷ ବାକ୍ୟଟି ସମ୍ୱେଦନାକୁ ଅନେକ କିଛି ଭାବିବାକୁ ବାଧ୍ୟ କରିଥିଲା।

ତନ୍ତ୍ରପୋଷ

କାହିଁ କେତେବର୍ଷ ହେବ, ସେଇଠି ସେମିତି ତନ୍ତ୍ରପୋଷଟି ପଡ଼ିଛି ପିଣ୍ଢା ଉପରେ, ଖରା ବର୍ଷା ଶୀତ ସତ୍ତ୍ୱେ। ଯିବା ଆସିବା ବେଳେ ତା' ଉପରେ ମୋ ନଜର ପଡ଼ିଲେ ଜେଜେଶଶ୍ୱର ମନେ ପଡ଼ନ୍ତି। ସେ ଥିଲାବେଳେ ପ୍ରାୟ ସମୟ ଏଇ ତନ୍ତ୍ରପୋଷରେ ବସୁଥିଲେ। ତାଙ୍କ ଜୀବନକାଳ ଭିତରେ ମୁଁ ବୋଧେ ପରିବାରର ଶେଷ ସଦସ୍ୟ ହୋଇ ଏଇ ଘରକୁ ଆସିଲି। ବାହାଘର ଦିନ ମୁଣ୍ଡ ଉପରେ ହାତରଖି ଆଶୀର୍ବାଦ ଯାହା କରିଥିଲେ, ତା'ପରଠୁ ତାଙ୍କ ଜୀବନ ଯେମିତି ଏକ ପରିଧି ଭିତରେ ସୀମାବଦ୍ଧ ହେଇଗଲା। ମତେ ଜେଜେଶଶ୍ୱର ରହୁଥିବା ଘରକୁ ଯିବା ବାରଣ ଥିଲା ଠିକ୍ ସେମିତି ତାଙ୍କୁ ବି। କିନ୍ତୁ ମତେ ଦେଖିଲେ ତାଙ୍କ ଅସହାୟ ନିରବ ଆଖି ଦୁଇଟି କେବେ ସମ୍ଭାବନାରେ ଉଜ୍ଜ୍ୱଳ ଦିଶୁଥିଲା ତ କେବେ ଅଭିଯୋଗ, ଅଭିମାନ ଓ ଅବସାଦର କାହାଣୀସବୁ କହିବା ପାଇଁ ବ୍ୟଗ୍ର ହୋଇପଡ଼ୁଥିଲେ।

ମୁଁ ମୋ ଜେଜେବାପାଙ୍କୁ ଦେଖିନଥିଲି। ମୋ ଜନ୍ମ ପୂର୍ବରୁ ସେ ସ୍ୱର୍ଗବାସ କରିଥିଲେ। ମୁଁ ଶୁଣିଥିଲି ଜେଜେବାପାମାନେ କାଲେ ଭାରି ସ୍ନେହୀ, ତେଣୁ ମୋ ମନ ଭିତରେ ଜେଜେବାପାଙ୍କ ଏକ ସ୍ନେହବୋଲା ଛବି ସବୁବେଳେ ଥିଲା। ବାହାଘର ପରେ ଜେଜେଶଶ୍ୱରଙ୍କ ଭିତରେ ମୁଁ ମୋ ଜେଜେବାପାଙ୍କୁ ଦେଖୁଥିଲି। କିନ୍ତୁ କାହିଁକି କେଜାଣି ସେ ସ୍ନେହ ତାଙ୍କ ପ୍ରତି ପରିବାର ଭିତରେ ଆଉ କାହାଠି ମୁଁ ଅନୁଭବ କରିନି। ଅତୀତରେ ଜେଜେଶଶ୍ୱରଙ୍କୁ ନେଇ କିଛି ତିକ୍ତ ଘଟଣାର ସ୍ମୃତି ଶାଶୁ ଆଜିଯାଏ ପାଶୋରି ପାରୁନଥିଲେ। ବେଳେବେଳେ ମତେ ଶାଶୂଙ୍କ ବ୍ୟବହାର ତାଙ୍କ ପ୍ରତି ପ୍ରତିଶୋଧପରାୟଣ ଲାଗୁଥିଲା। କିନ୍ତୁ ମତେ ଦେଖିଲେ ଜେଜେଶଶ୍ୱର ହସୁଥିଲେ। ତାଙ୍କ ମୁହଁର ଭାବାନ୍ତରରୁ ଅନୁମାନ କରୁଥିଲି ମୋ ଉପସ୍ଥିତିରେ ସେ ନିଜକୁ ସୁରକ୍ଷିତ ଅନୁଭବ କରୁଥିଲେ। କିନ୍ତୁ ମୁଁ, ମୋ ଆଖି ସାମ୍ନାରେ ତାଙ୍କ ପ୍ରତି ହେଉଥିବା ଅବହେଲା,

କଟାକ୍ଷକୁ ନିୟନ୍ତ୍ରଣ କରିବାରେ ଅସହାୟ ଥିଲି । ଘରେ ପର୍ବପର୍ବାଣୀ ବା ସ୍ୱତନ୍ତ୍ର ଦିନମାନଙ୍କରେ ହେଉଥିବା କ୍ଷୀରୀ ପିଠା ଉପରେ ଜେଜେଶଶ୍ୱରଙ୍କ ଭାଗ ସବୁଠୁ ଶେଷରେ ଥିଲା । ଶାଶୂଙ୍କ ଯୁକ୍ତି ଥାଏ, 'ଏଗୁଡ଼ା ଖାଇ ପେଟ ଖରାପ କଲେ କିଏ ବୁଝିବ ? ତୁ ନୂଆ ଲୋକ, କାହିଁକି ଏସବୁରେ ମୁଣ୍ଡ ପୂରୋଉଛୁ ?' ମୁଁ ଚୁପ୍ ହୋଇଯାଏ । ଯାଆ ବି ପରୋକ୍ଷରେ ଶାଶୂଙ୍କୁ ସମର୍ଥନ କରନ୍ତି । ଗୋଟିଏ ଘରେ ସବୁଦିନ ରହିବା ପାଇଁ ନିରବରେ ଯେମିତି ତାଙ୍କ ଭିତରେ ଚୁକ୍ତି ହୋଇଛି ପରସ୍ପରକୁ ସବୁ ପରିସ୍ଥିତିରେ ସମର୍ଥନ କରିବା ପାଇଁ । ମୁଁ କିନ୍ତୁ ସମସ୍ତଙ୍କଠୁ ବ୍ୟତିକ୍ରମ ଥିଲି । ଆଶା ରହିତ ସମ୍ପର୍କର ମୂଲ୍ୟବୋଧକୁ ନେଇ ବଂଚୁଥିବା ମଣିଷଟି ଏପରି ପରିସ୍ଥିତିରେ ଅଣନିଶ୍ୱାସୀ ହୋଇପଡ଼େ । ଘରର ସାନ ବୋହୂ ତଥା ବାହାରେ ରହୁଥିବାରୁ ମୋ ବିଚାରଧାରା ସ୍ୱତନ୍ତ୍ର ଥିଲା ।

ସମୁଦାୟ ତିନୋଟି ଘର ଭିତରୁ ସବୁଠୁ ପୁରୁଣା ଜରାଜୀର୍ଣ୍ଣ ଘରେ ଜେଜେଶଶ୍ୱର ରହୁଥିଲେ । 'ବୁଢ଼ା ଲୋକ ଗୁହ ମୁତରେ ଘାଣ୍ଟି ହେବେ, ସେ କାହିଁକି ଏବେ ଆମ ସହିତ ମିଶିକି ରହିବେ', ଶାଶୂଙ୍କ ଯୁକ୍ତି ଥିଲା । ଜେଜେଶଶ୍ୱରଙ୍କ ପାଇଁ ସେ ହିଁ ଏହି ଜାଗାଟିକୁ ବାଛିଥିଲେ । ସେଦିନଠୁ ଗତାନୁଗତିକ ପାରିବାରିକ ଜୀବନର କୋଲାହଳରୁ ଦୂରରେ ବିଚ୍ଛିନ୍ନ ହୋଇ ରହିଥିବା କୋଠରି ଓ ତା' ସାମ୍ନା ପିଣ୍ଡାରେ ପଡ଼ିଥିବା ତକ୍ତପୋଷ ତାଙ୍କ ଦୁନିଆ ପାଲଟିଯାଇଥିଲା । ସେ ରହୁଥିବା କୋଠରିକୁ ପରିଷ୍କାର କରିବା ପାଇଁ କେହି ଯାଉନଥିଲେ । ଦିନଦିନ, ରାତିରାତି ସେ ଘର ଭିତରେ ଜେଜେଶଶ୍ୱରଙ୍କ ଜୀବନର ପରିବର୍ତ୍ତନକୁ ଲକ୍ଷ୍ୟ କରିବା ପାଇଁ କାହା ପାଖରେ ସମୟ ନଥିଲା ।

ସମୟ ଓ ପରିସ୍ଥିତି ସହିତ ଲଢ଼ି ଲଢ଼ି ହଠାତ୍ ଦିନେ ଜେଜେଶଶ୍ୱର ଚାଲିଗଲେ କାହାକୁ କିଛି ନଜଣେଇ । ତାଙ୍କ ଶେଷ ଯାତ୍ରାକୁ ଅପେକ୍ଷା କରିଥିବା ପରିବାରର କାହାରି ଆଖିରେ ସେଦିନ ଲୁହ ଦେଖିନଥିଲି । ଜେଜେଶଶ୍ୱର ଯିବାପରେ ସେ କୋଠରିଟି ସବୁଦିନ ପାଇଁ ବନ୍ଦ ହେଇଗଲା । କିନ୍ତୁ ପିଣ୍ଡା ଉପରେ ପଡ଼ିଥିବା ତକ୍ତପୋଷ ମତେ ତାଙ୍କ ଅନୁପସ୍ଥିତିକୁ ସବୁବେଳେ ମନେ ପକେଇଦିଏ । ପରିବାରର ଆଉ କେହି ତାଙ୍କ ଅବର୍ତ୍ତମାନରେ ସୃଷ୍ଟି ଶୂନ୍ୟସ୍ଥାନକୁ ଅନୁଭବ କରୁଥିଲେ କି ନାହିଁ କେଜାଣି !

ଜେଜେଶଶ୍ୱରଙ୍କ ଯିବାର ଅନେକ ବର୍ଷ ହେଲାଣି । ଏବେ ସେ ଅତୀତର ସ୍ମୃତିଟିଏ କେବଳ । ପ୍ରତ୍ୟେକ ବର୍ଷ ପରି ଏ ବର୍ଷ ବି ଗାଁକୁ ଗଲି । ବିବାହ ଉପରାନ୍ତେ ଅନେକ ତିକ୍ତ, ମଧୁର ଅନୁଭୂତିକୁ ନେଇ ଶାଶୂଙ୍କ ସହିତ ମୋ ସମ୍ପର୍କ ସମୟସ୍ରୋତରେ ବହିଚାଲିଛି । ସେସବୁକୁ ତର୍ଜମା କରିବା ପାଇଁ ବେଳ କାହିଁ ? ଶାଶୂ ବି ଆଉ ଆଗଭଳି ନାହାନ୍ତି । ପରିଣତ ବୟସ ଉପନୀତ ହେବା ସହ ତାଙ୍କ ମନ ଭିତରର ଅସୁରକ୍ଷା ଭାବନାଟିକୁ ମୁଁ ଠିକ ଅନୁଭବ କରୁଥିଲି । ନିଜ ଜୀବଦଶାରେ ଦୁଇପୁଅଙ୍କ ଭିତରେ

ପୈତୃକ ସମ୍ପତ୍ତି ବାଣ୍ଟିଦେଇ ନିଶ୍ଚିତ ହେବାକୁ ଚାହୁଁଥିଲେ ସେ। ବୁଢ଼ାମାଣ ଭିତରେ ସମ୍ପତ୍ତି ଭାଗବାଣ୍ଟ ହେବା ପରେ ଯେତେବେଲେ ଜେଜେଶଶୁରଙ୍କ କୋଠରି ଓ ତକ୍ତପୋଷ କଥା ଉଠିଲା, ଶାଶୂଙ୍କ ଭାବାବେଗ ମୁହୂର୍ତ୍କରେ ବଦଳିଗଲା। ତତ୍‌କ୍ଷଣାତ୍‌ ପୁଅମାନଙ୍କୁ କୋଠରିଟି ଭାଙ୍ଗି ତକ୍ତପୋଷକୁ ବିକ୍ରି କରିବା କଥା କହିଲାବେଲେ ତାଙ୍କ ମୁହଁରେ ସତର ବର୍ଷ ତଲର ଘଟଣା ପୁନରାବୃତ୍ତି ହେବାର ଭୟ ସ୍ପଷ୍ଟ ବାରିହୋଇପଡ଼ୁଥିଲା।

ମୁଖା

ନିଶୀତାକୁ ତୁରନ୍ତ ପ୍ରତିକ୍ରିୟାଶୀଳ ହେବା ଗୁଣଟି ବିଲକୁଲ ପସନ୍ଦ ନୁହେଁ । ତା' ମତରେ ଭାଗ ମାପରେ ଜୀବନକୁ ଜିଆ ହୁଏନା । ଦୈନନ୍ଦିନ ଜୀବନରେ ଅନେକ ଘଟଣା ଦୁର୍ଘଟଣା ହସ ଖୁସି ଲୁହର ଏକ ଫେଣ୍ଟାଫେଣ୍ଟି ଅନୁଭୂତି ସମସ୍ତଙ୍କର ଥାଏ । ପ୍ରତ୍ୟେକ କଥାରେ ପ୍ରତିକ୍ରିୟାଶୀଳ ହେବା କ'ଣ ଜରୁରୀ ? କିନ୍ତୁ ଶାଶୂ ପୂରା ଓଲଟା । ତାଙ୍କ ଇଚ୍ଛା ମୁତାବକ ସବୁ ଜିନିଷ ହେବ । ସେଥିରେ ଯଦି ସାମାନ୍ୟତମ ତ୍ରୁଟି ରହିଲା; ତା'ହେଲେ ତୁମୁଲକାଣ୍ଡ ହେବା ଥୟ ।

ସେଦିନ ମାଉସୀଶାଶୂ ଆସିଥିଲେ ଦିଲ୍ଲୀରୁ । ଭଉଣୀ ଘର ଭୁବନେଶ୍ୱରରେ ଗୋଟିଏ ଦିନ ରହି ପରଦିନ ଭଦ୍ରକ ନିଜ ଘରକୁ ଯିବେ । ପ୍ରାୟ ଦେଢ଼ ବର୍ଷ ପରେ ଦୁଇ ଭଉଣୀଙ୍କ ଦେଖା । ଆଉ ନିଶୀତାର ପୁଅ ହେବା ପରେ ମାଉସୀଙ୍କ ସହିତ ଏହା ପ୍ରଥମ ଭେଟ । 'ତୁ ଏ ମିଠାଗୁଡାକ କାହିଁକି ଆଣିଛୁ ଶୁଣେ ! କିଏ ଖାଇବ ? ଜାଣିଛୁ ଡାଇବେଟିକ ଲୋକ ଦି'ଟା ଘରେ ଅଛନ୍ତି । ତୁ ସେଗୁଡା ତୋ ସହିତ ନେଇଯା' ।'

ହସଖୁସି କଥାବାର୍ତ୍ତାର ବାତାବରଣ ଭିତରେ ଅଚାନକ ଶାଶୂଙ୍କ ମାଉସୀଙ୍କ ପ୍ରତି ଏପରି ବିରକ୍ତିବୋଧ ସହ କଥାବାର୍ତ୍ତା ଦେଖି ନିଶୀତାକୁ ଆଶ୍ଚର୍ଯ୍ୟ ଲାଗିଲା । ଯାହା ହେଲେବି ମାଉସୀ ଏବେ ତାଙ୍କ ଘରର ଅତିଥି । ତାଙ୍କ ନିରୀହ ଶାନ୍ତ ମୁହଁଟିକି ଦେଖି ନିଶୀତା ଶାଶୂଙ୍କ ଉଦ୍ଦେଶ୍ୟରେ କହିଲା, 'ବୋଉ ଆପଣ ବ୍ୟସ୍ତ ହୁଅନ୍ତୁନି, ତା' ବ୍ୟବସ୍ଥା ମୁଁ କରିଦେବି । ମାଉସୀ ଯାହା ଖୁସିରେ ଆଣିଛନ୍ତି; ତାକୁ ଗ୍ରହଣ କରିବା ଉଚିତ' । ନିଶୀତା କଥା ଶୁଣି ଶାଶୂ ଚୁପ୍ ହୋଇଗଲେ । ଘରର ଏକମାତ୍ର ରୋଜଗାରିଆ ପୁଅର ସ୍ତ୍ରୀ ସେ । ତେଣୁ ତା' କଥାର ଓଜନ ଅଲଗା ।

ସେମିତି ନୁହେଁ କି ଦୁଇ ଭଉଣୀଙ୍କୁ ପରସ୍ପରର ଗୁଣ ଅଛପା । କିନ୍ତୁ ସମୟ ତାଙ୍କ ଭିତରର ସହନଶୀଳତାକୁ କିଛିକାଂଶରେ ଛଡ଼େଇନେଇଛି । ମାନ ଅଭିମାନ ତ ନିବିଡ

ସମ୍ପର୍କର ଏକ ଅଂଶ। କିନ୍ତୁ ବେଳେବେଳେ ସେଥିରେ ସାମାନ୍ୟତମ ଅସାବଧାନତା ମଧୁର ସମ୍ପର୍କକୁ ତିକ୍ତ କରିଦିଏ। ତେଣୁ ଠିକ୍ ସମୟରେ ସେ ପରିସ୍ଥିତିକୁ ଆୟତ୍ତ କରିନେଇଛି ଜାଣି ମନେ ମନେ ଖୁସି ହେଲା। ବିବାହର ତିନି ବର୍ଷ ଭିତରେ ନିଶିତା ଶାଶୁଘର ସଦସ୍ୟଙ୍କ ସମ୍ବନ୍ଧରେ ଊଣା ଅଧିକେ ତ ନିଶ୍ଚୟ ଜାଣିଗଲାଣି।

ମାଉସୀ ଯେତିକି ସମୟ ତାଙ୍କ ଘରେ ରହିଲେ, ବେଶ୍ ହସଖୁସିରେ ସମୟ ଅତିବାହିତ ହୋଇଗଲା। ପରଦିନ ସେ ଭଦ୍ରକ ଫେରିଯିବାକୁ ପ୍ରସ୍ତୁତ ହେଲେ। ଟାକ୍ସିରେ ତାଙ୍କ ଜିନିଷ ରଖାହେଲା। ଭଦ୍ରକରୁ ଦିଲ୍ଲୀ ଫେରିବା ସମୟରେ ପୁଣିଥରେ ଦେଖା କରିବା ପ୍ରତିଶ୍ରୁତି ସହ ନିଶିତାକୁ ଆଶୀର୍ବାଦ କରି ମାଉସୀ ବିଦାୟ ନେବାକୁ ବାହାରିଲେ। ଠିକ୍ ଏଇ ସମୟରେ ପୁଅ କାନ୍ଦିବାରୁ ତା' ପାଇଁ କ୍ଷୀର ବୋତଲ ନେଇ ଘର ଭିତରୁ ଆସୁଆସୁ ନିଶିତା କାନରେ ବାଜିଲା, 'ବୋହୂଟି ଭାରି ଚାଲାକ, ଦେଖ୍‍କି ଚଳିବୁଲୋ ନାନୀ। ଆଜିଠୁ ତାକୁ ଏତେ ସ୍ୱାଧୀନତା ଦେବା ମତେ କାହିଁ ଠିକ୍ ଲାଗିଲାନି। ଟିକେ ଚାପ୍‍ଟ୍ କରି ରଖେ, ନହେଲେ ମୁଣ୍ଡରେ ବସିବ ଯେ।'

ପାଟିରୁ ଏତିକି କଥା ବାହାରିଛି, ସାମ୍ନାରେ ନିଶିତାକୁ ଦେଖି ମାଉସୀ ତରତର ହୋଇ ଟାକ୍ସିରେ ବସି ଦୋର ବନ୍ଦ କଲେ। ଆଉ ଆଶ୍ଚର୍ଯ୍ୟ ହେଇ ନିଶିତା ଚାହିଁ ରହିଥିଲା ସେଇ ମୁଖା ଭିତରର ମଣିଷଟିକୁ।

ପର୍ଦା

ସ୍ଟ୍ରେଚର୍ ଉପରେ ପୁଅର ମୃତଦେହ। ପାଖରେ ଲଫାପାରେ ଅଛି ଦଶଲକ୍ଷ ଟଙ୍କା ସହିତ ଖଣ୍ଡେ କାଗଜ ଓ କଲମ। ଚିହ୍ନା ପରିଚିତ ସମ୍ପର୍କୀୟଙ୍କ ଭିତରେ କାନାରାମ ଠିଆ ହୋଇଛି କାଠଟିଏ ପରି। ସାମ୍ନାରେ ଥାନା ଇନ୍ସପେକ୍ଟର। ଟିକିଏ ଆଗରୁ ଥିବା କୋଲାହଲ ଏବେ ନାହିଁ। ଯୁକ୍ତିତର୍କ, କଥା କଟାକଟି, କ୍ଷୋଭ ଆଉ ଲୁହ ପରେ ଏବେ ଗଭୀର ନିରବତା। କାନାରାମ ମୁହଁରେ କିଛି ଭାବାବେଗ ନାହିଁ। ଥରେ ଖାଲି ପଚାରିଲା, 'କେମିତି ହେଲା ?' କିଏ ଜଣେ କହିଲା, 'ଖାଇ ପି ଶୋଇଥିଲା ଟ୍ରକ୍ ତଳେ, ଡ୍ରାଇଭର ଦେଖି ନଥିଲା, ଗାଡ଼ି ସ୍ଟାର୍ଟ କରୁକରୁ ଚକ ମାଡ଼ିଗଲା।'

କାନାରାମ ସେ କଥାଗୁଡ଼ିକ ଶୁଣି ପାରିଲାକି ନାହିଁ ଅନୁମାନ କରିବା କଷ୍ଟ। ଗାଁରୁ ଫୋନ୍ ପାଇ ଦୌଡ଼ିକି ଆସିଲା। ଏଇତ ଘର ଦେଖାଯାଉଛି ହାଇୱେରୁ। ଆଖି ଆଗରେ ତ ପୁଅ ଥିଲା, କାହିଁ ବେଶୀଦୂର ତ ସେ ଯିବାକୁ ଦେଇନଥିଲା; ତଥାପି ପୁଅ ଚାଲିଗଲା ବହୁତ ଦୂରକୁ, ତା' ଆଖି ଉହାଡ଼ରୁ। ଏବେ କ'ଣ ତା' ଡାକଶୁଣି ଆଉ ସେ ଫେରିପାରିବ! ବହୁକଷ୍ଟରେ ସେ ତା' ଥରିଲା ହାତରେ ଚାଦର ଉଠେଇ ପୁଅ ମୁହଁକୁ ଚାହିଁଲା ବେଶ୍ କିଛିସମୟ। ମୁହଁ ଛଡ଼ା ଆଉ କିଛି ଦେଖିପାରିଲାନି। ସେ ତ ଶୋଇଛି, କିଏ କହିଲା ସେ ଛାଡ଼ିକି ପଳେଇଲା। ଆଉ ଚାଦର ଉଠେଇବାକୁ ନର୍ସ ମନା କରିଦେଲା। ପଛରୁ କିଏ ଜଣେ କହିବା ଶୁଣାଗଲା, 'ସେଟିକି ଥାଉ, ଆଉ ଉଠାଣା ଦେଖିପାରିବନି।' ସେ ବାପ, କାହିଁକି ଦେଖିପାରିବନି ? ପିଲାଦିନେ ଆଙ୍ଗୁଳିକଟି ରକ୍ତ ବାହାରିଥିଲାବେଲେ ସେ ତ ମଲମ ଲଗେଇ କପଡ଼ା ବାନ୍ଧିଦେଇଥିଲା, ପିଜୁଳି ଗଛରୁ ପଡ଼ି ହାତ ଭାଙ୍ଗିଥିଲା ଯେ ସେ ତ ଡାକ୍ତରଖାନା ନେଇ ବ୍ୟାଣ୍ଡେଜବାନ୍ଧି ଆଣିଥିଲା। ଏବେ କାହିଁକି ଦେଖିପାରିବନି !

କାନାରାମ ଫେରିଆସିଥିଲା ସେଇ କୋଠରିକୁ, ଯେଉଁଠି ତା' ନିଷ୍ଟାଣିକୁ

ଅପେକ୍ଷାକରି ରହିଥିଲେ କିଛିଲୋକ । ସମସ୍ତେ ତତ୍ପର ଥିଲେ କାମ କେମିତି ଜଲ୍‌ଦି ଛିଡ଼ିଯାଉ । ସଡ଼କନିର୍ମାଣ କମ୍ପାନୀର ଅଧିକାରୀ, ଥାନାବାବୁ ଆଉ ତା' ସମ୍ପର୍କୀୟ କାହାରି ମୁହଁରେ ସମବେଦନାର ଚିହ୍ନବର୍ଣ୍ଣ ନଥିଲା । କଥା ଛିଣ୍ଡିଯାଇଛି । ଦଶଲକ୍ଷ ଟଙ୍କା ବିନିମୟରେ ନ୍ୟାୟ ଘୋଷଣା ସରିଯାଇଛି । ଏବେ ଖାଲି ତା' ସମ୍ମତିକୁ ଅପେକ୍ଷା । ତା'ପରେ ସମସ୍ତେ ଯେଉଁବାଟରେ ଯିବେ ।

ଥାନାବାବୁ ଏଫ୍‌ଆଇଆର୍ କପିକୁ ନାକଚ କରିଦେଲେ, 'ଏସବୁର କିଛି ଫାଇଦା ନାହିଁ । ପୁଅ ତୋର ଫେରିଆସିବନି । ଓଲଟା ଚପଲ ଘଷି ହୋଇଯିବ; କିନ୍ତୁ ନ୍ୟାୟ ମିଳିବନି । ବରଂ ଦଶଲକ୍ଷ ଟଙ୍କାରେ ରାଜି ହେଇଯା' ।'

କିଛିସମୟ ପୂର୍ବରୁ ନ୍ୟାୟ ପାଇଁ ଲଢେଇ କରିବାକୁ ତା' ସହିତ ଠିଆ ହୋଇଥିବା ପରିବାର, ସମ୍ପର୍କୀୟ ବି ଏବେ ମୌନ । କାନପାଖରେ ପୁଅର ସ୍ୱର ଶୁଣାଯାଉଥିଲା, 'ବାପା, ତୁମେ କହୁଥିଲ ମୁଁ କିଛି କରିପାରିବିନି; କିନ୍ତୁ ଦେଖ, ମୁଁ ନଥିଲେବି ମୋ କର୍ତ୍ତବ୍ୟ କରିଦେଇଛି । ଥାନାବାବୁଙ୍କ କଥାରେ ରାଜି ହୋଇଯାଅ । ନୀଳିମାର ବାହାଘର, ତୁମ ଔଷଧ, ଆମ ଭଙ୍ଗାଘର – ସବୁ ଏଟିକିରେ ଠିକ ହୋଇଯିବ ।'

କାନାରାମ ଆଖିସାମ୍ନାରେ ଅନ୍ଧାର ଘୋଟି ଆସୁଥିଲା । ଖାଲି କାଗଜରେ ଦସ୍ତଖତ କରୁକରୁ ସେ ଦେଖୁଥିଲା ଥାନାବାବୁଙ୍କ ପ୍ୟାଣ୍ଟ ପକେଟ୍‌ରେ ଠିକ୍ ସେମିତି ଲଫାପାଟିଏ; ଯେମିତି ଏବେ ତା' ହାତରେ ଅଛି ।

ପରିଚୟ

ମନ୍ଦିରର ଭିଡ ଭିତରେ ଅଣନିଶ୍ୱାସୀ ହୋଇ ପଡ଼ିଥିବା ମାଉସୀ ଜଣକୁ ହାତ ଧରି ସ୍ନେହା ବାହାରକୁ ଆସିବା ପରେ ଅନେକ ଆଶୀର୍ବାଦ ଦେଇ ପଚାରିଲେ, 'ଝିଅ ତୁମ ଘର କେଉଁଠି ?'

'ବାରିପଦା', ତତ୍‌କ୍ଷଣାତ ସ୍ନେହା ପାଟିରୁ ବାହାରିଆସିଲା।

'ଶାଶୂ ଘରେ କିଏ କିଏ ଅଛନ୍ତି ?' ଏବେ ସେ ବୁଝିଲା ମାଉସୀ ତା' ଉତ୍ତରକୁ ଭୁଲ୍ ଅର୍ଥରେ ନେଇଛନ୍ତି କିମ୍ବ ସେ ତାଙ୍କ ପ୍ରଶ୍ନକୁ ଠିକ୍‌ରେ ବୁଝିନି। ବିବାହ ପରେ ନିଜ ଘରର ପରିଚୟକୁ ନେଇ ଦ୍ୱନ୍ଦ୍ୱ ସେ ପ୍ରଥମଥର ଅନୁଭବ କରୁଥିଲା। ସାମାନ୍ୟ ଅପ୍ରସ୍ତୁତ ହୋଇ କିଛି କହିବାକୁ ଯାଉଛି; ଶାଶୂ ଆସି ପହଂଚିଗଲେ। ମୁଁ ପା' ତା' ଶାଶୂ। ମାଉସୀ ଜଣକ ଏଥର ଶାଶୂଙ୍କୁ ଚିହ୍ନିପାରି ବହେ ହସିଲେ। 'ଆରେ ଲତା ଦିଦି, ଯେ ତୁମ ବୋହୂଟି ! ମୁଁ କାହିଁକି ଚିହ୍ନିବି। ବାହାଘରକୁ ଡାକିଥିଲ ଯେ କଉ ଆସିପାରିଲି, ଝିଅ ଘରକୁ ବାଙ୍ଗାଲୋର ମାସେ ପାଇଁ ଯାଇ ଛ' ମାସରେ ଫେରିଲି। ଯା'ହେଉ ବୋହୂଟି କିନ୍ତୁ ଭଲ କରିଛ। ହଉ ଘର ଆଡ଼େ କେବେ ଆସ, କଥା ହେବା।'

ଶାଶୂଙ୍କ ସମ୍ମତି ପରେ କିଛି ସମୟ ହସଖୁସିର କଥା ହୋଇ ମାଉସୀ ତାଙ୍କଠୁଁ ବିଦାୟ ନେଲେ। ସ୍ନେହା ବି ମନେ ମନେ ଖୁସି ହେଲା, ଯା'ହେଉ ସାମାନ୍ୟ କଥା ହେଲେବି ଶାଶୂ ଆସି ପରିସ୍ଥିତିକୁ ସମ୍ଭାଲି ନେଲେ।

ବାହାଘର ମାସେ ଭିତରେ ଶାଶୂ ଆଖପାଖ ଯେତିକି ମନ୍ଦିର, ଦେବୀ ପୀଠ ସବୁ ସ୍ନେହାକୁ ଦେଖେଇ ସାରିଲେଣି। ପୁଅ ତ ନାସ୍ତିକ ହେଲା, ଅନ୍ତତଃ ବୋହୂ ଈଶ୍ୱରବିଶ୍ୱାସୀ ହେଉ। ନହେଲେ ପରବର୍ତ୍ତୀ ପିଢ଼ି ନିଜ ଧର୍ମ ସଂସ୍କୃତିଠୁ ଦୂରେଇ ଯିବେ। ଶାଶୂଙ୍କ ଇଚ୍ଛାକୁ ସ୍ନେହା ବି ସମ୍ମାନ ଦିଏ।

'ନେ, ଏଇ ଜୋତା ହଲକ ପିନ୍ଧି ପକା। ବଜାର କାମ ସାରି ଘରେ ପହଂଚିବାକୁ

ଆହୁରି ଦୁଇ ତିନି ଘଣ୍ଟା । ଏବେ ପାଇଁ ତ କାମ ଚଳିଯିବ’, ମନ୍ଦିର ପ୍ରାଙ୍ଗଣରୁ ବାହାରୁ ବାହାରୁ ଶାଶୂ କହିଲେ ।

ସ୍ନେହା ଆଶ୍ଚର୍ଯ୍ୟ ହୋଇ ଶାଶୂଙ୍କୁ କିଛି ସମୟ ଚାହିଁଲା । ମାସଟେ ମାତ୍ର ହୋଇଛି ତାକୁ ଏଠି; କିନ୍ତୁ ତା’ର ପ୍ରତ୍ୟେକ ସୁବିଧା ଅସୁବିଧା ପ୍ରତି ଶାଶୂ ଖୁବ୍ ଯତ୍ନଶୀଳ । ଘରୁ ଆସିବା ବେଳେ ତା’ର କୌଣସି ଧାରଣା ନଥିଲା ନୂଆ ନୂଆ ଶାଢ଼ୀପିନ୍ଧା ପାଦକୁ ହାଇହିଲ୍ ଅସୁବିଧା କରିବ ବୋଲି । କିନ୍ତୁ ଶାଶୂ ଠିକ୍ ଲକ୍ଷ୍ୟ କରିଛନ୍ତି, ତେଣୁ ତରବରରେ ହେଉ ପଛେ କାମଚଲା ନରମ ଜୋତା ହେଲେ କିଣିଆଣିଲେ ପୂଜା ସାରି ।

ମନ୍ଦିର ଦର୍ଶନ ସାରି, ଅନ୍ୟାନ୍ୟ କାମ ପାଇଁ ବଜାରରେ ଦୁଇ ଘଣ୍ଟା ଚାଲିବା ବେଳେ ସ୍ନେହା ଭାବୁଥିଲା, ସତରେ ଯେଉଁ କଥା ସେ ନିଜେ ଭାବିନଥିଲା ଶାଶୂ ତାକୁ ଅନୁଭବ କରି ସମାଧାନ ବି କରିଦେଲେ । ଘରକୁ ଫେରିବା ପାଇଁ କାର୍‍ରେ ବସିଲା ବେଳେ ଭାବପ୍ରବଣ ସ୍ନେହାର ଛଳଛଳ ଆଖି ଦେଖି ଶାଶୂ କହିଲେ, ‘ତୋ ହୃଦୟଟି ସେତିକି ଭଲ ବୋଲି ତୁ ଅନୁଭବ କରିପାରୁଛୁ, ନହେଲେ ପାରସ୍ପରିକ ସମ୍ପର୍କୁ ସ୍ନେହ ଶ୍ରଦ୍ଧାର ଡୋରିରେ ବାନ୍ଧିବାକୁ ସର୍ବସ୍ୱ ତ୍ୟାଗ କଲେବି ବୁଝିବା ଲୋକ ନଥାନ୍ତି ।’

ସ୍ନେହା ଶାଶୂଙ୍କ କାନ୍ଧକୁ ଆଉଜି ଭାବୁଥିଲା, ବିବାହ ତା’ ପରିଚୟକୁ ନେଇ ଦ୍ୱନ୍ଦ୍ୱ ନୁହେଁ; ବରଂ କିଛି ନୂଆ ସମ୍ପର୍କ, ସୁରକ୍ଷା ଓ ଆନ୍ତରିକତା ଦେଇଛି ।

ବିଦଗ୍ଧ ଯନ୍ତ୍ରଣା

ନିଦ ମଳମଳ ଆଖିରେ କବାଟ ଫାଙ୍କରୁ ବାହାରର ଦୃଶ୍ୟକୁ ଅତି ନିବିଡ଼ ଭାବେ ଦେଖୁଥିଲା ପିଲାଟି । ବାରଣ୍ଡା ଉପରେ ସାଧାରଣ ଅଥଚ ମନଲୋଭା ଢଙ୍ଗରେ ସଜାହେଇଥିବା ଟେବୁଲ୍ ଉପରେ ଥୁଆ ହୋଇଛି କେକ୍, ସାମ୍ନାରେ ଠିଆ ହୋଇଛି ତା'ରି ବୟସର ଝିଅଟିଏ । ନୂଆ ଫ୍ରକ୍ ପିନ୍ଧି ବାପା, ମା', ସ୍ୱଜନ ବନ୍ଧୁଙ୍କ ଗହଣରେ ଉସ୍ସାହିତ ହୋଇ ଅପେକ୍ଷା କରିଛି ସେଇ ବିଶେଷ ମୁହୂର୍ତ୍ତିକୁ । ଝିଅଟିର ଅଳି, ଅର୍ଦଲି, ଅଝଟପଣିଆକୁ ସମସ୍ତେ ହସିହସି ଗ୍ରହଣ କରିନେଉଛନ୍ତି । ଅଭିମାନରେ ଝିଅଟିର ମୁହଁ ଉଜ୍ଜ୍ୱଲ ଦିଶୁଛି । ପିଲାଟି ସେଇ ଦୃଶ୍ୟ ଉପରୁ ଦୃଷ୍ଟି ଫେରେଇ ଆଣି ନିଜ ବିଛଣା ଉପରେ ଯାଇ ଚୁପଚାପ ବସିଲା ।

ଆଜି ରବିବାର । ସ୍କୁଲ ନଥିବାରୁ ଡେରିଯାଏ ଶୋଇବାକୁ ଇଚ୍ଛା ଥାଏ । କିନ୍ତୁ ପ୍ରତି ରବିବାର କେହି ନା କେହି ସେ ରହୁଥିବା ଆଶ୍ରମକୁ ଆସି ଜନ୍ମଦିନ ପାଳନ କରନ୍ତି । କେକ୍ କଟା ହୁଏ । ଚକୋଲେଟ୍ ମିଳେ । ପ୍ରଥମେ ପ୍ରଥମେ ସେ ଆଗ୍ରହରେ ଏଇ ଦିନଟିକୁ ଅପେକ୍ଷା କରୁଥିଲା । ଅନ୍ୟମାନଙ୍କ ପାଇଁ, 'ହାପି ବାର୍ଥ ଡେ ଟୁ ୟୁ' ଗୀତ ଗାଇବା ସମୟରେ ନିଜ ଜନ୍ମଦିନ ପାଳନର ଏକ କାଳ୍ପନିକ ଚିତ୍ର ବାରମ୍ବାର ତା' ମନକୁ ଉଦ୍‌ବେଳିତ କରେ । କିନ୍ତୁ ବର୍ଷବର୍ଷ ବିତିଗଲେ ବି ତା' କଳ୍ପନା ବାସ୍ତବ ରୂପ ନିଏନି । ସୀମା ଦିଦି ତା' ସହ ଅନ୍ୟ ଅନ୍ତେବାସୀକୁ ବି ଜଲଦି ଉଠେଇ ଦିଅନ୍ତି । ସମସ୍ତେ ଭଲ ଡ୍ରେସ ପିନ୍ଧି ଧାଡ଼ି ହେଇ ଠିଆହୋଇଯାନ୍ତି ସେଇ ଗତାନୁଗତିକ କାର୍ଯ୍ୟକ୍ରମର ଏକ ଅଂଶ ହୋଇ । ଉସ୍ସବ ମୁଖରିତ ସେଇ ମୁହୂର୍ତ୍ତଗୁଡ଼ିକରେ ସେମାନଙ୍କ ଅଭିଷପ୍ତ ଆଶାସବୁ ଦଳି ହୋଇଯାଏ । କେହି ବୁଝନ୍ତିନି ନିଜ ଭାଗ୍ୟସହ ସାଲିସ କରିନେଇଥିବା ତା'ରି ବୟସର ପିଲାଙ୍କ କୋମଳ ମନ ଅଜାଣତରେ କ୍ଷତ ବିକ୍ଷତ ହୁଏ । ବାପା, ମା', ପରିବାରର ଅନ୍ୟ ସଦସ୍ୟଙ୍କ ଅଭାବର ଯନ୍ତ୍ରଣାରେ ଛଟପଟ ହୁଏ

ପିଲାଟି । ଏବେ ଚକୋଲେଟ୍ କି କେକ୍ ତାକୁ ପ୍ରଲୋଭିତ କରିପାରେନି । ବାଧବାଧକତାରେ ମୁହଁରେ ଶୁଷ୍କ‌ଲା ହସ ଆଣି ତାକୁ ଗାଇବାକୁ ପଡ଼େ ଜନ୍ମଦିନର ଗୀତ । ଭାବୁଥିଲା ତାଙ୍କ ଆଶ୍ରମକୁ ଜନ୍ମଦିନ ପାଳନ ପାଇଁ ଆସୁଥିବା ଏଇ ଲୋକମାନଙ୍କ ମନରେ ପ୍ରକୃତରେ ସେମାନଙ୍କ ପ୍ରତି ସମବେଦନା ଅଛି କି ସେମାନେ ତାଙ୍କୁ ଜାହିର କରିବାକୁ ଆସନ୍ତି, 'ତମେ ହେଉଛ ଅନାଥ !' କେତେଥର ଭାବିଛି ସୀମା ଦିଦିଙ୍କୁ ତା' ମନକଥା କହିଦେବ । କିନ୍ତୁ ପାରେନି ।

ସୀମା ଦିଦିଙ୍କ ପୁଣିଥରେ ତାଗିଦରେ ପ୍ରକୃତିସ୍ଥ ହେଲା ପିଲାଟି । ଛଳଛଳ ଆଖିରୁ ଲୁହ ବୋହିଯିବା ପୂର୍ବରୁ ହାତରେ ମଳିଦେଇ ଯଥାସମ୍ଭବ ଚେଷ୍ଟା କଲା ସାମାନ୍ୟ ହେବାକୁ । ତା'ର ସବୁଠୁ ଭଲ ଡ୍ରେସଟିକୁ ଦେହ ଉପରେ ଗଳେଇ ହୋଇ ବାହାରିଆସିଲା କିଛି ଲୋକଙ୍କ ନାଟକୀୟତାର ଅଂଶ ହେବାକୁ ।

ଗରିବ

ପ୍ରତିଦିନ ବିଲ୍‌ଡିଂର ବେସ୍‌ମେଣ୍ଟ ଧୋଇବାକୁ ଆସେ ସ୍ତ୍ରୀଲୋକଟି। ଶୀର୍ଣ୍ଣ ଦେହ, କୋଟରଗତ ଆଖ୍। ଅସମୟରେ ବାର୍ଦ୍ଧକ୍ୟ ମାଡ଼ିଆସିଲାଣି ବୋଧେ। ସାଙ୍ଗରେ ତା'ର ତିନିବର୍ଷର ପୁଅ। ମଦ୍ୟପ ସ୍ୱାମୀ ଓ ଶାଶୂର ଅତ୍ୟାଚାରରେ ଦୁର୍ବିସହ ତା' ଜୀବନ। ତଥାପି ସଂଘର୍ଷ କୁନି ପୁଅ ପାଇଁ। ଘର ମାଲିକାଣୀ ମିସେସ୍ ଦଧିଚ ଥରେ ତା' କଥା କହି ଭାରି ମନଦୁଃଖ କଲେ। ବେଳ ଅବେଳରେ ସ୍ତ୍ରୀଲୋକଟି ଆଉ ତା' ପୁଅକୁ ନିଜ ପୁରୁଣା ଲୁଗାପଟା, ଖାଦ୍ୟପେୟ ଦେଇ ସାହାଯ୍ୟ କରିବାକୁ ଅନୁରୋଧ କଲେ। 'ସ୍ତ୍ରୀଲୋକଟିର ପୁଅ ମୋ ପୁଅ ବୟସର, କିନ୍ତୁ ତା' ବୟସ ଅନୁମାନ କରିବା କଷ୍ଟସାଧ୍ୟ।' ସେ ଯା'ହେଉ ମିସେସ୍ ଦଧିଚଙ୍କଠୁ ତା' ବିଷୟରେ ଶୁଣିବା ପରେ ମନ ଭିତରେ ସମବେଦନାର ଏକ ଜୁଆର ମାଡ଼ି ଆସିଲା। ମୁଁ ତାକୁ ପ୍ରତିଦିନ କିଛିକିଛି ଖାଦ୍ୟ ଦେବା ଆରମ୍ଭ କଲି।

ଏହା ଭିତରେ ଦୁଇଦିନ କାମ ବ୍ୟସ୍ତତାରେ ତଳକୁ ଯାଇ ସ୍ତ୍ରୀଲୋକଟିକୁ ଖାଦ୍ୟ ଦେଇପାରିଲିନି। ତୃତୀୟ ଦିନ ସେ ଆସି ମୋ ଦ୍ୱାର ମୁହଁରେ ଠିଆ ହେଲା। ଆଶ୍ଚର୍ଯ୍ୟ ହୋଇ ମୁଁ ତାକୁ ଚାହିଁଲି। ସେ କହିଲା, 'ତଳ ବେସ୍‌ମେଣ୍ଟ ଧୋଇଦେଲେ କିଛି ଖାଦ୍ୟ ମିଳିବ ବୋଲି ମାଲିକାଣୀ କହିଥିଲେ। ଦୁଇଦିନ ଅପେକ୍ଷା କଲି, ତୁମେ ନଆସିବାରୁ ଚାଲିଆସିଲି।'

ଆମ କଥାବାର୍ତ୍ତା ଶୁଣି ଘର ମାଲିକାଣୀ ବାହାରିଆସିଲେ। କୌଣସି ଏକ ଗୂଢ଼ ରହସ୍ୟ ଉନ୍ମୋଚିତ ହେଲାପରି ତାଙ୍କ ମୁହଁର ରଙ୍ଗ ହଠାତ୍ ବଦଳିଗଲା।

ମୁଁ ଦୁଇଜଣଙ୍କୁ ଚାହିଁ ଭାବୁଥିଲି ଏମାନଙ୍କ ଭିତରୁ ଗରିବ କିଏ।

କୋହ

ଜାତିଜାତିକା ଫୁଲ, ନରମ ଘାସ ଓ ବେଶ୍ ରୁଚିପୂର୍ଣ୍ଣ ବେଞ୍ଚଗୁଡ଼ିକୁ ନେଇ ସୁଉଚ୍ଚ ଅଟ୍ଟାଳିକା ମଝିରେ ପାର୍କଟି ଖୁବ୍ ମନୋଲୋଭା ଦିଶେ। ସେହି ସୌନ୍ଦର୍ଯ୍ୟକୁ ଦ୍ୱିଗୁଣିତ କରେ ପାର୍କ ମଝିରେ ଥିବା କୃତ୍ରିମ ଝରଣା। ତଥାପି ଏଇ ସୌନ୍ଦର୍ଯ୍ୟକୁ ଉପଭୋଗ କରିବା ପାଇଁ ଜଣେ ଲୋକ କେତେ ସମୟ ବସିପାରିବ ? ମଉସାଙ୍କୁ ପାର୍କ ମଝିରେ ଦେଖିଲେ ଏଇ ପ୍ରଶ୍ନ ମୁଁ ନିଜକୁ ବାରମ୍ବାର ପଚାରେ। ମର୍ଣ୍ଣିଂ ୱାକ୍, ଇଭିନିଂ ୱାକ୍, ପିଲାଙ୍କ ଖେଳରେ ସକାଳ ସନ୍ଧ୍ୟା ସୋସାଇଟି ଚଳଚଞ୍ଚଳ ରହେ। କିନ୍ତୁ ମଧ୍ୟାହ୍ନ ସମୟରେ ସୋସାଇଟି ଯେମିତି ନିରବ ହେଇଯାଏ। ସେତେବେଳେ ବି ମୁଁ ମଉସାଙ୍କୁ ପାର୍କରେ ଦେଖେ। ମତେ ମନେହୁଏ ଯେମିତି ସେ ତଳକୁ କିଛି ସମୟ ପାଇଁ ଆସି ତାଙ୍କ ଘର ଠିକଣା ଭୁଲିଯାଉଛନ୍ତି। କିମ୍ବା ପରିବାରର କର୍ମଜୀବୀ ସଦସ୍ୟଙ୍କ ଅନୁପସ୍ଥିତି ବୋଧେ ତାଙ୍କୁ ଏଇ ପାର୍କରେ ବସିବାକୁ ବାଧ୍ୟ କରୁଛି ନିଜ ନିଃସଙ୍ଗତାକୁ ଦୂର କରିବା ପାଇଁ।

ଯାହାବି ହେଉ ସେଦିନ ମୁଁ ନିଜକୁ ରୋକିପାରିଲିନି। ସିଧାସଳଖ ଯାଇ ମଉସାଙ୍କୁ ପଚାରିଦେଲି, 'ଆପଣଙ୍କୁ ଦିନ ସାରା ମୁଁ ଏଇ ପାର୍କରେ ବସିବା ଦେଖୁଛି, ଆପଣଙ୍କ ଫ୍ଲାଟ ନମ୍ବର କୁହନ୍ତୁ, ମୁଁ ଯାଇ ଛାଡ଼ିଦେଇ ଆସିବି।'

ସେ ମୋ କଥାର କିଛି ପ୍ରତ୍ୟୁତ୍ତର ଦେଲେନି; କିନ୍ତୁ ମୋ ପ୍ରଶ୍ନରେ ଅସହଜ ନିଶ୍ଚୟ ହେଲେ। ମୁଁ ବି ଅଧିକ କିଛି ନପଚାରି ସେଦିନ ଫେରିଆସିଲି। କିନ୍ତୁ ତାଙ୍କ ଲୋତକାପ୍ଲୁତ ଆଖି ଦୁଇଟିର ଚିତ୍ର ବାରମ୍ବାର ମୋ ସାମ୍ନାକୁ ଆସୁଥିଲା। କିଛି ତ ତାଙ୍କ ଜୀବନରେ ଘଟିଛି କିମ୍ବା ଘଟୁଛି; ଯାହା ସେ ପ୍ରକାଶ କରିପାରୁନାହାନ୍ତି। ଅଥଚ ନିଜ ଭିତରେ ସମାହିତ କରିବାକୁ ଚେଷ୍ଟାକରି ବିଫଳ ହେଉଛନ୍ତି।

ପରଦିନ ପୁଅର ସ୍କୁଲ ବସ୍ ଆସିବାର କିଛି ସମୟ ପୂର୍ବରୁ ମୁଁ ତଳକୁ ଯାଇ

ଦେଖିଲି ମଉସା ଠିକ୍ ତାଙ୍କ ନିର୍ଦିଷ୍ଟ ଜାଗାରେ ହିଁ ବସିଛନ୍ତି । ମୁଁ ପାଖକୁ ଗଲି । କିଛି ପଚାରିବା ପୂର୍ବରୁ ମଉସା ଆରମ୍ଭ କଲେ, 'ଏଇ ପାର୍କରେ ଗତ ତିନି ମାସ ହେଲା ମୁଁ ବସୁଛି; କିନ୍ତୁ କାହାରି କିଛି ଜିଜ୍ଞାସା ହେଲାନି ମତେ ନେଇ । ସମସ୍ତେ ନିଜ ନିଜ ଦୁନିଆରେ ବ୍ୟସ୍ତ । ତମେ ଝିଅ ପ୍ରଥମ ବ୍ୟକ୍ତି; ଯିଏ ମୋ ବିଷୟରେ ଜାଣିବାକୁ ଆଗ୍ରହ ପ୍ରକାଶ କଲ । ଅବଶ୍ୟ ମୁଁ ଏଠି ଆଉ ପନ୍ଦର ଦିନ ରହିବି, ତା'ପରେ ହାଇଦ୍ରାବାଦ ଯିବି । ଶେଷଆଡକୁ ମଉସାଙ୍କ ସ୍ୱର କ୍ଷୀଣ ହୋଇ ଆସିଲା ।

ମୋ କୌତୂହଳ ଆହୁରି ବଢ଼ିଗଲା । 'ତା'ହେଲେ ଆପଣଙ୍କ ଘର ହାଇଦ୍ରାବାଦ ?'

'ନା, ମୋର ଏବେ ଆଉ ନିଜ ଘର ନାହିଁ । ଦୁଇ ଝିଅ ପରସ୍ପର ମଧ୍ୟରେ ସମ୍ପତ୍ତି ଭାଗବଣ୍ଟା କରି ଛଅ ମାସ ଲେଖାଏଁ ମତେ ରଖିବେ ବୋଲି କଥା ହେଲା । ପତ୍ନୀ କେବେଠୁ ଆରପାରିରେ । ବେଳେବେଳେ ଭାବେ ସେ ଚାଲିଯାଇ ଭଲ କଲା । ଅନ୍ତତଃ ଏସବୁ ଦେଖି ଯନ୍ତ୍ରଣା ପାଇବାଠୁ ମୁକ୍ତି ପାଇଗଲା ।'

ମୁଁ ଆହୁରି ଆଶ୍ଚର୍ଯ୍ୟ ହେଲି ।

ମଉସା କହିଚାଲିଥିଲେ ବୋଧେ ମନ ଭିତରେ ବର୍ଷ ବର୍ଷରୁ ଜମାଟ ବାନ୍ଧି ରଖିଥିବା ଦୁଃଖକୁ ଆଜି ପ୍ରକାଶକରି ହାଲୁକା ଅନୁଭବ କରିବାକୁ ସେ ଚାହୁଁଥିଲେ । 'ମୋର ବି ଭୁଲ୍ ରହୁଛି, କେତେବେଳେ ଚଷମାକୁ ଟେବୁଲ ଉପରେ ରଖି ଭୁଲିଯାଇଥିବି ତ କେତେବେଳେ ମେଡ଼ିସିନ ଖୋଳକୁ ଡଷ୍ଟବିନରେ ରଖିନଥିବି । ଝିଅ ଜୋଇଁ ଦୁହେଁ କର୍ମଜୀବୀ । ମୋର ଏଇ ଭୁଲିବା ଗୁଣ ଯୋଗୁଁ ସେମାନେ ବି କମ୍ କଷ୍ଟ ଭୋଗନ୍ତିନି । ମୋ ପାଇଁ ଘର ଅସଜଡ଼ା ହେଇଯାଏ । ଝିଅ ପାଖରେ ସମୟ ନାହିଁ ଏବେ ମୋ ଛୋଟ ଛୋଟ ଆବଶ୍ୟକତାକୁ ଧ୍ୟାନ ଦେବାପାଇଁ । ମୁଁ ନିଜେ କଲେ ଠିକ୍‌ରେ କରିପାରେନି; ବରଂ ତାକୁ ବିରକ୍ତ ହେବାର ଖୋରାକ ଯୋଗାଏ । ସେଥିପାଇଁ ଦିନସାରା ମୁଁ ଏଠି ପାର୍କରେ ବସିରୁହେ; ଯଦ୍ୱାରା ମୋ ପାଇଁ ତାଙ୍କୁ ଯେମିତି କିଛି ଅସୁବିଧା ନହୁଏ ।' ମଉସାଙ୍କ ଆଖି ଛଳଛଳ ହୋଇଆସିଲା । ମୋ ପାଖରେ ଶବ୍ଦ ନଥିଲା କିଛି କହିବାକୁ ।

ତଥାପି ମଉସାଙ୍କୁ ସାନ୍ତ୍ୱନା ଦେଇ ପୁଅ ସହ ଘରକୁ ଫେରିଲି ସିନା; କିନ୍ତୁ କିଛି ଅସହାୟତାବୋଧତାକୁ ସାଙ୍ଗରେ ନେଇ ।

ବଦଳି ଯାଉଥିବା ପୃଥିବୀ

ସମସ୍ତେ ତାଙ୍କୁ ପାଗଳ କୁହନ୍ତି । ଦୀର୍ଘଦିନ ପର୍ଯ୍ୟନ୍ତ ମୁଁ ବି ସେମିତି ଭାବୁଥିଲି । ତାଙ୍କ ଛିଣ୍ଡା ପୋଷାକ, ଅଜବ ବାଳ, ଲମ୍ବା ଦାଢ଼ି ଯେକୌଣସି ବ୍ୟକ୍ତିକୁ ଭ୍ରମରେ ପକେଇବା ପାଇଁ ଯଥେଷ୍ଟ ଥିଲା । କିନ୍ତୁ ତାଙ୍କ ନିରବ ଆଉ ଅନ୍ୟମନସ୍କ ଆଖି ଦୁଇଟିକୁ ଦେଖିଲେ କାହିଁକି କେଜାଣି ମୁଁ ଅବିଶ୍ୱାସର ଏକ ପରିଧି ଭିତରକୁ ଆପେଆପେ ଠେଲି ହୋଇଯାଏ । ବୃଦ୍ଧଙ୍କ ରହିବା ଯଦିଓ ନିର୍ଦିଷ୍ଟ ଠିକଣା ନଥିଲା; ତଥାପି ପ୍ରାୟତଃ ମୁଁ ତାଙ୍କୁ ରେଲୱେ ଷ୍ଟେସନ କିମ୍ବା କେଉଁ ଦୋକାନ ସାମ୍ନାରେ ବସିଥିବା ଦେଖେ । ଏହାର ବ୍ୟତିକ୍ରମ ହେଲେ ଅଜାଣତରେ ତାଙ୍କୁ ମନେ ମନେ ଖୋଜିହୁଏ । ଆଶ୍ଚର୍ଯ୍ୟ ହୋଇ ପୁଣି ନିଜକୁ ପ୍ରଶ୍ନ କରେ କାହିଁକି ? ଏମିତି ତ କେତେ ପାଗଳ, ଭିକାରି ପ୍ରତ୍ୟେକ ସହରର ଗଲିକନ୍ଦିରେ ଆମ ନଜରକୁ ଆସୁଛନ୍ତି । ଦୈନନ୍ଦିନ ଜୀବନର ବ୍ୟସ୍ତତା ଭିତରେ କିଏ ତାଙ୍କୁ ମନେ ରଖିଛି । କିନ୍ତୁ ନିଜ ପ୍ରଶ୍ନର ଉତ୍ତର ପାଏନା ।

ସେଦିନ ସୌରଭ ସହିତ କୌଣସି କାମରେ ମୁଁ ବଜାରକୁ ଯାଇଥାଏ । ସାଙ୍ଗରେ ଝିଅ ନିନା ବି ଥାଏ । ରାସ୍ତାକଡ଼ ଦୋକାନରୁ ଜିନିଷ କିଣୁ କିଣୁ ହଠାତ୍ ମୋ ନଜର ପଡ଼ିଲା ସେଇ ବୃଦ୍ଧଙ୍କ ଉପରେ । ଯାନବାହାନ ଚଳାଚଳ ସତ୍ତ୍ୱେ ସେ ମଝି ରାସ୍ତାରେ ଚାଲିଥାନ୍ତି ଖୁବ ନିର୍ବିକାର ଭାବରେ । ଆଶ୍ଚର୍ଯ୍ୟ ହୋଇ ମୁଁ ତାଙ୍କ ପାଖକୁ ଦୌଡ଼ିଲି । ହଠାତ୍ ପଛପଟୁ ଦ୍ରୁତଗତିରେ ଆସୁଥିବା ଟ୍ରକଟି ବୃଦ୍ଧଙ୍କ ଉପରକୁ ମାଡ଼ିଯିବା ପୂର୍ବରୁ ହାତଧରି ତାଙ୍କୁ ରାସ୍ତାକଡ଼କୁ ଟାଣିଆଣିଲି ।

'ମତେ କାହିଁକି ବଞ୍ଚେଇଲୁ ମା' !"

ଏକ ନିଶ୍ଚିତ ମୃତ୍ୟୁମୁଖରୁ ଜଣକୁ ଉଦ୍ଧାରକରି ଆଶ୍ୱସ୍ତିରେ ନିଶ୍ୱାସ ନେବା ପୂର୍ବରୁ ବୃଦ୍ଧଙ୍କ କଥାଶୁଣି ମୁଁ ସ୍ତବ୍ଧ ହୋଇଯାଇଥିଲି । ତା'ହେଲେ ସେ କ'ଣ ଜାଣିଶୁଣି ଆମ୍ଭହତ୍ୟା କରିବାକୁ ଯାଉଥିଲେ !

ମୋ ମନରେ ଉଠୁଥିବା ଅସଂଖ୍ୟ ପ୍ରଶ୍ନର ଉତ୍ତର ଦେବାକୁ ଯାଇ ସେ ଆରମ୍ଭ କଲେ, 'ମୁଁ ପାଗଳ ନୁହେଁ ମା', ପରିସ୍ଥିତି ମତେ ପାଗଳ ହେବା ପାଇଁ ବାଧ୍ୟ କରିଛି। ନିଜର ସମସ୍ତ ସ୍ୱାର୍ଥ ତ୍ୟାଗକରି ଯାହାକୁ ମଣିଷ କଲି; ସେ ଯଦି ମତେ ବର୍ଜ୍ୟବସ୍ତୁ ଭଳି ରାସ୍ତା ଉପରକୁ ଫୋପାଡ଼ି ଦେବ, ତେବେ ମୁଁ ଆଉ କାହାଠୁ କ'ଣ ଆଶା କରିବି ? ସ୍ତ୍ରୀର ଅକାଳ ମୃତ୍ୟୁ ପରେ କାଲେ ତା' ପ୍ରତି ମୋର ସ୍ନେହ ବାଣ୍ଟିହୋଇଯିବ ସେଇ ଆଶଙ୍କାରେ ଦ୍ୱିତୀୟ ବିବାହ କଲିନି। ଦିନରାତି ପରିଶ୍ରମ କରି ଯାହା ଉପାର୍ଜନ କଲି; ତା'ରି ଉଜ୍ଜ୍ୱଲମୟ ଭବିଷ୍ୟତ ପାଇଁ ଖର୍ଚ୍ଚ କଲି। ତଥାପି କାଲେ ତା'ର କିଛି ଅଭାବ ରହିଯାଇଥିବ, ସେଥିପାଇଁ ମୁଁ ନିଜକୁ ନିଃସ୍ୱ କରିଦେଲି। ପ୍ରତିବଦଳରେ ମୁଁ କିଛି ଚାହୁଁ ନଥିଲି ମା', କେବଳ ଗଣ୍ଡାଏ ଭାତ ଆଉ ମୁଠାଏ ଅମୃୟତା। ସେତିକି ବି ସେ ଦେଇପାରିଲାନି। ଏ ଦୁନିଆଟା ଗୋଟିଏ ରଙ୍ଗମଞ୍ଚ। ସମସ୍ତେ ଯେ ଯାହା ଚରିତ୍ରରେ ଠିକ୍ ଅଭିନୟ କରୁଛନ୍ତି। ସେ ମୋ ଦାୟିତ୍ୱରୁ ମୁକ୍ତ ହେବାକୁ ଚାହୁଁଥିଲା। କିନ୍ତୁ ଜୀବନର ସାୟାହ୍ନରେ ବୁଢ଼ା ବାପାକୁ ଘରୁ ବାହାର କରିଦେଇ ତଥାକଥିତ ସମାଜର ନିନ୍ଦା ଅପବାଦକୁ ସହ୍ୟ କରିବାର ଶକ୍ତି ବି ତା' ପାଖରେ ନଥିଲା। ସେ ଖୁବ୍ ଚାଲାକ। ରୁଦ୍ଧ କୋଠରିର ଅନ୍ଧକାର ଭିତରକୁ ଫିଙ୍ଗିଦେଇ ଭାବିଥିଲା, ମୁଁ ମୋ ମାନସିକ ଭାରସାମ୍ୟ ହରେଇ ବସିବି। ତା'ପରେ କେଉଁ ପାଗଳଖାନାର ଦ୍ୱାର ସହଜରେ ମୋ ପାଇଁ ଉନ୍ମୁକ୍ତ ହୋଇଯାଇଥାନ୍ତା। କିନ୍ତୁ ନା, ସାରାଜୀବନ ଦୁଃଖ ସହିତ ଲଢ଼ି ଲଢ଼ି ନିଜକୁ ଏତିକି ଶକ୍ତ କରିପାରିଛି ଯେ, ନିଜ ପୁଅର ଏମିତି ଘୃଣ୍ୟ ଓ ଲଜ୍ଜାଜନକ ଯୋଜନା ଜାଣିସାରିବା ପରେ ମୁଁ ଦୋହଲିଗଲି ସିନା; କିନ୍ତୁ ହୃଦ୍‌ଘାତରେ ମରିଯାଇନି। ତା' ହସଖୁସିର ସଂସାରଠାରୁ ଦିନେ ବହୁଦୂରକୁ ଚାଲିଆସିଲି। କୁଆଡ଼େ ଯିବି, କ'ଣ କରିବି – ଏଇ ଚିନ୍ତାରେ କିଛି ଦିନ ମୋ ଫୁଟ୍‌ପାଥରେ କଟିଗଲା। କାଲେ ହଜିଯାଇଥିବି ଭାବି କିଛି ସହୃଦୟ ବ୍ୟକ୍ତି ମୋ ପରିବାରର ଠିକଣା ପଚାରିଲେ। କ'ଣ କହିଥାନ୍ତି ତାଙ୍କୁ ? ଯେଉଁ ସମ୍ପର୍କରେ ଆନ୍ତରିକତା, ବିଶ୍ୱାସ, ସମ୍ମାନ ନାହିଁ; ସେ ସମ୍ପର୍କର ମାନେ କ'ଣ ? ତଥାପି ମୁଁ କେବେ ତା'ର କୌଣସି କ୍ଷତି ହେଉ ବୋଲି ଚାହୁଁନଥିଲି। ସେଥିପାଇଁ ଏ ପାଗଳର ଅଭିନୟ। ସାରା ଜୀବନର ସଂଘର୍ଷ ପରେ ଭାବିଥିଲି ଶେଷ ଜୀବନ ପୁଅବୋହୂ, ନାତିନାତୁଣୀଙ୍କ ମେଳରେ କଟିଯିବ। କିନ୍ତୁ ତାହା ହୋଇପାରିଲାନି। ଆଉ କାହାପାଇଁ କ'ଣ ପାଇଁ ବଞ୍ଚିବି ?' କହୁ କହୁ ବୃଦ୍ଧଙ୍କ ଆଖିରୁ ଦୁଇଧାର ଲୁହ ବହିଆସିଲା। ତାଙ୍କ କଥାଶୁଣି ମୁଁ ସ୍ତବ୍ଧ ହୋଇଯାଇଥିଲି।

ବହୁକଷ୍ଟରେ ନିଜକୁ ସାମାନ୍ୟକରି କହିଲି, 'ମଉସା, ଆଜିଠୁ ଏ ଅଭିନୟର ଆବଶ୍ୟକତା ନାହିଁ।'

ସେ ମତେ ଦେଖିଲେ । ପ୍ରତ୍ୟାଶା ରହିତ ଆଖି ଦୁଇଟି ସେମିତି ନିରବ ଆଉ ଶାନ୍ତ ଥିଲା । ପରିସ୍ଥିତିର ଜଟିଳତା ବିଷୟରେ ସମ୍ପୂର୍ଣ ଅନଭିଜ୍ଞ ନିନା ଜିଦ୍ କଲାଣି ଘରକୁ ଯିବ ବୋଲି । ମୁଁ କିଛି ଭାବିପାରୁ ନଥିଲି । କ୍ଷଣକ ପାଇଁ ସାରା ପୃଥିବୀ ମତେ ଅନ୍ଧାର ଦେଖାଗଲା । ମୁଁ ସୌରଭଙ୍କୁ ଦେଖିଲି । ସେ ବୋଧେ ବୁଝିସାରିଥିଲେ ମୁଁ କ'ଣ ଚାହୁଁଛି । ବିଲମ୍ବ ନକରି ଗାଡ଼ି ଷ୍ଟାର୍ଟ କରି କହିଲେ, 'ସମସ୍ତେ ବସ' ।

ବର୍ଷା ଓ ହାଇୱେ

ଷଡ଼ଯନ୍ତ୍ର

ବାହାରେ ବର୍ଷା ସେମିତି ବର୍ଷୁ ଥିଲା। କାର୍‌ ଭିତରେ କିଛି ଉତ୍ତପ୍ତ ନିଃଶ୍ୱାସ, ଲୋଲୁପ ଆଖି ଓ ବଳିଷ୍ଠ ବାହୁର ଉପସ୍ଥିତି ବିଷୟରେ ଅନଭିଜ୍ଞ ଝିଅଟି ନିଜ ଭବିଷ୍ୟତ ସ୍ୱପ୍ନରେ ବୁଡ଼ି ଜାଣି ନଥିଲା ତା' ଗନ୍ତବ୍ୟ କେଉଁଠି ? ସେ ଧରିଥିବା ବିଶ୍ୱାସର ହାତଟି କେତେବେଳୁ ତା'ଠୁ ଅଲଗା ହୋଇସାରିଲାଣି, ତାକୁ ଜଣା ନାହିଁ। ହାଇୱେ ଉପରେ କାର୍‌ ଚାଲିଥିଲା ଶହେଚାଳିଶ ସ୍ପିଡ୍‌ରେ।

ସଂଘର୍ଷ

ବର୍ଷା ତଥାପି ଛାଡ଼ି ନଥିଲା। ହାଇୱେ କଡ଼କୁ ଟ୍ରକ୍‌ ରଖି ଡ୍ରାଇଭର ତଳକୁ ଓହ୍ଲାଇଲା ଖାଇବା ଉଦ୍ଦେଶ୍ୟରେ। ଆଜି କାହିଁକି ଢାବାଗୁଡ଼ିକରେ ପ୍ରବଳ ଭିଡ଼। ଖାଦ୍ୟ ମିଳିବା ସମ୍ଭାବନା ଅତ୍ୟନ୍ତ କ୍ଷୀଣ। ଗନ୍ତବ୍ୟସ୍ଥଳକୁ ତଥାପି ଅଛି ସାତଶହ ଛତିସ କିଲୋମିଟର।

ଦୁର୍ଘଟଣା

ବର୍ଷାର ବେଗକୁ ତାଳ ଦେଇ ଦ୍ରୁତଗତିରେ ଓଭରଟେକ୍‌ କରି ବସ୍‌ଟି ନିୟନ୍ତ୍ରଣ ହରେଇ ବାଁ ପଟକୁ ଢଳିଗଲା। କାମସାରି ସନ୍ଧ୍ୟାରେ ଘରକୁ ଫେରୁଥିବା ସାଇକେଲ ଆରୋହୀ ଛିଟିକି ପଡ଼ିଲା ମଝି ରାସ୍ତାକୁ। ହାଇୱେରେ ସ୍ୱିଚ୍‌ ଲାଇଟ ଲିଭିବା ପୂର୍ବରୁ ପଛରୁ ଆସୁଥିବା ସୁମୋ ଡ୍ରାଇଭର ନିଜ ଗାଡ଼ି ତଳେ କିଛି ଥିବା ଅନୁଭବ କଲା।

ବେପାର

ବର୍ଷାରେ ଭିଜି ସେ ସ୍ତ୍ରୀଲୋକଟି ଅପେକ୍ଷା କରିଥିଲା ତା' ଗ୍ରାହକକୁ। ହାଇୱେରେ ଟ୍ରକ ଚାଲିଲେ ତା' ରୁଟି ଜଳେ। କିଏ ଜଣେ କହିଲା ଆଜି ହରତାଳ। ଘରକୁ ଫେରି ଯାଉଯାଉ ତା' ସାମ୍ନାରେ ଦେଖାଯାଉଥିଲା ମଦ୍ୟପ ସ୍ୱାମୀର ଚିକ୍ଧାର ଓ ରାହାଧରି କାନ୍ଦୁଥିବା ଦୁଇବର୍ଷ ପୁଅର କରୁଣ ମୁହଁ।

ଅପରାଧ

କିଛି ଘୃଣା, ହୀନମାନ୍ୟତା ଓ ଅବସାଦକୁ ନିଃଶେଷ କରି ବର୍ଷାରେ ଭିଜୁଥିଲା ସେ। ଶହେ ନମ୍ବରକୁ ଡାଏଲ କରି କିଏ ଜଣେ କହୁଥିଲା ହାଇୱେ ଉପରେ ଏବେ ଏବେ ହତ୍ୟା ହୋଇଛି।

ପ୍ରେମ

ଆମ୍ବୁଲାନ୍ସର ଗତି ସହିତ ତା' ହୃତ୍ସ୍ପନ୍ଦନର ଗତିବି ବଢ଼ି ଚାଲିଥିଲା। ନିଜ ପ୍ରେମକୁ ବଂଚେଇବା ପ୍ରୟାସରେ ଘଣ୍ଟାଏ ହେଲା ସେ ସେମିତି ବସିଥିଲା; ଯଦିଓ ତା' ହାତରେ ବି ଡ୍ରିପ ଥିଲା। ବାହାରେ ବର୍ଷା ଆଉ ନଥିଲା।

ଆରାବଲୀ ଓ ମୁଁ

ଟ୍ରେନ୍‌ରୁ ଓହ୍ଲାଇ ଆମେ ଏକ ଛୋଟ ଅଥଚ ସୁନ୍ଦର ସହରରେ ପାଦ ଦେଲୁ। ନିଶିଥ ଲଗେଜ୍‌ଗୁଡ଼ିକୁ ବୋହିବା ପାଇଁ କୁଲି ସନ୍ଧାନରେ ଥିଲେ; ଆଉ ମୁଁ ନୂଆ ସହରକୁ ନିବିଡ଼ ଭାବେ ଦେଖିବାରେ। ଚଳଚଞ୍ଚଳ ପ୍ଲାଟଫର୍ମ‌ଟି ମତେ କୌଣସି ଚିତ୍ରକରର କାନ୍‌ଭାସ୍‌ରେ ଅଙ୍କା ହୋଇଥିବା ଚିତ୍ରଠୁ କମ୍ ଲାଗିଲାନି। ରେଲୱେ ଷ୍ଟେସନରୁ ବାହାରିବା ପରେ ପ୍ରକୃତରେ ଏହା ଏକ ଶାନ୍ତ, ସବୁଜିମାରେ ପରିପୂର୍ଣ୍ଣ ଛୋଟ ସହର ବୋଲି ମୁଁ ଅନୁଭବ କଲି; ଯାହା ନିଶିଥ ଆମ ଟ୍ରେନ ଯାତ୍ରା ସମୟରେ ବର୍ଣ୍ଣନା କରିକରି ଆସୁଥିଲେ। ସେ ତତ୍ପର ହୋଇ ଅପେକ୍ଷା କରିଥିଲେ କ୍ରିଷ୍ଟାଲ ପ୍ଲାଜା ଆସିବାକୁ, ଯେଉଁଠି ପରବର୍ତ୍ତୀ ତିନି ବର୍ଷ ପାଇଁ ଆମ ଘର ଥିଲା। ମୁଁ ବି ଉତ୍ସୁକ ଥିଲି ଦେଖିବାକୁ ଓ ଆକଳନ କରିବାକୁ ଚାହୁଁଥିଲି ଘରକୁ ନେଇ ତାଙ୍କ ଜ୍ଞାନ କେତେ। ମୁଁ ମାନିବାକୁ ପ୍ରସ୍ତୁତ ନଥିଲି କି ସେ ଭଲ ଘରଟେ ଖୋଜିପାରିଥିବେ; ସେଥିପାଇଁ ଆମେ ରହିଥିବା ପୂର୍ବ ଘରଟି ବିଶେଷତଃ ଦାୟୀ।

କିଛି ସମୟପରେ ଆମ କ୍ୟାବ୍‌ଟି ଏକ ଆପାର୍ଟମେଣ୍ଟ ସାମ୍ନାରେ ଠିଆ ହେଲା। ନିଶିଥ ଇସାରା କଲେ ଓହ୍ଲାଇବା ପାଇଁ। ମୁଁ ସେଠି ଠିଆହୋଇ ଚାହିଁଲି ପଞ୍ଚମ ମହଲାରେ ଥିବା ଆମ ଘରକୁ; କିନ୍ତୁ ମତେ ସବୁ ଘର ସମାନ ପରି ଲାଗିଲା। ଏବେ ମୁଁ ନିଶିଥଙ୍କ ସାମାନ୍ୟ ପଛକୁ ଯାଇ ଚାଲିବା ଆରମ୍ଭ କଲି; କାରଣ ସେ ହିଁ ଘରର ଅବସ୍ଥିତି ବିଷୟରେ ଜ୍ଞାତ ଥିଲେ।

ଲିଫ୍ଟ ବ୍ୟବହାର ନକରି ଆମେ ସିଡ଼ିରେ ପଞ୍ଚମ ମହଲାରେ ପହଞ୍ଚିଲୁ। ଅବଶ୍ୟ ଏହାର କାରଣ ମୁଁ ନିଶିଥଙ୍କୁ ପଚାରିନି; କେବଳ ତାଙ୍କୁ ଅନୁସରଣ କରିବା ବ୍ୟତୀତ। ଯେତେବେଳେ ସେ ଆମ ଘରର ତାଲା ଖୋଲିଲେ ମୁଁ ଭୀଷଣଭାବେ ଉସ୍ସାହିତ ଥିଲି। ଘରେ ପଶିବା ମାତ୍ରେ ପ୍ରତ୍ୟେକ କୋଠରି, ରୋଷେଇ ଘର, ବାଲକୋନୀ, ଏପରିକି

ବାଥରୁମ୍‌କୁ ତନ୍ନ ତନ୍ନ କରି ଦେଖି ସେ ଦେଇଥିବା ବିବରଣୀ ସହିତ ତୁଲନା କରୁଥିଲି। ଏବେ ଘରକୁ ନେଇ ତାଙ୍କ ଜ୍ଞାନ ପ୍ରତି ଥିବା ସନ୍ଦେହରେ ମୁଁ ଏକ ବିରତି ଦେଲି। ସାରା ଦିନ ମୋର ଘରକୁ ସଜାଡ଼ିବାରେ ଓ ନୂଆ କିଣିବାକୁ ଥିବା ଜିନିଷର ତାଲିକା ପ୍ରସ୍ତୁତିରେ ଗଲା। ସନ୍ଧ୍ୟାରେ ଚା' କପ୍ ସହ ବାଲକୋନୀରେ ବସିବା ପରେ ମତେ ଦେଖାଗଲା ଆରାବଲି ତା' ସ୍ଥାନରୁ ଘୁଞ୍ଚି ଆସିଛି। ତା' ମୁଣ୍ଡ ଉପରେ ଟୋପି ସଦୃଶ ମେଘଖଣ୍ଡଗୁଡ଼ିକୁ ପିନ୍ଧି ମତେ ପଚାରୁଛି, 'ଦେଖ ମୁଁ କେମିତି ଲାଗୁଛି ?'

ମୁଁ ଧ୍ୟାନର ସହ କିଛି ସମୟ ତାକୁ ଦେଖିଲି। ତା'ପରେ ହସିଦେଇ କହିଲି, 'ବହୁତ ସୁନ୍ଦର।'

ମୋ ପ୍ରଶଂସା ଶୁଣି ସେ ଖୁସିରେ ଅଧୀର ହେବା ପରି ଲାଗିଲା। ମୁଁ ରୋଷେଇ ଘରକୁ ଗଲି, ସେଠୁ ଲକ୍ଷ୍ୟ କଲି। ଆରାବଲିକୁ ମୁଁ ମୋ ଝର୍କାରୁ ବି ଦେଖିପାରୁଛି।

ଧୀରେ ଧୀରେ ଆରାବଲି ସହିତ ମୋର ବନ୍ଧୁତା ହୋଇଗଲା। ଦୈନନ୍ଦିନ ଜୀବନର ଦିନଚର୍ଯ୍ୟା ଗପିବା ଅଭ୍ୟାସରେ ପରିଣତ ହୋଇଗଲା। ମୋ ପରି ସେ ହସେ, କାନ୍ଦେବି। ମୁଁ ତାକୁ ସାନ୍ତ୍ୱନା ଦେଲେ ଚୁପ୍ ହୋଇଯାଏ। ଠିକ୍ ସେ ବି ସେମିତି କରେ। ଯେତେବେଳେ ଆକାଶ ନିର୍ମଳ ଓ ପରିଚ୍ଛନ୍ନ ଥାଏ; ଆରାବଲି ମୁହଁଟି ଉଜ୍ଜ୍ୱଲ ଦିଶେ। ସୂର୍ଯ୍ୟକିରଣ ତା' ମୁହଁର ଆଭାକୁ ଦ୍ୱିଗୁଣିତ କରେ। ମତେ ଲାଗେ ସେତେବେଳେ ସେ ଟିକେ ବେଶୀ ଫୁଲେଇ ହୁଏ। ଅଳ୍ପ ଅଳ୍ପ କଥା ହୁଏ। ଅଭିମାନ କରି ମୁଁ ବାଲକୋନୀରୁ ଘର ଭିତରକୁ ଚାଲିଆସେ। ନିଶୀଥ ଅଫିସ୍ ଯିବା ପରେ ମୋ ନିଶବ୍ଦ ଘରର କାଚ ଝର୍କାକୁ ହାଲକା ଆଘାତ କରି ସେ ଅନୁରୋଧ କରେ ଫେରିଯିବାକୁ।

ଏବେ ରୁତୁ ବଦଲିଲାଣି। ବେଶୀ ସମୟ ମୋର ବାଲକୋନୀରେ ବିତୁଛି। କିନ୍ତୁ ଆରାବଲୀର ସେ ବର୍ଷା ଭିଜା ଦେହ, ଆକାଶରୁ ଓହ୍ଲେଇ ଆସି ବାଦଲ ସବୁ ତାକୁ ଛୁଇଁ ଛୁଇଁ ଯିବାର ଦୃଶ୍ୟଠୁ ଆନ୍ଦାସାଗରର ଉଚ୍ଛୁଳା ତରଙ୍ଗାୟିତ ସୌନ୍ଦର୍ଯ୍ୟ ମତେ ଅଧିକ ଆକୃଷ୍ଟ କରେ। ଯେତେବେଳେ ମୁଁ ନିଶୀଥ ସହିତ ଆନ୍ଦାସାଗର କୂଳେ କୂଳେ ବୁଲେ; ସେତେବେଳେ ସେ ରାସ୍ତା ଉପରକୁ ସମ୍ପ୍ରସାରିତ ହୋଇ ମୋ ପାଦକୁ ଛୁଏଁ। ଘଡ଼ିଏ ରହିଯିବାକୁ ନେହୁରା ହୁଏ। ମୁଁ ହସିଦେଇ ତାକୁ କୁହେ, 'ପୁଣି ଆସିବି।'

ବିଦାୟ ପାଇଁ ତାକୁ ହାତ ହଲେଇବା ଦେଖିଲେ ସେ ଅଭିମାନରେ ଫେରିଯାଏ। ଘରକୁ ଆସି ଯେତେବେଳେ ଆନ୍ଦାସାଗରର ଆକର୍ଷଣୀୟ ସୁନ୍ଦରତା କଥା ମୋଠୁ ଶୁଣେ, ଆରାବଲୀ ଈର୍ଷା କରେ। କୁହେ, 'ମୋ ପାଇଁ ତା' ସୌନ୍ଦର୍ଯ୍ୟ। ଈଶ୍ୱର ମତେ ଜାବୁଡ଼ି ଧରିବା ଶକ୍ତି ଦେଇନାହାନ୍ତି, ତାକୁ ଦେଇଛନ୍ତି। ମୁଁ ନିଃଶେଷ ହୋଇଯାଏ। ତା'ର କିନ୍ତୁ ଶୋଷ ମେଣ୍ଟେନି। ମୁଁ ପ୍ରସାରିତ, ସେ ସୀମିତ।'

ଆରାବଲୀର ସ୍ୱର କ୍ଷୀଣ ହୋଇଆସେ। ସେ ଚୁପ୍ ରୁହେ, ବୋଧେ ମୋ ଉତ୍ତରକୁ ଅପେକ୍ଷାକରି।

ମୁଁ ଆରାବଲୀକୁ କୁହେ, 'ତୁମ ଦୁଇ ଜଣଙ୍କ ସ୍ଥାୟୀତ୍ୱ ଅଛି; ତେଣୁ ବନ୍ଧୁତା କରିନିଅ, ମୁଁ ତ କ୍ଷଣସ୍ଥାୟୀ। ଆଜି ଅଛି, ତା'ପରେ ହୁଏତ ଆଉ ନଥିବି।'

ମୋ ଭାବପ୍ରବଣ ଆଖିରେ ଲୁହ ଦେଖି ଆରାବଲୀ ତା' ବିଶାଳତାକୁ ଦର୍ଶାଇ କହିଲା, 'ମତେ ଦେଖ, ମୁଁ ସବୁ ପରିସ୍ଥିତିରେ ସ୍ଥିର, ନିଶ୍ଚଳ।'

ମୁଁ ତା' କଥାରେ ସମ୍ମତି ଜଣେଇଲି। ତା'ପରେ ସେ ମତେ ପଚାରିଲା, 'ଏଠୁ କୁଆଡ଼େ ଯିବ?' ମୁଁ କହିଲି, 'ପୁଣି ଥରେ ବଦଲି ଅର୍ଡର ଆସିଛି, ଯିବାକୁ ପଡ଼ିବ ଡୁଙ୍ଗରପୁର।' ଆରାବଲୀ ସାମାନ୍ୟ ହସି କହିଲା, 'ମୁଁ ସେଠି ତୁମକୁ ଅପେକ୍ଷା କରିବି, ଆନ୍ନାସାଗର କିନ୍ତୁ ଏଠି ରହିଯିବ।'

ଆମେ ଦୁଇଜଣ ଏବେ ଜୋରରେ ହସିଲୁ। ଏହି ସମୟରେ ହଲରୁ ନିଶୀଥଙ୍କ ସ୍ୱର ଶୁଣାଯାଉଥିଲା, 'ଡେରି ହେଲାଣି, ଜଲଦି ଡିନର ରେଡି କର।'

ଅପ୍ରତ୍ୟାଶିତ

ବାହାରେ ଅବିଶ୍ରାନ୍ତ ବର୍ଷା ଲାଗିରହିଛି କେତେବେଳୁ। ଆଗାମୀ ତିନି ଦିନ ସମ୍ଭାବ୍ୟ ପ୍ରବଳ ବର୍ଷାର ଚେତାବନୀ ସହିତ ଅରେଞ୍ଜ ଏଲର୍ଟ ଜାରିହୋଇଛି ପାଣିପାଗ ବିଭାଗ ତରଫରୁ।

'ଏସବୁ ଜାଣିବାର ଆବଶ୍ୟକତା କ'ଣ ଯେ, ଯାହାବି ହେଇଯାଉ ଅଫିସ୍‌ ତ ଆସିବାକୁ ପଡ଼ିବ।' ଲ୍ୟାପଟପ୍ ବ୍ୟାଗ୍‌ ସଜାଡ଼ୁସଜାଡ଼ୁ ସୁରଭି କହିଲା।

'ହଁ, ଏବେ ଆଉ ଛୁଟି କାହିଁ? ସୁମିତର ପରିବାର ସହିତ ଆଠ ଦିନ ସମୟ ବିତେଇବାରେ ଛୁଟି ସବୁ ସରିଗଲା, ନୁହେଁ?' ସହକର୍ମୀ ମୌସୁମୀ ହସି ହସି କହୁଥିଲା।

'ସେମାନେ ଏବେ ମୋ ପରିବାର ହେବାକୁ ଯାଉଛନ୍ତି। ଏତିକି କରିବା ତ ମୋ ଦାୟିତ୍ୱ।' ସୁରଭି ସାମାନ୍ୟ ଅଭିମାନ ସ୍ୱରରେ କହିଲା।

'ଠିକ୍ ଅଛି, ଏବେ ସୁମିତକୁ କହ, ସେ ଅଫିସରୁ ଫେରିଲା ବେଳେ ସାଙ୍ଗରେ ତତେ ବି ନେଇଯିବ। ବାହାରେ ବୋଧେ ବର୍ଷା ଛାଡ଼ିନି ଏଯାଏ।' ସୁରଭିର ଉତ୍ତରକୁ ଅପେକ୍ଷା ନକରି ମୌସୁମୀ ବାହାରିଗଲା, କେହି ଆସିଥିଲେ ବୋଧେ ତାକୁ ନେବାକୁ।

ସତରେ ସୁମିତ ଛଡ଼ା ତା'ର କିଏ ଅଛି ଏଇ ଅଚିହ୍ନା ସହରରେ; ଯାହାକୁ ସେ ବିଶ୍ୱାସ କରିପାରିବ, ସୁବିଧା ଅସୁବିଧା କହିପାରିବ। ମନେ ମନେ ଭାବି ଅଫିସ ବାହାରକୁ ଆସିଲା ସୁରଭି। ମୌସୁମୀର କହିବାନୁଯାୟୀ ବର୍ଷାର ବେଗ ତା' ଅନୁମାନଠୁ ବହୁତ ଅଧିକ ଥିଲା। ତେଣୁ ସ୍କୁଟିରେ ଯିବା ନିଶ୍ଚୟ ବିପଜ୍ଜନକ ହେବ ଭାବି ସୁମିତକୁ ମେସେଜ୍‌ କଲା ସୁରଭି।

ପ୍ରାୟ କୋଡ଼ିଏ ମିନିଟ ପରେବି ସୁମିତର ଉତ୍ତର ନାହିଁ। ବର୍ତ୍ତମାନ ସୁରଭିକୁ ନିଜ ଅପେକ୍ଷା ସୁମିତର ଚିନ୍ତା ଅଧିକ ଲାଗୁଥିଲା। ତା' ପରି ସୁମିତ ବି ପିଜିରେ ରହେ। ନୂଆକରି ଜଏନ୍‌ କରିଥିବା ଅଫିସରେ ଦୁଇଜଣଙ୍କ ପ୍ରଥମେ ପରିଚୟ, ତା'ପରେ

ପ୍ରେମ। ଏବେ କ୍ୟାରିଅରରେ କିଛି ଦୃଷ୍ଟାନ୍ତମୂଳକ ଉପଲବ୍‌ଧି ପାଇଁ ଦୁଇ ଜଣ ଅଲଗା କମ୍ପାନୀରେ କାର୍ଯ୍ୟରତ। ପରିବାର ତରଫରୁ ତାଙ୍କ ସମ୍ପର୍କକୁ ସ୍ୱୀକୃତି ମିଳିଯାଇଛି। ହଠାତ୍ ମୋବାଇଲ ରିଂରେ ସୁରଭିର ଧ୍ୟାନଭଗ୍ନ ହେଲା। 'କିଛି ସମୟ ଅପେକ୍ଷା କର। ମୁଁ ବାସ ପହଂଚିଗଲି।' ଅପରପାର୍ଶ୍ୱରୁ ସୁମିତର ସ୍ୱର ଥିଲା। ସୁରଭି ଆଶ୍ୱସ୍ତ ହେଇ ଅଫିସ କରିଡର ବେଞ୍ଚରେ ଯାଇ ବସିଲା। ଏ ବର୍ଷା ଆଜି ଥମିବାର ନାହିଁ, ସୁରଭି ଭାବୁଥିଲା।

କିଛିସମୟ ପରେ ହାତଘଣ୍ଟାକୁ ଚାହିଁଲା ସୁରଭି। ଅନ୍ୟମନସ୍କତାରେ ଏ ଭିତରେ ଅଧାଘଣ୍ଟା ସମୟ ବିତିଗଲାଣି; ଅଥଚ ତା'ର ଧ୍ୟାନ ନାହିଁ। ବର୍ଷା ସହିତ ରାତି ବଢୁଛି, ତା' ସହିତ ଘରକୁ ପହଂଚିବାର ବ୍ୟସ୍ତତା ବି। ସୁରଭି ମୋବାଇଲ ଅନ୍ କଲା ସୁମିତ ସହିତ କଥା ହେବାକୁ।

'ସୁରଭି, କ୍ୟାବ୍ କରି ପଳେଇଆସ। ଟ୍ରାଫିକ ପାଇଁ ମୋର ହୁଏତ ଡେରି ହୋଇପାରେ।'

ସୁରଭି ଆଶ୍ଚର୍ଯ୍ୟ ହେଲା; କିନ୍ତୁ ସୁମିତର ଅସହାୟତାକୁ ବୁଝି ତୁରନ୍ତ କ୍ୟାବ୍ ବୁକ୍ କଲା। ଅଳ୍ପ ସମୟର ବ୍ୟବଧାନରେ ଗନ୍ତବ୍ୟସ୍ଥଳକୁ ତା' ଯାତ୍ରା ଆରମ୍ଭ ହୋଇସାରିଥିଲା କ୍ୟାବ୍‌ରେ। ଯଦିଓ ସୁରଭି ସାମାନ୍ୟ ଆଶ୍ୱସ୍ତ ହେଲା; ତଥାପି ଲଗାତାର ବର୍ଷା, ଟ୍ରାଫିକ ଓ ବଢୁଥିବା ରାତିକୁ ଦେଖି ମନରେ ସଂଶୟ ବି ଆସୁଥିଲା। ସହରର ସଂଯୋଜିତ ରାସ୍ତା ଉପରୁ କ୍ୟାବ୍ ଆସି ଏବେ ମୁଖ୍ୟ ରାସ୍ତା ଉପରେ। କିନ୍ତୁ ଏପରି ଟ୍ରାଫିକ୍ ଜାମ ସହିତ ବୋଧେ ସେ ପ୍ରଥମଥର ପରିଚିତ ହେଉଥିଲା। ସାମ୍ନାରେ ଦୃଷ୍ଟିର ଶେଷ ପରିଧି ଯାଏ କେବଳ କାର ହିଁ କାର। ସୁରଭି ଘଣ୍ଟା ଦେଖିଲା, ଆଠଟା ହେଲାଣି। କାରର ଗତି ମଣିଷର ଚାଲିବା ଗତିଠୁ ବି ଆହୁରି ମନ୍ଥର। କାଚ ୱର୍କୀ ଦେଇ ବାହାରର ଦୃଶ୍ୟ ଦେଖିବାକୁ ଚେଷ୍ଟା କଲା ସେ, ବର୍ଷାର ପ୍ରକୋପ ଠିକ୍ ସେମିତି ଅଛି। ଏଥର ତା' ବ୍ୟସ୍ତତା ବଢୁଥିଲା; ତଥାପି ନିଜକୁ ଯଥାସମ୍ଭବ ସାମାନ୍ୟ ରଖିବାକୁ ଚେଷ୍ଟା କରୁଥିଲା ସୁରଭି। ମନରେ ବିଭିନ୍ନ ଦୁଶ୍ଚିନ୍ତା ଆସୁଥିଲା। ବର୍ଷା ରାତି ଓ ଟ୍ରାଫିକ୍ ଜାମ ଦେଖି ଡ୍ରାଇଭର ଯଦି ମନା କରିଦେବ, 'ମୁଁ ଆଉ ଆଗକୁ ଯାଇପାରିବିନି ମାଡାମ, ଆପଣ ନିଜ କଥା ଦେଖନ୍ତୁ। ଘରେ ମତେବି ପହଂଚିବାକୁ ପଡ଼ିବ।' ତା' ସହିତ ଡ୍ରାଇଭରର ଅସ୍ୱାଭାବିକ ନିରବତା ତାକୁ ଭୟଭୀତ କରୁଥିଲା। ରହିରହି ଗଣମାଧ୍ୟମରୁ ପଢିଥିବା ଅତୀତର ବିଭିନ୍ନ ଅପ୍ରୀତିକର ଘଟଣାର ଚିତ୍ର ତା' ମନକୁ ଆନ୍ଦୋଳିତ କରୁଥିଲା।

ହାତଘଣ୍ଟାକୁ ପୁଣି ଥରେ ଚାହିଁଲା ସୁରଭି। ଏ ଭିତରେ ପ୍ରାୟ ତିନିଘଣ୍ଟା ବିତିଗଲାଣି। ରାତି ଅନେକ ହେବ। ସୁମିତର ଫୋନ୍ ବି ବନ୍ ଆସୁଛି। ପ୍ରଥତଃ

କହିବା କଥା, କେଉଁଠି ଅଛି ସେ। ଫୋନ୍ ନକଲେ ମେସେଜ୍ ତ ଦେଇପାରିବ, ପୁଣି ଭାବୁଥିଲା ଯଦି ଚାର୍ଜ ସରିଯାଇଥିବ, ଅଯଥା ସନ୍ଦେହ ଠିକ୍ ନୁହେଁ। ଗନ୍ତବ୍ୟସ୍ଥଳ ଆହୁରି କିଛି ଦୂର ଅଛି। କିନ୍ତୁ ସୁରଭି ଲକ୍ଷ୍ୟ କଲା ତା' ଭୟ ଓ ସନ୍ଦେହ ବିପରୀତ ଡ୍ରାଇଭରର ଏପରି ପରିସ୍ଥିତିରେ ବି ଧୈର୍ଯ୍ୟଶୀଳ, ନିଜ କର୍ତ୍ତବ୍ୟ ପ୍ରତି ଯନ୍ତବାନ, ତା'ଛଡା ଅଯଥା ଯୁକ୍ତିତର୍କ କି ଅଭିଯୋଗ ନଥିଲା। ସୁରଭି ଆଶ୍ଚର୍ଯ୍ୟ ହେଲା। ଏଇ ସହରରେ ପ୍ରଥମଥର ସେ ଏମିତି ଜଣେ ଲୋକକୁ ଭେଟୁଥିଲା; ଯିଏ ଅନ୍ୟମାନଙ୍କଠୁ ଭିନ୍ନ ଥିଲା। ଆଖି ଆଦ୍ର ହେବା ସହ ମନ ଆନ୍ତରିକତାରେ ବତୁରିଗଲା। ଏବେ, ପ୍ରାୟ ପଞ୍ଚାଘଣ୍ଟା ପରେ, ସୁମିତର ଫୋନ ଆସିଲା, 'ଏତେ ସମୟ ବାହାରେ କ'ଣ କରୁଛ ସୁରଭି ? ମୁଁ ଏୟାରପୋର୍ଟରୁ ଜଣେ ସାଙ୍ଗକୁ ପିକ୍ କରି, ରେଷ୍ଟୁରାଣ୍ଟରୁ ଖାଇ ଦୁଇ ଘଣ୍ଟା ହେଲା ପିଜିରେ ପହଂଚିସାରିଲିଣି, ଅଥଚ ତୁମେ ପହଂଚିନ।'

ସୁରଭି କିଛି ଜବାବ ଦେବା ଉଚିତ ମନେକଲାନି। ଫୋନ କାଟିଦେଇ, ନିଜ ପିଜି ସାମ୍ନାରେ ଓହ୍ଲେଇ ଅତିରିକ୍ତ କେତେ ଟଙ୍କା ହେଲା ପଚାରିବାରୁ ଅପ୍ରତ୍ୟାଶିତ ଭାବେ ଡ୍ରାଇଭର ମନାକରିଦେଲା କିଛି ନେବାକୁ। ଅନେକ ଧନ୍ୟବାଦ ଦେଇ ସୁରଭି ନିଜ ରୁମ୍‌କୁ ଆସିବା ବେଳେ ଭାବୁଥିଲା, ସତରେ ଏମିତି ଲୋକବି ଅଛନ୍ତି ଦୁନିଆରେ ! ଆଉ ମନେ ମନେ ସୁମିତକୁ ନେଇ କିଛି ନିଷ୍ପତ୍ତି ବି ନେଇସାରିଥିଲା।

ବିଶ୍ୱାସଘାତକତା

'ଆହା ! କେତେ ପରିଶ୍ରମ ନକରୁଛ, ସୁଶାନ୍ତ ଭଲା ବୁଝ୍ତା ଟିକେ। ମୁଁ ତ କହୁଛି ଭାଉଜ, ତୁମେ ବି ଛୁଟି ନେଇ ଦଶ ଦିନ ଘରେ ବସିଯାଅ। ଦେଖିବ, ଆପେ ସେ ରାସ୍ତାକୁ ଆସିବ।' ଏକାଥରେ ଏତିକି କଥା କହି ନିରଞ୍ଜନ, ସୁମତି ଆଡେ ଚାହିଁଲା। ସୁଶାନ୍ତର ସ୍ତ୍ରୀ ସୁମତି, ପାଖ ଆପାର୍ଟମେଣ୍ଟରୁ କାମ ସାରି ଘରକୁ ଫେରୁଥାଏ। ରାସ୍ତାରେ ହଠାତ୍ ନିରଞ୍ଜନ ସହିତ ତା' ଦେଖା ହେଇଗଲା। ନିରଞ୍ଜନ ସୁଶାନ୍ତର ସାଙ୍ଗ, କାଁ ଭାଁ ତାଙ୍କୁ ସୁଶାନ୍ତ ସହିତ ଦେଖିଛି। ବେଳେବେଳେ ତାଙ୍କ ଘରକୁ ବି ଆସେ। ସୁମତି ଯଦିଓ ସାଙ୍ଗେ ସାଙ୍ଗ ତା' କଥାର କୌଣସି ପ୍ରତ୍ୟୁତ୍ତର ଦେଲାନି; ତଥାପି ମନେ ମନେ ଭାବିଲା, ଠିକ୍ ତ କହୁଛି ନିରଞ୍ଜନ। ଦିନସାରା ଖଟି ରୋଜଗାର କରୁଛି ସେ; କିନ୍ତୁ ମଦ ପିଇ ପଇସା ଉଡେଇ ଦେଉଛି ସୁଶାନ୍ତ। ତିନୋଟି ପିଲା ପ୍ରତି କିଛି ଦାୟିତ୍ୱ ନାହିଁ। ନା'କୁ ମାଲି ଚାକିରି କରିଛି ଗୋଟିଏ ସ୍କୁଲରେ, କିନ୍ତୁ ପ୍ରାୟ ଦିନ ଛୁଟି ନେଇ ଦରମା ବନ୍ଦ। ତା'ର କେତେ ଅନୁନୟ ବିନୟରେ ସ୍କୁଲ କର୍ତ୍ତୃପକ୍ଷ ସୁଶାନ୍ତକୁ ଖାଲି ବାହାର କରିନାହାନ୍ତି ସିନା, ନହେଲେ ଦରମା ଯାହା ପାଉଛି; ତାହା କୌଣ କୃଲକୁ ନୁହେଁ।

ଘରେ ପହଁଚି ସୁମତି ସେଇ ଭାବନାରେ ଛଟ୍ପଟ ହେଲା। ଗଧ ଭଳି ସେ ଖଟୁଚି ବୋଲି ସୁଶାନ୍ତ ଉପରେ କିଛି ପଡୁନି। ତିନୋଟି ପିଲା, ସେମାନେ ଦୁଇ ଜଣ ମିଶି ପାଞ୍ଚ ପ୍ରାଣୀ କୁଟୁମ୍ବର ସଂସାର ଏ ମହଙ୍ଗା ଯୁଗରେ କେମିତି ଚଲାଉଛି, ସେ ହିଁ ଜାଣେ। ତା'ର ଚିନ୍ତା କ'ଣ? ମଦ ଭଲ ତ ସେ ଭଲ। ରାଗରେ ତା' ମୁହଁ ଫଣ ଫଣ ଦେଖାଗଲା। ନିରଞ୍ଜନ କଥା ମାନି ସତରେ ସେ ଯଦି ଦଶ ଦିନ ଛୁଟି ନେଇ ଘରେ ରହିବ; ତେବେ ଦରମା ତ ତା'ର ବି ବନ୍ଦ ହେବ। ପିଲାଏ ଖାଇବେ କ'ଣ! ସୁମତି ଉଠି ବସିଲା। ଉପରବେଳା ପୁଣି ଥରେ ଆପାର୍ଟମେଣ୍ଟକୁ ଯାଇ ବାସନ ଧୋଇବାକୁ ହେବ। ଏଇ ସମୟରେ ଦୁଇ ଘଣ୍ଟା ପାଇଁ ଘରକୁ ଆସି ନିଜ ଘରର ଯାବତୀୟ କାମ

କରେ ସେ । ପିଲାଏ ସ୍କୁଲରୁ ଆସିଲେ ତାଙ୍କୁ ଖାଇବାକୁ ଦେବା, ଲୁଗାପଟା ସଫା, ରାତି ଖାଇବାର ବ୍ୟବସ୍ଥା ବି । ଆପାର୍ଟମେଣ୍ଟରୁ କାମ ସାରି ଫେରୁ ଫେରୁ ସନ୍ଧ୍ୟା ହୋଇଯାଏ । ଥକାଥକିରେ ଆଉ ଇଚ୍ଛା ହୁଏନି କିଛି କରିବାକୁ । ପିଲାଙ୍କୁ ଦେଇ ଯାହା ଥାଏ; ତାକୁ ଖାଇଦେଇ ବିଛଣାରେ ଥରେ ପଡ଼ିଗଲେ ନିଦଭାଙ୍ଗେ ପାହାନ୍ତାକୁ ଯାଇ । କିନ୍ତୁ ଏବେ ସୁଶାନ୍ତ ପାଇଁ ସବୁ ବଦଲି ଗଲାଣି । ମଦ ପିଇ ଅଧା ରାତିରେ ଆସି ପାଟିତୁଣ୍ଡ କରିବା ପ୍ରାୟ ନିତିଦିନର ଘଟଣା ହେଇଗଲାଣି । ସୁମତି ରାଗେ, ବୁଝାଏ ଗାଳିଦିଏ ତାକୁ । ଆଉ କେବେ ହେବନିର ପ୍ରତିଶ୍ରୁତି କିଛି ଘଣ୍ଟାର ବ୍ୟବଧାନରେ ପୁଣି ଭାଙ୍ଗିଗଲେ ଚୁପ୍ ହୋଇ ଲୁହାଗଡ଼ାଏ ସେ । ନିଜ ଅନ୍ଧକାର ଭବିଷ୍ୟତ ଚିନ୍ତାରେ ଭିତରୁ ଭିତରୁ ଭାଙ୍ଗିପଡ଼େ ସୁମତି । ନିରଞ୍ଜନ କଥାଟି ରହି ରହି ମନକୁ ଆସେ । ଶେଷ ଉପାୟ ଭାବେ ସତରେ ଥରେ କରିକି ଦେଖିବ କି ! ଏଇ ଭାବନାଟିକୁ ନିଜ ଭିତରୁ କାଢ଼ିପାରେନି ସୁମତି ।

ସୁମତି ଜାଣେ ସୁଶାନ୍ତ, ସ୍କୁଲ ଡ୍ୟୁଟି ସାରି କୁଆଡ଼େ ଯାଏ । ଏତେ ଦିନ ଭିତରେ ନିରଞ୍ଜନଠୁ ସବୁ ଖବର ସଂଗ୍ରହ କରିସାରିଛି । ଏବେ ଘର ଭିତରେ ନୁହେଁ, ସମସ୍ତଙ୍କ ସାମ୍ନାରେ ଫଇସଲା ହେବ । ସିଧାସଳଖ ସେ ଶୁଣେଇଦେବ, ଯଦି ଏ ପିଆ ପିଇ ସୁଶାନ୍ତ ବନ୍ଦ ନ କଲା; ତେବେ କାଲିଠୁ ତା'ର ବି କାମକୁ ଯିବା ବନ୍ଦ । ତା'ପରେ ସେ ଦେଖିବ ଘର କେମିତି ଚଳୁଛି । ପିଲାଏ ଖାଲି ତା'ରି ନୁହନ୍ତି, ଦାୟିତ୍ୱ ଖାଲି ତା'ର ନୁହେଁ; ବାପ ହିସାବରେ ସୁଶାନ୍ତକୁ ବି ତା' କର୍ତ୍ତବ୍ୟ କରିବାକୁ ପଡ଼ିବ । ଏମିତି ଅନେକ କଥା ଭାବୁଭାବୁ ସୁମତି ପହଞ୍ଚିଲା ସେମାନେ ରହୁଥିବା ଦୁଇଟି ଗଳିକୁ ଛାଡ଼ି ପର ଗଳିର ଶେଷ ଘର ପାଖରେ । ସେଠିକା ଦୃଶ୍ୟ ଦେଖି ସ୍ତବ୍ଧ ହୋଇ ରହିଗଲା ସେ । ନିରଞ୍ଜନ ସୁଶାନ୍ତକୁ ଘର ଭିତରକୁ ଏକ ପ୍ରକାର ଟାଣିନେଇ କହୁଛି, 'ସେ ମାଇପି ଲୋକଙ୍କ କଥାରେ କ'ଣ ପିଇବା ଛାଡ଼ିଦେବୁ ? ଚାଲ, ଆଜିର ଖର୍ଚ୍ଚଟା ମୋର ।'

ଅବ୍ୟକ୍ତ ବେଦନା

ଫ୍ରକ୍ ପକେଟରୁ ଖେଳନାଟକ ବାହାରକରି ତଳେ ରଖିଲା ମାନି। ନାଲି, ନେଲି, ବାଇଗଣୀ ରଙ୍ଗର ବିଭିନ୍ନ ଖେଳନା। ଆଖି ଖୁସି ହୋଇଗଲା। କେତେଦିନରୁ ତା'ର ଇଚ୍ଛା ଥିଲା ଏମିତି ଖେଳନା ସବୁ ପାଖରେ ଥାଆନ୍ତାକି? ଆଃ! ଆଜିସବୁ ତା' ହାତମୁଠାରେ, ସନ୍ତର୍ପଣରେ ଚାରିଆଡ଼େ ଦେଖିଲା, କେହି ତାକୁ ଦେଖୁନାହାନ୍ତି ତ? ନା, କେହି ନାହାନ୍ତି। ନିଶ୍ଚିତ ହେବାପରେ ଗୋଟି ଗୋଟି ଖେଳନାକୁ ସଜାଡ଼ିଲା ମାନି। ବେଳଣାପିଢ଼ା, ଥାଳି, ଗିନା, ଗ୍ଲାସ, ଚଟୁ ସବୁ ଅଛି। ଏବେ ମିଲି ତାକୁ ନ୍ୟୁନ ଭାବିବନି, ଠଙ୍କାରି ସାଙ୍ଗମାନଙ୍କ ଗହଣରେ ମଜା କରିବନି। ଏଇ ବିଶ୍ୱାସଟି ମନକୁ ଆସିବା ମାତ୍ରେ ଏକ ଅଜଣା ରୋମାଞ୍ଚରେ ରୋମାଞ୍ଚିତ ହୋଇଉଠିଲା ମାନି।

ମିଲି, ମାନିର ସହପାଠୀ, ପଡ଼ୋଶୀ; କିନ୍ତୁ ଦୁହିଁଙ୍କ ଭିତରେ ଆକାଶ ପାତାଳ ପ୍ରଭେଦ। ମିଲି ପକ୍କା ଛାତଘରେ ରହେ, ବିଭିନ୍ନ ପ୍ରକାର ଖେଳନାରେ ଖେଳେ, ସବୁ ପର୍ବପର୍ବାଣିରେ ନୂଆ ଡ୍ରେସ ପିନ୍ଧେ। ତା'ର ଠିକ୍ ବିପରୀତ ମାନି। ନୂଆଁଣିଆ ଚାଳଘର, ଖେଳନା କି ନୂଆ ଡ୍ରେସ୍‌ଟେ ତା' ପାଇଁ ଦିବାସ୍ୱପ୍ନ। ମିଲି ମାନିର ଅସହାୟତାକୁ ଉପହାସ କରେ। ନିଜ ବଡ଼ିମା ଦେଖାଏ। ମାନିକୁ ଏସବୁ ଭଲ ଲାଗେନି। କିନ୍ତୁ ସେ କିଛି କହିପାରେନି। ମିଲି ଓ ତା' ଭିତରର ପାର୍ଥକ୍ୟ ବୁଝିବା ତା' ପକ୍ଷେ ଏକ ଅଭେଦ୍ୟ ଦୁର୍ଗ ସଦୃଶ। ସେ ଅଣନିଶ୍ୱାସୀ ହୋଇପଡ଼େ। ବୋଉକୁ ପଚାରିଲେ ସେଇ ଗୋଟିଏ ଉତ୍ତର, 'ନିଜର ଯାହା ଅଛି, ସେତିକିରେ ସନ୍ତୁଷ୍ଟ ରୁହ।'

ବେଳେବେଳେ ଇଚ୍ଛାକୁ ରୋକି ହୁଏନି। ସମୁଦ୍ରର ଉଦ୍ଦାମ ତରଙ୍ଗ ସଦୃଶ ସ୍ୱୟଂ ମାଡ଼ି ଆସେ। କେମିତି କହିବ ସେ ବୋଉକୁ! ଏହା ପ୍ରଥମଥର ନୁହେଁ, ହେତୁ ହେବା ଦିନଠୁଁ ଯେବେବି ବାପାଙ୍କ ସହିତ ବଜାର କି ମେଳା ବୁଲିବାକୁ ଯାଇଛି, ନୂଆ ଖେଳନାଟିଏ ପାଇଁ ଇଚ୍ଛା କରିଛି, ଗତାନୁଗତିକ ଭାବେ ସେଇ ସମାନ ଦୃଶ୍ୟକୁ ସାମ୍ନା

କରିଛି । ବାପାଙ୍କ ଦୋକାନୀ ସହ ମିଛମିଛିକା ବୋଲଚାଲ, ବାରମ୍ବାର ପକେଟ୍ ଅଣ୍ଟାଳି ନିଜ ଅସହାୟତାକୁ ଲୁଚେଇବାର ଅବ୍ୟର୍ଥ ପ୍ରୟାସ ମାନି ଆଖିକୁ ଅଛପା ରହେନି । କାହିଁକି ସେମାନେ ଏତେ ଗରିବ, ଏଇ ଭାବନାଟି ମାନିକୁ ଖୁବ୍ କରିଦିଏ । ତେଣୁ ଆଜି ମେଲାରୁ ସମସ୍ତଙ୍କ ଦୃଷ୍ଟି ଅଗୋଚରରେ ସେ ନେଇ ଆସିଛି ତା' ଅଭିଷିପ୍ତ ଖେଳନା ସବୁ । ଆଜି ଜିତିଯାଇଛି ସେ । ମୁକ୍ତ ହୋଇଯାଇଛି ଲଜ୍ୟା, ଉପହାସ, ହୀନମନ୍ୟତାର ଶୃଙ୍ଖଲରୁ । ଫିଙ୍ଗିଦେଇଛି ଅଭାବ, ଅସହାୟତାକୁ କେଉଁ ଅତଲ ଗର୍ଭକୁ । ଗଭୀର ଆତ୍ମବିଶ୍ୱାସରେ ଫୁଲିଉଠିଲା ମାନି । ଆଖି ଦୁଇଟି ଉଜ୍ଜ୍ୱଲ ଦିଶିଲା, ମୁହଁରେ ସ୍ମିତହାସ୍ୟ । ଯାଉଛି ମିଲିକୁ ସବୁ ଦେଖେଇବି, ମନେ ମନେ ଗୁଣୁଗୁଣେଇ ଦୌଡ଼ି ଆସୁଆସୁ ହଠାତ ତା' ପାଦ ରହିଗଲା । କିଏ ଯେମିତି ପଛରୁ ଜାବୁଡ଼ି ଧରି ତାକୁ କହୁଥିଲା, ଏ ଖେଳନାଗୁଡ଼ିକୁ କେଉଁଠୁ ଆଣିଲୁ ବୋଲି କେହି ପଚାରିଲେ ତୁ କ'ଣ ଉତ୍ତର ଦେବୁ ? ସେଇଠି ଲଥ୍ କରି ବସିପଡ଼ିଲା ମାନି । ସତେ ତ !

ବୋଉ କୁହେ କାହାରି ଅଜାଣତରେ ଅନୁମତି ନନେଇ କିଛି ଜିନିଷ ଆଣିବା ମାନେ ଚୋରି କରିବା । ସ୍କୁଲରେ ଶିକ୍ଷକ କୁହନ୍ତି ଚୋରି କରିବା ମହାପାପ । ତା'ହେଲେ ସେ ଚୋରି କରିଛି, କେମିତି ସେ ଏତେ ବଡ କଥାଟି ଭୁଲିଗଲା । ଆତ୍ମଗ୍ଲାନିରେ ମାନିର ଗୋରା ମୁହଁଟି ଲାଲ ପଡ଼ିଗଲା । ଆଖିରୁ ଧାରଧାର ଲୁହ ବହିଚାଲିଥାଏ । ଏହି ସମୟରେ ତାକୁ ସାନି ଅପା କଥା ମନେ ପଡ଼ିଲା । ମାନିଠୁ ଦୁଇ ବର୍ଷ ବଡ ସାନି । ଖୁବ୍ ଶାନ୍ତଶିଷ୍ଟ, ସାନିକୁ ସମସ୍ତେ ପ୍ରଶଂସା କରନ୍ତି ଭଲ ପାଠ ପଢ଼େ, ସମସ୍ତଙ୍କ କଥା ମାନେ ଆଉ କିଛି ଜିନିଷ ପ୍ରତି ତା'ର ଲୋଭ ନଥାଏ ବୋଲି । ଏ ପରିସ୍ଥିତିରେ କେବଲ ସାନି ଅପା ହିଁ ତାକୁ ସାହାଯ୍ୟ କରିପାରିବ । ଆଖିରୁ ଲୁହ ପୋଛି, ଖେଳନାଗୁଡ଼ିକୁ ପୁଣି ଫ୍ରକ୍ ପକେଟରେ ଭର୍ତିକରି ମାନି, ସାନି ପାଖକୁ ଦୌଡ଼ିଲା । ମାନିଠୁ ସବୁ ଶୁଣିସାରିବା ପରେ ସାନି କିଛି କହିଲାନି । ମାନି ଆଶ୍ଚର୍ଯ୍ୟ ହେଲା । ସେ ଭାବୁଥିଲା, ସାନି ଅପା ତାକୁ ବହୁତ ଗାଲିଦେବ, ବାପା ବୋଉ ପାଖରେ ତା' ବିରୁଦ୍ଧରେ ଅଭିଯୋଗ କରିବ । କିନ୍ତୁ ତା' ଭାବନାର ବିପରୀତ ସାନି ତାକୁ ଏକପ୍ରକାର ଟାଣିନେଇ ବାରିପଟ କୃଥ ମୂଲେ ଥିବା କଦଲୀବୁଟା ପାଖକୁ ନେଇଗଲା ।

'ଏଠି ମତେ କାହିଁକି ଆଣିଲୁ ଅପା ?' କିଛି ପ୍ରତ୍ୟୁତ୍ତର ନାହିଁ ।

ସାନି କଦଲୀ ଗଛ ମୂଲରେ ଡାଲପତ୍ର ତଲୁ ଯାହା ବାହାର କଲା; ତାହା ଦେଖି ମାନି ସ୍ତବ୍ଧ ହୋଇଗଲା । ସେଇ ଖେଳନା ସାନି ଅପା ବି! ହଁ ମାନି, ସବୁ ବର୍ଷ ବାପା ଆମକୁ ମେଲା ବୁଲେଇ ନିଅନ୍ତି । ସବୁଥର ଏଇ ଖେଳନାଗୁଡ଼ିକୁ ମୁଁ ଅତି ପାଖରୁ ଦେଖେ । ନିଜ ହାତ ପାହାନ୍ତରେ ଥାଇବି ସେଗୁଡ଼ିକୁ ଛୁଇଁ ହୁଏନି କି ନିଜର ବୋଲି

କହି ହୁଏନା । ଏଥର କିନ୍ତୁ ମୁଁ ମୋ ଇଚ୍ଛାକୁ ଦବେଇ ପାରିଲିନି, ନେଇ ଆସିଲି ଦୋକାନୀର ଅଜାଣତରେ । କିନ୍ତୁ ସେଗୁଡ଼ିକୁ ଆମେ ନିଜର ବୋଲି କହିପାରିବା ନା ତା' ସହିତ ଖେଳିପାରିବା । ଏବେ ଭାବୁଛି କାହିଁକି ଆଣିଲି ? ଆମେ ଚୋରି କରିଛେ ମାନି', ସାନି ଭୋଭୋ ହୋଇ କାନ୍ଦି ଉଠିଲା ।

ପରଦିନ ମେଳା ପଡ଼ିଆରେ ଦୁଇ ଭଉଣୀ କାହାକୁ ଖୋଜୁଥିବାର ଦେଖାଯାଇଥିଲା ।

ତିନୋଟି ଘରର ଭିନ୍ନ ଚିତ୍ର

ସ୍ୱପ୍ନ

ନିଃସଙ୍ଗତାକୁ ଆପଣେଇ ଜୀବନକୁ ଜିଁବାର କଳା ବୋଧେ ନିରୁପମାଙ୍କଠାରୁ ଭଲ କେହି ଜାଣିନଥିବେ। ପରିପୂର୍ଣ୍ଣତା ଭିତରେ ଅପୂର୍ଣ୍ଣତା, ତାଙ୍କ ଜୀବନ ସହିତ ଅଙ୍ଗାଙ୍ଗୀ ଭାବେ ଜଡ଼ିତ। ବୟସର ଅପରାହ୍ନରେ ସେ ଏବେ। ଘରେ ତିନୋଟି ଲୋକ। କିନ୍ତୁ ସମସ୍ତଙ୍କ ଦୁନିଆ ଅଲଗା। ନବେ ବର୍ଷର ଶାଶୂଙ୍କ ଘର କହିଲେ ତାଙ୍କ କୋଠରି। ସରକାରୀ ଚାକିରିରୁ ଅବସର ନେଇ ସାହିତ୍ୟରେ ମଗ୍ନ ଥିବା ତାଙ୍କ ସ୍ୱାମୀଙ୍କ ପାଇଁ ନିଜ କୋଠରି ହିଁ ସର୍ବସ୍ୱ। କିନ୍ତୁ କାହା ପ୍ରତି ଅଭିଯୋଗ ନଥାଏ ନିରୁପମାଙ୍କର। ସେ ଥାନ୍ତି ତାଙ୍କ ସ୍ୱପ୍ନରେ। ଦିନ ରାତି ଏକ କରି ଘର ସଜାଡ଼ି ରଖନ୍ତି, କେବେ ପୁଅମାନେ ଆସିବେ ସପରିବାର ବିଦେଶରୁ।

ଏବେ ଉପର ଘର ତିଆରି କାମ ଚାଲିଛି। ନାତି ନାତୁଣୀଙ୍କ ଆବଶ୍ୟକତାକୁ ଧ୍ୟାନରେ ରଖି ଆଧୁନିକତାର ସ୍ପର୍ଶ ସହିତ। ନିରୁପମା ଏବେ ବହୁତ ବ୍ୟସ୍ତ। ଶାଶୂଙ୍କ ସେବା, ସ୍ୱାମୀଙ୍କ ଯତ୍ନ ତା' ସହିତ ଘର କାମର ତଦାରଖ। ଫୋନ୍‌ରେ ସବୁଦିନ ବିବରଣୀ ଦିଅନ୍ତି କାହା ପସନ୍ଦର କ'ଣ କାମ ଆଜି ହୋଇଛି। ଛୁଟିରେ ଆସିଲେ ପିଲାମାନେ ଯେମିତି ଆରାମରେ ରହିବେ। ନହେଲେ ଅଭିଯୋଗର ଫର୍ଦ ସହିତ ଫେରିଯିବାର ଦିନ ସମୟ ପୂର୍ବରୁ ଆସିଯାଏ। ଏବେ କିନ୍ତୁ ନିରୁପମା ନିଶ୍ଚିନ୍ତ। ଘର କାମ ଆଗେଇବା ସହିତ ସେ ଦିନ ଗଣନ୍ତି ପୁଅମାନଙ୍କ ଆସିବା ସମୟକୁ ଅପେକ୍ଷାକରି।

ନିରୁପମାଙ୍କ ସ୍ୱପ୍ନର ଘର ଏବେ ବାସ୍ତବ ରୂପ ନେବାକୁ ଯାଉଛି, ଯେଉଁଠି ଇଟା ବାଲି ସିମେଣ୍ଟରେ ତିଆରି ଘରଟେ କେବଳ ଏକ ଢାଞ୍ଚା ନ ହୋଇ ତାଙ୍କ ଭରପୂର ପରିବାରର ଉପସ୍ଥିତି ସହିତ ପାରସ୍ପରିକ ସ୍ନେହ ଶ୍ରଦ୍ଧା। ବନ୍ଧନରେ ଆବଦ୍ଧ ଥିବ। କିନ୍ତୁ

ଏଇ କିଛି ସମୟ ପୂର୍ବରୁ ପୁଅର ଫୋନ ଆସିଥିଲା, 'ଏଇ ବର୍ଷ ଘରକୁ ଆସିହେବନି, ଅଚାନକ ବୁଲାବୁଲି ପାଇଁ ଆମର ପ୍ଲାନ ହୋଇଗଲା। ସବୁ ଛୁଟି ସେଥିରେ ସରିଯାଉଛି। ଆସନ୍ତା ବର୍ଷକୁ ଦେଖିବା।'

ନିରୁପମା ନିରବ ରହିଲେ। ଭାବୁଥିଲେ ତାଙ୍କ ସ୍ୱପ୍ନର ଘର ବାସ୍ତବ ରୂପ ନେବାକୁ ଆହୁରି ଅନେକ ଦିନ ବାକି ଅଛି।

ପ୍ରଶ୍ନ

ବାହାରେ ବର୍ଷା ଥମିବାର ନାହିଁ। ଦିବାକର ଆସିଲେ ଖାଇବା ପାଇଁ ବ୍ୟସ୍ତ ହେବ। ସୁମି ରୋଷେଇ କରିବ କି ଘର ଭିତରକୁ ପଶିଆସିଥିବା ପାଣିକୁ ସଫା କରିବ, ଭାବୁଭାବୁ ବେଳ ଗଡ଼ି ସନ୍ଧ୍ୟା ହେଲାଣି। ବେଲେବେଲେ ଭାବେ ଏ ବର୍ଷା ଦିନଟି କାହିଁକି ଆସେ, ତାଙ୍କ ପରି ଲୋକଙ୍କୁ କଷ୍ଟ ଦେବାକୁ ବୋଧେ! ନୁଆଁଶିଆ ଆଜବେଷ୍ଟସ ଛାତର ଫାଙ୍କରୁ ଦେଖୁଥିଲା ସୁମି ନିକଟରେ ଥିବା ସୁଉଚ ଅଟ୍ଟାଳିକାକୁ, ଯେଉଁଠି ବାଲକୋନୀରେ ବସି ବର୍ଷାକୁ ଉପଭୋଗ କରୁଥିଲା ତା'ରି ବୟସର ଝିଅଟିଏ। ଦୁଇଟି ଘର ଭିତରେ ଥିବା ତଫାତକୁ ଦେଖି ମନେ ମନେ ଈଶ୍ୱରଙ୍କୁ ପ୍ରଶ୍ନ କରୁଥିଲା ସୁମି, 'କାହିଁକି ଏ ପାର୍ଥକ୍ୟ?'

ସମାଧାନ

କେବେଠୁ ପକ୍କା ଛାତ ଘରର ସ୍ୱପ୍ନ ଦେଖି ଲୋକନାଥର ବାପା ସେଇ ପୁରୁଣା ଚାଳ ଛପରି ଘରେ ଆଖି ମୁଜିଲେ। ଏବେ ବି ଭାବିଲେ ତା' ଛାତିରେ କୋହ ଉଠେ। ଲୋକନାଥର ରୋଜଗାର ବି ସେତିକି ନୁହେଁ ଯେ, ଛାତ ଘରଟେ ଇଚ୍ଛା ମୁତାବକ ଠିଆ କରେଇଦେବ। ଗାଁରେ ଇନ୍ଦିରା ଆବାସ ପାଇଁ ସମସ୍ତଙ୍କ ପରି ସେ ବି ଆବେଦନ କରିଛି। ଆଉ କିଛି ସେଥିରେ ମିଶେଇଦେଲେ ଦୁଇ ବଖରାର ଛାତ ଘରଟେ ତ ନିଶ୍ଚୟ ହେବ। ଲୋକନାଥ ପରିଶ୍ରମୀ; କିନ୍ତୁ ଚାଷବାସ କଥା ପାଣିପାଗର ଯୋଗପାଗକୁ ନେଇ ନିର୍ଭର କରେ। ଆଶା ତ ଅଛି, ସବୁ ବର୍ଷଠୁ ଏବର୍ଷ ଧାନ ଭଲ ହେବ।

ଏବେ ଗାଁରେ ସମସ୍ତେ ପକ୍କା ଛାତ ଘରକୁ ଉଠିଗଲେଣି। ଲୋକନାଥ କିନ୍ତୁ ଏବେବି ରହୁଛି ସେଇ ପୁରୁଣା ଚାଳ ଛପରି ଘରେ। ଦେଖେଇଶିଖେଇ ହେଯେତେ ମୁହଁକୁ ସେତେ କଥା। ଧାନ ଏବର୍ଷ ଭଲ ହେଲେ କ'ଣ ହେଲା, ବେମାରରେ ପଡ଼ି ଆହା ଘରେ ଲଗେଇବ ଭାବିଥିଲା, ସବୁ ଡାକ୍ତରଖାନାରେ ଗଲା। ଲୋକନାଥ ଏବେ

ଭାଙ୍ଗିପଡ଼ିଲାଣି, ଅଧାଟିଆରି ଘର ଦେଖ଼ଦେଖ଼। କେମିତି ଘରକୁ ସମ୍ପୂର୍ଣ୍ଣ କରିବ ଭାବୁଭାବୁ ଦିନେ ପତ୍ନୀ ସରିତା, ନିଜେ ପିନ୍ଧିଥିବା କାନଫୁଲକୁ ଖୋଲି ଲୋକନାଥ ହାତରେ ଦେଇ କହିଲା, 'ନିଅ, ଯା'ଛଡ଼ା ଆଉ ସମାଧାନ ନାହିଁ। ମୁଣ୍ଡ ଉପରେ ଛାତ ଥିଲେ ସବୁ ଅଛି ବୋଲି ଜାଣ।' ଏତିକି କହି ସେ ତା' କାମରେ ଲାଗିଲା।

ସରିତାକୁ ଦେଖ଼ ଲୋକନାଥ ଭାବୁଥିଲା ଏଇ ତ୍ୟାଗର ମୂଲ୍ୟ ସେ କ'ଣ କେବେ ଫେରେଇ ପାରିବ।

ମୃତ୍ୟୁର କୃଅ

ଧୀରେ ଧୀରେ ଲୋକ ବଢ଼ୁଛନ୍ତି। ତାଙ୍କ ଭିତରର ଆଗ୍ରହ, ଉସ୍ଥାହ ବି ବଢ଼ୁଛି। ଉତ୍ତେଜନାପୂର୍ଣ୍ଣ ସଂଗୀତର ତୀବ୍ର ଧ୍ୱନିରେ ସେହି ସ୍ଥାନରେ ଉପସ୍ଥିତ ଲୋକଙ୍କ ହୃତ୍ସ୍ପନ୍ଦନ ବି ବଢ଼ିଚାଲିଛି। ସମସ୍ତେ ବେଶ୍ ଉଜଲ୍‌ସ୍ଥାନରେ ଗୋଲାକୃତ ଅବସ୍ଥାରେ ଠିଆହୋଇ ତଳକୁ ଦେଖୁଛନ୍ତି। ତାଙ୍କ ଭିତରର କୌତୂହଲ ଏବେ ଚରମସୀମାରେ। ସମୟ ଗଡ଼ିଚାଲିଛି। ଭିଡ଼ ଭିତରେ ଠିଆହୋଇଥିବା ଝିଅଟି କାହାକୁ ପ୍ରଶ୍ନ କଲା, 'ସେ କ'ଣ ? ପାଞ୍ଚ ଛଅଟି ପ୍ରତ୍ୟୁତ୍ତର ଆସିଲା। ମୃତ୍ୟୁର କୃଅ!' ଝିଅଟି ଆଶ୍ଚର୍ଯ୍ୟ ହୋଇ ତଳକୁ ଦେଖିଲା। ବେଶ୍ ଚଉଡ଼ା କିନ୍ତୁ ଗଭୀର ଦିଶୁଥିବା ସ୍ଥାନଟିର ଦୃଶ୍ୟ କ୍ରମଶଃ ବଦଳିଗଲା।

ପ୍ରଥମେ ଖାଲିଥିବା ଜାଗାରେ ଗୋଟିଏ କାର, ତା'ପରେ ବାଇକ୍ ଆସି ଠିଆ ହେଲା। ଲୋକ ଦୁଇଜଣ ଅନ୍ତିମ ଇସାରା ପାଇବା ପରେ ନିଜ ନିଜ ଷ୍ଟିଅରିଙ୍ଗରେ ହାତ ରଖିଲେ। କିଛି ମୁହୂର୍ତ୍ତ ଭିତରେ କାର୍‌ର ଗତି ଓ ତାକୁ ଅନୁଧାବନ କରୁଥିବା ବାଇକ୍‌ର ଗତି ଅସାମାନ୍ୟ ଭାବେ ବୃଦ୍ଧି ହେଲା। ଉପରେ ଠିଆ ହୋଇଥିବା ଲୋକମାନେ ରୋମାଞ୍ଚରେ ଶିହରି ଉଠୁଥିଲେ। କରତାଳିରେ ସ୍ଥାନଟି କମ୍ପି ଉଠୁଥିଲା। କିନ୍ତୁ ଝିଅଟି ସେ ଦୃଶ୍ୟରୁ ନା ରୋମାଞ୍ଚିତ ହେଉଥିଲା ନା ତାକୁ ଉପଭୋଗ୍ୟ ପରି କିଛି ଲାଗୁଥିଲା। ବରଂ ଏକ ଅଜଣା ଭୟରେ ତା' ଆଖିପତା ମୁଦି ହୋଇଗଲା। ଠିକ୍‌ରେ ଦେଖିନଥିବା, ଜାଣିନଥିବା ଲୋକ ଦୁଇଟି ମୁହଁରେ ତାକୁ କେବଳ ଦାରିଦ୍ର୍ୟ, ଯନ୍ତ୍ରଣା ଓ ଅସହାୟତା ଦେଖାଯାଉଥିଲା। ସମସ୍ତଙ୍କ ଅଲକ୍ଷରେ ବହିଯାଉଥିବା ଧାର ଧାର ଲୁହକୁ ପୋଛି ଝିଅଟି, ଜୀବନ ଓ ମୃତ୍ୟୁର ଛକାପଞ୍ଜା ଖେଳରେ ଅମୋଦିତ ଭିଡ଼ ଭିତରୁ ନିଜକୁ ଅପସାରିତ କରିନେଉଥିଲା।

କୃପଣ

ବିବାହ ପରେ ପତ୍ନୀଙ୍କୁ ନେଇ ଭବତୋଷ ବାବୁ କୁଆଡ଼େ ବୁଲି ଯାଇଥିଲେ, ତାଙ୍କୁ ଯେତିକି ଜଣାନାହିଁ ପତ୍ନୀ ବୈଦେହୀଙ୍କୁ ଭଲଭାବେ ଜଣା। ଏଇ ବୁଲାବୁଲି ପ୍ରସଙ୍ଗ ଯେବେ ଆସେ; ସ୍ୱାମୀ ସ୍ତ୍ରୀଙ୍କ ଭିତରେ ଯୁକ୍ତି ହେବା ନିଶ୍ଚିତ। ଭବତୋଷ ବାବୁଙ୍କ ଅନୁସାରେ ତିନି ଚାରି ଜାଗା ତ ବୈଦେହୀଙ୍କ ସହିତ ଭ୍ରମଣରେ ସେ ଯାଇଥିବେ। ପୁଅ ହେବା ପରେ ଅବଶ୍ୟ ଏକ ବିରତି ଆସିଯାଇଛି ଏବଂ ଏହାର ଅନ୍ତରାୟ ଖୁବଶୀଘ୍ର ନିକଟ ଭବିଷ୍ୟତରେ ହେବ ବୋଲି ଘୋଷଣା ସରିଯାଇଛି। ବୈଦେହୀ କିନ୍ତୁ ଟିକିନିଖି କଥା ମନେ ରଖନ୍ତି। ତାଙ୍କ ଅନୁଯାୟୀ, ଭବତୋଷ ବାବୁ ଆଖପାଖର ମନ୍ଦିର ଓ ପାର୍କ ଛଡ଼ା କୁଆଡ଼େ କେବେ ତାଙ୍କୁ ନେଇନାହାନ୍ତି। ତେଣୁ ଯୁକ୍ତି ହେବା ସ୍ୱାଭାବିକ। ଭବତୋଷ ବାବୁଙ୍କ ପାଖରେ ସମୟର ଯେ ଅଭାବ, ତା' ନୁହେଁ; ବରଂ ତାଙ୍କ କୃପଣ ସ୍ୱଭାବ ଏଥିପାଇଁ ସର୍ବଦା ପ୍ରତିବନ୍ଧକ ହୁଏ।

ଏବେ କିନ୍ତୁ ସମୟ ବଦଳିଯାଇଛି। ପୁଅ ଦର୍ଶ ଧୀରେ ଧୀରେ ବଡ଼ ହେଉଛି। ତାକୁ ସବୁ ପ୍ରକାର ଏକ୍ସପୋଜର ଯୋଗେଇଦେବା ବାପା ହିସାବରେ କର୍ତ୍ତବ୍ୟ ବୋଲି ବୈଦେହୀ ମଝିରେ ମଝିରେ ଚେତେଇ ଦିଅନ୍ତି। ତେଣୁ ବହୁତ ବିଚାର କରିବା ପରେ ନିଜ କୃପଣ ସ୍ୱଭାବ ଓ ବୁଲାବୁଲିର ଆବଶ୍ୟକତା ଭିତରେ ସାମଞ୍ଜସ୍ୟ ରଖି ସେ ସ୍ଥିର କଲେ ନିକଟରେ ଥିବା ଏକ ଡ୍ୟାମ ବୁଲିବାକୁ ଯିବେ। କାର୍ ଭଡ଼ା ଓ କିଛି ଶୃଙ୍ଖଳା ଖାଦ୍ୟର ଖର୍ଚ୍ଚରେ ରବିବାର ଦିନଟା କଟିଯିବ। ପୁଅ ଦର୍ଶକୁ ବି ଡ୍ୟାମ୍ ବିଷୟରେ କିଛି ସୂଚନା ଦେଇ ତା' ଜ୍ଞାନବର୍ଦ୍ଧନ କରିବେ।

ତେଣୁ ପୂର୍ବ ପ୍ରସ୍ତୁତି ଅନୁସାରେ ବୈଦେହୀଙ୍କୁ କହିଲେ, ଯଥାସମୟରେ ପୁଅକୁ ରେଡ଼ି କରି ନିଜେ ରେଡ଼ି ହେବାକୁ। ଭବତୋଷ ବାବୁ ବି ତାଙ୍କ ରବିବାରିଆ କାମ ତୁଟେଇ କାର୍ ଆସିବାକୁ ଅପେକ୍ଷା କଲେ। ଦର୍ଶକୁ ରେଡ଼ି କରି ବୈଦେହୀ ଗଲେ

ନିଜେ ରେଡ଼ି ହେବାକୁ। ପନ୍ଦର ମିନିଟ ପରେ ଆସି ଦେଖନ୍ତି ତ ଦର୍ଶର ମୁଡ଼ ପୂରା ବଦଳି ଯାଇଛି। ଟିକିଏ ପୂର୍ବରୁ ଉଲ୍ଲାସିତ ଥିବା ଦର୍ଶ ଏବେ ଗୁମସୁମ। କାରଣ କହିବାକୁ ବି ପ୍ରସ୍ତୁତ ନୁହେଁ। ବୈଦେହୀ ଭାବିଭାବି କାରଣଗୁଡ଼ିକର ସମ୍ଭାବନାକୁ ଦର୍ଶ ଆଗରେ ପ୍ରସ୍ତୁତ କଲେବି କୌଣସି ଗୋଟିଏ କାରଣ ପାଇଁ ତା'ର ସମ୍ମତି ନାହିଁ; ବରଂ ବୁଲି ନଯିବାକୁ ଏକପ୍ରକାର ଜିଦ। ବୈଦେହୀଙ୍କର ବି ମନେ ପଡ଼ୁନି ଏମିତି କିଛି କାରଣ; ଯଦ୍ୱାରା ତାଙ୍କ ପାଞ୍ଚ ବର୍ଷର ପୁଅର ମୁଡ଼ ଶେଷ ମୁହୂର୍ତ୍ତରେ ବଦଳିଯିବ। ସେ ଥକିଯାଇ ଶେଷରେ ଭବତୋଷ ବାବୁଙ୍କ ସହାୟତା ନେଲେ। ଭବତୋଷ ବାବୁ ସ୍ୱଭାବରେ ଯଦିଓ ସାମାନ୍ୟ କ୍ଷଣକୋପୀ; କିନ୍ତୁ ଏପରି ବିଷମ ପରିସ୍ଥିତିରେ ନିଜ ଅସୀମ ଧୈର୍ଯ୍ୟର ପରିଚୟ ଦେବା ନଜିର ରହିଛି। ତେଣୁ ସେମାନଙ୍କୁ ଏକୁଟିଆ ଛାଡ଼ି ବୈଦେହୀ ବାକି ଥିବା ତାଙ୍କ କାମ ସାରିବାକୁ ଗଲେ। କିନ୍ତୁ କାନ ଥିଲା ବାପ ପୁଅଙ୍କ ବାର୍ତ୍ତାଲାପ ଉପରେ। ଦର୍ଶର ଅଟଳ ଜିଦକୁ ଭବତୋଷ ବାବୁଙ୍କ ବିଭିନ୍ନ ପଇଁତରା। ହେଲେ ଗୋଟିଏ ପରେ ଗୋଟିଏ ସବୁ ପଇଁତରା ଫେଲ୍ ମାରିବା ଦେଖ୍ ବୈଦେହୀଙ୍କ ଧୈର୍ଯ୍ୟଚ୍ୟୁତି ହେଲାଣି। ବିରକ୍ତ ହୋଇ ଆସି ଦେଖନ୍ତି ତ ଆଶ୍ଚର୍ଯ୍ୟଜନକ ଭାବେ ପରିସ୍ଥିତି ପୂରା ବଦଳିଯାଇଛି। ଦର୍ଶ ଖୁସିରେ ଯାଇ କାର୍‌ରେ ବସିଗଲାଣି। ବୈଦେହୀ ଜିଜ୍ଞାସା ଦୃଷ୍ଟିରେ ଭବତୋଷ ବାବୁଙ୍କୁ ଚାହିଁଲେ। ଭବତୋଷ ବାବୁ ମୃଦୁହସି ଧୀର ସ୍ୱରରେ କହିଲେ, 'ଦର୍ଶକୁ ଯେତେବେଳେ କହିଲି; ତୁ ଯଦି ଆଜି ନଯିବୁ, କାର୍ ଭଡ଼ା ସତର ଶହ ଟଙ୍କା ଅଯଥାରେ ନଷ୍ଟ ହେବ। ତତ୍‌କ୍ଷଣାତ୍ ତା' ଅଭିମାନିଆ ମୁଡ଼ ବଦଳିଗଲା। ସେ ତୁରନ୍ତ ଯାଇ କାର୍‌ରେ ବସିପଡ଼ିଲା। ସମସ୍ୟାର ସମାଧାନ ହେଇଗଲା, ଏଥର ତୁମେ ଶୀଘ୍ର ଚାଲ।'

ବୈଦେହୀ ଅବାକ୍ ହୋଇ ଭାବୁଥିଲେ ଏହାର ପ୍ରତିକ୍ରିୟାରେ ସେ କ'ଣ କହିବେ।

ଫର୍ଦ

ଆଜିବି ସେଇ ମୁଢ଼ି ଆଲୁଭଜା ଦେଇଛନ୍ତି ବାପା! ଯାଃ, ମୁଁ ଖାଇବିନି। ଟିଫିନ୍‌ଟିକୁ ବହିବସ୍ତାନି ଭିତରେ ରଖିଦେଇ ଝରକାକୁ ଲାଗି ଠିଆ ହେଲା ରିନି। ତା' ସାଙ୍ଗ ଝରଣା, ସୁଜାତା ଖାଇବାରେ ବ୍ୟସ୍ତ ଥିଲେ। ସେମାନଙ୍କ ମା'ମାନେ ଥିଲେ ବୋଲି, ସେମାନେ କେତେ ରକମର ଖାଦ୍ୟ ଖାଉଥିଲେ। ପର୍ବପର୍ବାଣିରେ ପିଠାପଣା, କ୍ଷୀରୀ ପୁରିର ମହମହ ବାସ୍ନା ଆସେ ତାଙ୍କ ଘରୁ। ହେଲେ ବାପାଙ୍କୁ ସେସବୁ ରାନ୍ଧି ଆସେନା। କାଠଚୁଲିର ଧୂଆଁ ଭିତରେ ଅଣନିଃଶ୍ୱାସୀ ହୋଇ ବାପାଙ୍କୁ ଭାତ ତରକାରି ରାନ୍ଧୁଥିବା ଦେଖିଲେ ରିନିର କ୍ଷୀରୀ ପୁରି ଖାଇବା ଇଚ୍ଛା ଆପେ ମଉଳିଯାଏ।

ଅଭିମାନରେ ଶ୍ରେଣୀଗୃହରୁ ବାହାରିଆସି ସ୍କୁଲ ପିଣ୍ଡାଉପରେ ବସିଲା ରିନି। କିଛି ଭଲଲାଗୁ ନଥିଲା ସେଦିନ। ମା' କଥା ବେଶୀବେଶୀ ମନେପଡୁଥିଲା ରିନିକୁ। ହେଲେ ମାକୁ ସେ କ'ଣ ମନେପଡୁଥିବ? କେମିତି ପଚାରିଥାନ୍ତା ରିନି, ତାକୁ ତ ଚିଠି ଲେଖା ଆସେନି। ଅବଶ୍ୟ ବାପା, ମା' ପାଖକୁ ଇନଲ୍ୟାଣ୍ଡ ଲେଟରରେ ଚିଠି ଲେଖିଲେ ଶେଷରେ କିଛି ଯାଗା ଖାଲି ରଖିଦିଅନ୍ତି। ସେଇ ଜାଗାରେ ରିନି ତା' ଅଙ୍କାବଙ୍କା ଅକ୍ଷରକୁ ଗୋଲ ଗୋଲ କରି ଲେଖିବା ପାଇଁ ଆପ୍ରାଣ ଚେଷ୍ଟା କରି ଲେଖେ, 'ମା', ତୁ କେବେ ଆସିବୁ? ତୋ କଥା ବହୁତ ମନେପଡୁଛି।' ଯଦିଓ ରିନି ଜାଣେ ମା', ଆସିପାରିବନି। ସେ ତ ବାରିପଦାରେ, ତା'ଠୁ ବହୁତ ଦୂରରେ। ପାରିବାରିକ ଦାୟିତ୍ୱକୁ ପରସ୍ପର ମଧ୍ୟରେ ବାଣ୍ଟିନେଇ ବାପା ମା' ଅଲଗା ରହିବାକୁ ବାଧ୍ୟ ଏବେ। ରିନି ଏସବୁ ଜାଣିଥିଲା; କିନ୍ତୁ କଥାଟିକୁ ଗଭୀରଭାବେ ଅନୁଭବ କରିବା ବୟସ ବୋଧେ ହୋଇନଥିଲା ସେତେବେଲେ।

ସ୍କୁଲରୁ କିଛି ଦୂରରେ ରଘୁ ଦୋକାନରେ ବରା ଛଣା ହେଉଥିଲା। ରିନି ବହିବସ୍ତାନି ଅଣ୍ଟାଲିଲା। ପୂର୍ବଦିନ ବାପା ଦେଇଥିବା ଟଙ୍କାଟିଏ ଅଛି, ଖର୍ଚ୍ଚ ହେଇନି।

ଏଥିରେ ଚାରୋଟି ବରା ହୋଇଯିବ, ମନେ ମନେ ଭାବି ଦୋକାନ ସାମ୍ନାରେ ଯାଇ ଠିଆ ହେଲା ରିନି। ରଘୁ ଦୋକାନୀ ପାଦରୁ ମୁଣ୍ଡ ପର୍ଯ୍ୟନ୍ତ ନିରୀକ୍ଷଣ କରି କାଗଜ ଠୁଙ୍ଗାରେ ପାଞ୍ଚଟି ବରା ଧରେଇଦେଲା। ଗୋଟିଏ ଅଧିକ ଥିବାରୁ ରିନି ପ୍ରଥମେ ରାଜି ହେଉନଥିଲା ନେବାକୁ। କିନ୍ତୁ ରଘୁ ଦୋକାନୀ ବାଧ୍ୟ କରିବାରୁ ସେଟିକି ନେଇ ସ୍କୁଲକୁ ଫେରିଲା ରିନି।

ନବେ ଦଶକର ସେ ଥିଲା ଗୋଟେ ଗ୍ରୀଷ୍ମ ଅପରାହ୍ନ। ସ୍କୁଲ ଛୁଟି ପରେ ଘରକୁ ଫେରିଲା ରିନି। ବାପା ଆସି ନଥିଲେ। ବାହାର ବାରଣ୍ଡା ଉପରେ ରଖା ହୋଇଥିବା ଚେୟାରକୁ ଉଠି ତାଲା ଖୋଲିଲା ରିନି। ବହିବସ୍ତାନିକୁ ଖଟ ଉପରେ ରଖିଦେଇ, ରୋଷେଇ ଘରକୁ ଯାଇ ଦେଖିଲା ବିସ୍କୁଟ ଡବା ଖାଲି। ବାପା ବୋଧେ ଭୁଲିଯାଇଛନ୍ତି ଆଣିବାକୁ। ଏବେ ଆଉ ଅଭିମାନ ନଥିଲା ବାପାଙ୍କ ଉପରେ କି ମୁଢ଼ି ଉପରେ। ଟିଫିନ ଖୋଲି ମୁଢ଼ି ଆଲୁଭଜା ଖାଇ ଝରେକାକୁ ଲାଗି ବସିଲା ରିନି। ବାହାରେ ତା' ସାଙ୍ଗମାନେ ଖେଳୁଥିଲେ ଆଉ ସୁବର୍ଣ୍ଣପୁର ଜିଲ୍ଲାର ବଣପାହାଡ଼ ଘେରା ଏକ ଆବାସିକ ବିଦ୍ୟାଳୟ ପରିସର ଭିତରେ ଥିବା ତାଙ୍କ ସରକାରୀ କ୍ୱାର୍ଟରରେ ଏକାକୀ ନିଃସଙ୍ଗତା ସହ ଲଢ଼େଇ କରୁଥିଲା ଆଠବର୍ଷର ରିନି। ସେ ଅପେକ୍ଷା କରିଥିଲା ବାପାଙ୍କୁ। ଯିବାବେଳେ କହିଯାଇଥିଲେ କାମ ସାରି ସନ୍ଧ୍ୟା ସୁଦ୍ଧା ବଲାଙ୍ଗୀରରୁ ଫେରିଆସିବେ। ଅପରାହ୍ନରୁ ସନ୍ଧ୍ୟା ଯାଇ ରାତି ହେଲା, ବାପା କିନ୍ତୁ ଆସିନଥିଲେ। ବାହାରେ ହଠାତ୍ ବିଜୁଳି, ଘଡଘଡ଼ି, ପବନ ବର୍ଷାର ତାଣ୍ଡବ। ଅନ୍ଧାର ଘର ଭିତରେ ଗୋଟିଏ କୋଣରେ ଜାକିଜୁକି ହୋଇ ବସିଥିଲା ଭୟାତୁର ରିନି। ଇଚ୍ଛା ହେଉଥିଲା ଚିକାର କରି କାନ୍ଦିବାକୁ କିନ୍ତୁ କାନ୍ଦିପାରିଲାନି। ସେ ଜାଣିଥିଲା, ତାକୁ ବୋଧ ଦେବାପାଇଁ କେହି ଆସିବେନି।

ହଠାତ୍ କବାଟରେ ଠକ ଠକ ଶବ୍ଦ ଶୁଣି ରିନି ପ୍ରକୃତିସ୍ଥ ହେଲା। ବାହାରେ ନିଷ୍ଚୟ ବାପା ଥିବେ! ରିନି ଭାବୁଥିଲା।

ଶୂନ୍ୟତା

ଅଫିସରୁ ଆସି ଦୁଇମିନିଟ ପାଇଁ ସୋଫାରେ ବସିଛି କି ନାହିଁ ଈଶ୍ୱରକମ୍‌ରେ ନିତୁର ଫୋନ ଆସିଲା, 'ଜାଣିଛୁ, ମାନସୀ ଆମ୍ବହତ୍ୟା କରିଦେଇଛି ।' ଅଣନିଶ୍ୱାସୀ ହୋଇ ଏତିକି କହି ନିତୁ ଫୋନ କାଟିଦେଲା । କିଛି ସମୟ ପାଇଁ ଯେମିତି ମୁଁ ସ୍ତାଣ୍ତୁ ପାଲଟିଗଲି । ହଠାତ୍‌ ଏମିତି ଏକ କଠୋର ବାସ୍ତବତାକୁ ସାମ୍ନା କରିବା ପରିସ୍ଥିତିରେ ମୁଁ ନଥିଲି । କାଲିତ ପାର୍ଲରରେ ମାନସୀ ସହିତ ଦେଖା ହୋଇଥିଲା । ଫେସିଆଲ୍ ସହ ଯାବତୀୟ ବିୟୁଟି ଟ୍ରିଟମେଣ୍ଟ କରେଇଥିଲା, ଠିକ୍‌ଠାକ୍‌ ଲାଗୁଥିଲା । କଥା ବି ହେଲା, ଆଉ ଆଜି! ଶୂନ୍ୟ ହୋଇ ମୁଁ ସୋଫାରେ ବସିପଡ଼ିଲି । ମାନସୀର ଦୁଇଟି ଛୋଟ ଛୋଟ ପିଲା, ସ୍ୱାମୀ । ସେଥିରେ ସେ କାହିଁକି ଏମିତି ଚରମ ନିଷ୍ପତ୍ତି ନେଲା ବୁଝିବା ମୋ ପକ୍ଷେ ସମ୍ଭବ ନଥିଲା । ମୋବାଇଲରେ ନିତୁକୁ କଲ କରିବି ଭାବିଲି; କିନ୍ତୁ କଲିନି । ମାନସୀ ତା'ର ଅନ୍ତରଙ୍ଗ ବନ୍ଧୁ । ଗୋଟିଏ ଫ୍ଲୋରରେ ଦୁଇଜଣଙ୍କ ଫ୍ଲାଟ । ଦୁହିଁଙ୍କ ଝିଅ ଗୋଟିଏ ସ୍କୁଲରେ । ଦେଖାହେବାକୁ ବାହାନାର ଆବଶ୍ୟକତା ପଡ଼େନି । ବିଚାରି ନିତୁ ଉପରେ କ'ଣ ବିତୁଥିବ! ଆଉ ମାନସୀର ପିଲାମାନେ! ଭାବିକି ମୋ ହୃତ୍‌ସ୍ପନ୍ଦନ ବଢ଼ିଗଲା ।

ପୋଲିସ ଆସିଲା । ଶବ ବ୍ୟବଚ୍ଛେଦ ହୋଇ ପରିବାରକୁ ହସ୍ତାନ୍ତର ହେଲା । ସୋସାଇଟିରେ ଯେମିତି ଏକପ୍ରକାର ନିରବତା ଛାଇଗଲା । ତା' ସହିତ ଅନେକ ସନ୍ଦେହ, ପ୍ରଶ୍ନବାଚୀ, ଆଉ ଚର୍ଚ୍ଚା ବି! ଅଫିସ ଯିବାକୁ ଇଚ୍ଛା ହେଲାନି । ଦୁଇ ଦିନ ଛୁଟି ପାଇଁ ଏସ୍ଏମ୍ଏସ୍ କଲି । ସୋଆଇଟି ଗ୍ରୁପରେ ମେସେଜ ଆସିଲା, ଶେଷ ଦର୍ଶନ ପାଇଁ କିଏ ଆସୁଛ ଜଲଦି ଆସ । ମାନସୀ ମୋର ଅନ୍ତରଙ୍ଗ ବନ୍ଧୁ ନହେଲେ ବି ନିତୁ ସୂତ୍ରରେ ଭଲ ବନ୍ଧୁଟେ ଥିଲା । କିନ୍ତୁ ତା' ଜୀବନର ଝଡ଼କୁ ମୁଁ କେମିତି ଅନୁଭବ କରିପାରିଲିନି । ପାର୍ଲରରେ ଦେଖାହେବା ଦିନ ସେ ମତେ ସାଧାରଣ ଲାଗୁଥିଲା କି ମୁଁ ନିଜ ବ୍ୟସ୍ତତା ଭିତରେ ତାକୁ ପଢ଼ିପାରିଲିନି, ନିଜକୁ ଭାରି ଦୋଷୀ ଦୋଷୀ ଲାଗୁଥିଲା । ଏ ଭିତରେ

ନିତୁକୁ ମୁଁ ଦୁଇଥର ଭେଟିବାକୁ ଯାଇଛି । ତାକୁ ମୁଁ କ'ଣ ସାନ୍ତ୍ୱନା ଦେବି, କିଛି ଶିଖ ନଥିଲା ମୋ ପାଖରେ ! କେବଳ ଲୁହ ଓ କିଛି ସମୟର ନିରବତାକୁ ନେଇ ଫେରିଆସିଛି ଯାହା ।

ସାମ୍ନା ଟାଓ୍ୱାରରେ ମାନସୀର ଫ୍ଲାଟ । ଅମିତକୁ ଝିଅର ଦାୟିତ୍ୱ ଦେଇ ଏକୁଟିଆ ଗଲି ଶେଷଦେଖା ପାଇଁ । ବାସ୍ତବତା ସତରେ କେତେ ଭୟଙ୍କର । ଯାହା ସହିତ କିଛି ଦିନ ଆଗରୁ ହୋଲିରେ ଡାନ୍ସ କରିଥିଲି, ପାର୍କରେ ବସି ଗପିଥିଲି, ଭଣ୍ଡାରାରେ ଭିଡ ଭିତରେ ଠିଆ ହେଇ ଖାଇବା ଆଶିଥିଲି, ସ୍ୱିମିଙ୍ଗପୁଲରେ ପିଲାଙ୍କ ସହ ମସ୍ତି କରିଥିଲି; ତାକୁ ଶେଷ ଦେଖା କରିବାକୁ ଯାଉଛି କଥାଟି ମୁଁ ଗ୍ରହଣ କରିପାରୁନଥିଲି । ମାନସୀ ଜୀବନରେ କ'ଣ ଘଟୁଥିଲା ଜାଣିବା ପାଇଁ ଆଗ୍ରହ କେବେ ମୁଁ କରିନି । ତା' ଭଲି ଭାବପ୍ରବଣ ଝିଅଟେ ମୋ ପରି ବାସ୍ତବବାଦୀ ଝିଅ ଆଗରେ କେମିତି ବା ନିଜକୁ ଖୋଲି ଦିଅନ୍ତା । କେବେ ହୁଏତ ଚେଷ୍ଟା କରିଥିବ ଆଉ ମୁଁ ଅଣଦେଖା କରିଥିବି । ମହାନଗରର ଜୀବନଶୈଳୀ ହିଁ ଏମିତି । ଦୂରରୁ ଅନ୍ତରଙ୍ଗ ଦିଶୁଥିବା ଲୋକ ଦୁଇଜଣ ଭିତରେ ବାସ୍ତବରେ କେତେ ଯେ ଦୂରତା ସେମାନେ ହିଁ ଜାଣନ୍ତି । ଯିଏ ଯାହାର ବୋଝ ମୁଣ୍ଡେଇ ଚାଲିଛନ୍ତି ଅବସାଦର, କର୍ମକ୍ଷେତ୍ର ଚାପ, ସମ୍ପର୍କ ପାଇଁ ସଂଘର୍ଷ ଆଉ ସାମାଜିକ ପ୍ରତିଷ୍ଠା ଦୌଡରେ ହାରିଯିବାର ଭୟ । ଭାବୁଭାବୁ ମାନସୀ ରହୁଥିବା ଫ୍ଲାଟରେ ପହଁଚିଲି । ମାନସୀର ସେଇ ହସ ହସ ମୁହଁ, ଅନେକ ଦିନ ଯାଏ ଦେଖା ନକରିବାର ଅଭିଯୋଗ, କିଚେନକୁ ଯାଇ ସ୍ନାକ୍ସ ଆଉ ଚା' ଯୋଗାଡ଼ରେ ବ୍ୟସ୍ତତା ମୋ ଆଖି ସାମ୍ନାରେ ଚଳଚିତ୍ର ଦୃଶ୍ୟ ପରି ଗୋଟିଏ ପରେ ଗୋଟିଏ ଘଟି ଚାଲିଥିଲା । କିନ୍ତୁ ନା ଆଜି ସେମିତି କିଛି ହେବନି । ମାନସୀ ଗଭୀର ନିଦ୍ରାରେ ଶୋଇଛି ଆଉ ପଛରେ ଛାଡ଼ିଯାଇଛି ଅନେକ ପ୍ରଶ୍ନ, ଜିଜ୍ଞାସା । ହଲରେ ନିତୁକୁ ଲାଗି ନିରବରେ ବସିଲି । ମାନସୀର ଏହି ଚରମ ନିଷ୍ପତ୍ତି ନେବା ପଛରେ ଥିବା କାରଣ ନିତୁକୁ ହୁଏତ ଜଣାଥିବ; କିନ୍ତୁ ଏପରି ପରିସ୍ଥିତିରେ ପଚାରିବା କ'ଣ ଉଚିତ ହେବ ! ନିତୁ ବସିଥିଲା ଅପରାଧୀଟିଏ ପରି । ମାନସୀ ଯିବାର ଶେଷ କିଛି ଦିନ ନିତୁ ଯାଇଥିଲା ସମ୍ପର୍କୀୟ ଭାଇ ବାହାଘରରେ ନିଜ ସହରକୁ । ସେ ଭିତରେ ଦୁଇ ଥର ଫୋନ ଆସିଥିଲା ମାନସୀର, କାର୍ଯ୍ୟବ୍ୟସ୍ତତାରେ କିନ୍ତୁ ନିତୁ କଥା ହୋଇପାରିନଥିଲା । ନିତୁ ଫେରିବା ଦିନ ହିଁ ଏଇ ଘଟଣା ଘଟିଲା । ହଠାତ୍ ନୀରବତା ଭିତରେ ନିତୁର ଚାପା ସ୍ୱର ଶୁଣିଲି, 'ସବୁ ମୂଳରେ ଏଇ ଲୋକ ।' ସେ କଟମଟ ଆଖିରେ ଚାହିଁଥିଲା ହଲର ଗୋଟିଏ କୋଣରେ ଅର୍ଦ୍ଧଚେତନ ଅବସ୍ଥାରେ ଥିବା ଲୋକଟିକୁ । ମାନସୀର ସ୍ୱାମୀ ! ଆଶ୍ଚର୍ଯ୍ୟ ହୋଇ ମୁଁ ନିତୁ ମୁହଁକୁ ଚାହିଁଥିଲି ।

‘ଗୋଟିଏ ଦିନ ବିଚାରୀକୁ ଶାନ୍ତିରେ ରହିବାକୁ ଦେଇନି ! କ’ଣ ନକଲା ତା’ ପାଇଁ ଚାକିରି ଛାଡ଼ିଲା, ନିଜ ପରିବାରଠୁ ଦୂରେଇ ଗଲା, ଚବିଶ ଘଣ୍ଟା ଏଇ ଲୋକ ପାଇଁ ଇନଭେଷ୍ଟ କଲା। ଆଉ କ’ଣ କରିଥାନ୍ତା !’ ମୁଁ ନିତୁକୁ ଧୈର୍ଯ୍ୟ ରଖିବାକୁ କହି ପୁଣିଥରେ ଦେଖାହେବାର ପ୍ରତିଶ୍ରୁତି ଦେଇ ଘରକୁ ଫେରିବା ବେଳେ ଭାବୁଥିଲି, ପୋଲିସ ତା’ କାମ କରିବ। ଦୋଷୀ କିଏ ଆଉ ତା’ ଦଣ୍ଡବିଧାନ କ’ଣ; ତାହା ସମୟ ନିର୍ଦ୍ଧାରଣ କରିବ। ଶେଷ ଯାଏ ଅବସାଦରୁ ମୁକ୍ତ ହେବା ପାଇଁ ମାନସୀ କେତେ ଚେଷ୍ଟା କରିନଥିବ ! ସବୁଆଡ଼ୁ ନିରାଶ ହେବାପରେ ହୁଏତ ସେ ଏଇ ପଦକ୍ଷେପ ନେଇଥିବ। କିନ୍ତୁ ସବୁ ମୁହଁରେ କେବଳ ଗୋଟିଏ କଥା ମୁଁ ଶୁଣୁଥିଲି, ମାନସୀ ଯାହା କଲା ଠିକ୍ କଲାନି। କିଛି ନହେଲେ ପିଲାଙ୍କ ମୁହଁ ଚାହିଁ ରହିଥାନ୍ତା। ଘଟଣାଟି ଘଟିସାରିବା ପରେ ସମ୍ପୃକ୍ତ ବ୍ୟକ୍ତି ବିଷୟରେ କିଛି ନ ଜାଣି ନିର୍ଣ୍ଣାୟକ ମନ୍ତବ୍ୟଟେ ଦେବା ସତରେ କେତେ ସହଜ। କିନ୍ତୁ ବ୍ୟକ୍ତିଟି ଯେତେବେଳେ ଲଢ଼େଇ କରୁଥାଏ ନିଜ ସହିତ, ନିଜ ସମସ୍ୟା ସହିତ, ନିଜ ଚାରିପାଖ ପୃଥିବୀ ସହିତ; ସେତେବେଳେ ତା’ ପ୍ରତି ଆମେ କେତେ ସମ୍ବେଦନଶୀଳ ହେଇଛେ, ତାହା ଏକ ପ୍ରଶ୍ନବାଚୀ ନୁହେଁ କି। ନିଜକୁ ନିଜେ ପଚାରୁଥିଲି ମୁଁ।

ଅବିଶ୍ୱାସ

ବାଥରୁମ୍‍ରେ ପଶୁପଶୁ ହଠାତ୍‍ ସ୍ୱାତୀର ମନେ ପଡ଼ିଲା ଆଦିତ୍ୟ ଅଫିସ୍‍ ଯିବା ପୂର୍ବରୁ ପୁଅର ସ୍କୁଲ୍‍ ଖର୍ଚ୍ଚ ପାଇଁ ଦେଇଥିବା ଛଅ ହଜାର ଟଙ୍କାକୁ ତରତରରେ ଡ୍ରେସିଂ ଟେବୁଲ ଉପରେ ରଖିଦେଇଛି। କିଛି ସମୟ ପରେ ରମା ଆସିବ କାମ କରିବାକୁ, ଏଇ ଭାବନାଟି ଆସିବା ମାତ୍ରେ ଗୋଟିଏ ନିଶ୍ୱାସରେ ଆସି ଟଙ୍କାଟାକୁ ଆଲମାରିରେ ରଖିଦେଲା ସ୍ୱାତୀ।

ରମା ପହଁଚିଲା, ସ୍ୱାତୀ ନିଶ୍ଚିତ ହୋଇ ଟିଭି ସାମ୍ନାରେ ବସିଲା।

ହଠାତ୍‍ ସ୍ୱାତୀର ଅନ୍ୟମନସ୍କତାକୁ ଭାଙ୍ଗି ରମା କହିଲା, 'ଦିଦି, ବେଡ଼ରୁମ ଓଲାଉ ଓଲାଉ ଦେଖିଲି ଏଇ ଚେନ୍‍ଟି ତଳେ ପଡ଼ିଥିଲା। ନିଅ, ରଖିଦିଅ।'

ଏତିକି କହି ସାମାନ୍ୟ ଭାବେ ରମା ପୁଣି ତା' କାମରେ ଲାଗିଲା।

ଗୋଟିଏ ହାତରେ ନିଜ ଖାଲି ବେକ ଓ ଅନ୍ୟ ହାତରେ ଚେନଟିକୁ ଧରି ଆଶ୍ଚର୍ଯ୍ୟ ହୋଇ ସ୍ୱାତୀ ଚାହିଁରହିଥିଲା ରମାକୁ।

ବେଲୁନବାଲା

ମୁଁ ସେମାନଙ୍କୁ ସବୁଦିନ ସେଇ ଗୋଟିଏ ଜାଗାରେ ବସିଥିବାର ଦେଖେ। ସ୍ୱାମୀ, ସ୍ତ୍ରୀ ଆଉ ତାଙ୍କ ତିନି ବର୍ଷର ଝିଅ। ବେଶଭୂସାରୁ ଦାରିଦ୍ର୍ୟର ଚିହ୍ନ ସ୍ୱସ୍ତ ବାରିହୋଇପଡ଼େ। କିନ୍ତୁ କାହିଁକି କେଜାଣି ମତେ ସେମାନେ ଖୁବ ଆପ୍ୟାୟ ଲାଗନ୍ତି। ପ୍ରତିଦିନ ସେମାନେ ଆସନ୍ତି ମେଞ୍ଜାଏ ବେଲୁନ ଧରି, ନୀଲ, ନାଲି, ଧଳା, ଗୋଲାପୀ, ସବୁଜ। କେବେ କେମିତି ମୋ ଛଅ ବର୍ଷର ପୁଅ ଜିଦ୍ କଲେ ମୁଁ ତାଙ୍କଠୁଁ ବେଲୁନ କିଣେ। ସେତେବେଳେ ତାଙ୍କ ମୁହଁଟି ଉଜ୍ଜ୍ୱଳ ଦିଶେ ମତେ। ମୁଁ କେବେ ପଚାରିନି ତାଙ୍କୁ ରାଜଧାନୀର ଏକ ସମ୍ଭ୍ରାନ୍ତ ଅଞ୍ଚଳାକାରେ ଥିବା ଏଇ ହାଇରାଇଜ୍ ସୋସାଇଟି ବାହାରେ ବସିବାର କାରଣ କ'ଣ! କିଏ ବା କିଣୁଥିବ ବେଲୁନ ତାଙ୍କଠୁଁ, ନିଜ ସମ୍ଭ୍ରାନ୍ତ ହେବାର ପରିଚୟକୁ ବେଖାତିର କରି। ତଥାପି ସେମାନେ ଆସନ୍ତି। ସିକ୍ୟୁରିଟି ଗାର୍ଡର ଯାବତୀୟ ତିରସ୍କାର ସତ୍ତ୍ୱେ ବସି ରୁହନ୍ତି ସକାଳୁ ସନ୍ଧ୍ୟା ଯାଏ।

ଗତ କିଛି ବର୍ଷର ରହଣି ଭିତରେ ମୁଁ ଏଇ ସୋସାଇଟିରେ ନୂଆରୁ ପୁରୁଣା ହେଲିଣି। ଜଣେ ଦୁଇଜଣରୁ ଆରମ୍ଭ ହୋଇ ବନ୍ଧୁତା ଏବେ ଅନେକଙ୍କ ସହିତ। ପାର୍କରେ ଓ୍ୱାକ୍ କରିବାଠୁ ଆରମ୍ଭ କରି କ୍ଲବ୍ ହାଉସ୍‌ରେ ବିଭିନ୍ନ ସେଲିବ୍ରେସନ, ସମୟ କେମିତି କଟେ ଜଣା ପଡ଼େନି।

ସେଦିନ ନିତ୍ୟାର ଆନିଭର୍ସରୀ ଥିଲା। ଅନେକ ଚିହ୍ନା ପରିଚିତ ମୁହଁମାନଙ୍କ ସହିତ ସେଲିବ୍ରେସନ ଖୁବ୍ ଧୁମଧାମରେ ହେଲା। ତା' ପରଠୁ ନିତ୍ୟା ଯେମିତି ଅଦୃଶ୍ୟ ହୋଇଗଲା। ପାଞ୍ଚ ଦିନ ପରେ ଅକସ୍ମାତ ଲିଫ୍‌ଟରେ ଦେଖି ଛଳଛଳ ଆଖିରେ ମତେ କହିଲା, 'ଜାଣିଛୁ ଶୁଭ୍ରା, ଆମେ ମରୁ ମରୁ ବଞ୍ଚିଗଲୁ। ଆନିଭର୍ସରୀ ଦିନ ବଳିଥିବା ଖାଦ୍ୟକୁ ଫ୍ରିଜରେ ରଖି ଆମେ ଦୁଇ ଦିନ ଖାଇଲୁ। ତୃତୀୟ ଦିନ ସମସ୍ତେ ହସ୍ପିଟାଲରେ। ଡକ୍ତର କହିଲେ ସିଭିଅର ଫୁଡ ପଏଜନ୍। ଆଜି ହିଁ ଡିସଚାର୍ଜ ହୋଇ ଆସିଛୁ।'

ମୋ ପ୍ରତ୍ୟୁତ୍ତରକୁ ଅପେକ୍ଷା ନକରି ସେ ପୁଣି କହିଲା, 'ତୁ ତ ଜାଣିଛୁ ମୁଁ ଖାଦ୍ୟ ନଷ୍ଟ କରିବାକୁ ବିଲକୁଲ୍ ଭଲପାଏନି, ତେଣୁ ଆଉ ଯାହା ବଳକା ଖାଦ୍ୟ ଫ୍ରିଜରେ ଥିଲା; ତାକୁ ମୁଁ ସେ ବେଲୁନବାଲାକୁ ଦେଇଦେଇଛି।'

ମୋ ପାଖରେ ନିତ୍ୟାକୁ କହିବା ପାଇଁ କିଛି ଶବ୍ଦ ନଥିଲା। କିନ୍ତୁ ସେଦିନ ପରଠୁ ପ୍ରତ୍ୟେକ ଦିନ ପୁଅକୁ ସ୍କୁଲ ବସ୍‌ରେ ଛାଡ଼ିବା ବେଳେ ସେହି ଯାଗାରେ ମୁଁ ବେଲୁନବାଲା ଆଉ ତା' ପରିବାରର ଉପସ୍ଥିତିକୁ ଅପେକ୍ଷା କରିଛି।

ନୀଳ ଫ୍ରକ୍

ଇନ୍ଦୁ ବସିଥିଲା, କାହିଁ କେତେବେଳୁ! ଥକିକି କିମ୍ବା ଅନ୍ୟମନସ୍କତାରେ ନୁହେଁ; ବରଂ ଅପେକ୍ଷାରେ, କିଛି ସ୍ୱପ୍ନକୁ ହାତମୁଠାରେ ଜାବୁଡ଼ି ଧରିବାର ମୋହରେ। ଶୁଭ୍ରା ଜାଣିଥିଲା; କିନ୍ତୁ କିଛି ଉପାୟ ନଥିଲା। ମହାନଗରର ସୁଉଚ୍ଚ ଅଟ୍ଟାଳିକାରେ ସପିଙ୍ଗ୍‌ମଲ୍‌ର ଚାକଚକ୍ୟ ଭିତରେ ଯଦିଓ ଶୁଭ୍ରା ହଜିଯାଇନଥିଲା; ତଥାପି ଇନ୍ଦୁର ସ୍ୱପ୍ନସବୁକୁ ଆଉଡ଼େଇ ଦେଇଥିଲା ବୋଧେ! ଶୁଭ୍ରାର ହାଉସ୍ ହେଲ୍‌ପର୍ ଇନ୍ଦୁ। ସେ କ'ଣ ସ୍ୱପ୍ନ ଦେଖିବ ଯେ! ସକାଳୁ ସନ୍ଧ୍ୟାଯାଏ ଖଟିଲେ ପାଞ୍ଚପ୍ରାଣୀ କୁଟୁମ୍ବ ଚଳିବେ, ସେଠାରେ ବିବାହବାର୍ଷିକୀ ପାଳନ ପାଇଁ ଜିଦ୍। ଶୁଭ୍ରାକୁ ପ୍ରଥମେ ଏସବୁ ଅବାନ୍ତର ଲାଗୁଥିଲା। କିନ୍ତୁ ମଣିଷ ମନ। କେତେବେଳେ କାହା ମନରେ କ'ଣ ଇଚ୍ଛାଟିଏ ଜାଗ୍ରତ ହେବ; କିଏ ଜାଣେ! ଯେପର୍ଯ୍ୟନ୍ତ ସେ ଇଚ୍ଛା ଆଉ କାହାର କ୍ଷତି କରିନି; ତେବେ ସେ ଇଚ୍ଛାକୁ ରହିବାକୁ ଦିଆଯାଉ। ଇନ୍ଦୁର କଥାଶୁଣି ଶୁଭ୍ରା ସାମାନ୍ୟ ହସି ଚୁପ୍ ରହିଲା। ପରେ ସମୟ ଦେଖି ବିବାହବାର୍ଷିକୀ ମାନେ ବୁଝେଇବାକୁ ଯାଇ କହିଲା, 'ଦେଖ ଇନ୍ଦୁ, ସ୍ୱାମୀ ସ୍ତ୍ରୀ ପରସ୍ପର ସହିତ ଭଲ ସମୟ କଟେଇବାହିଁ ସବୁଠୁ ଗୁରୁତ୍ୱପୂର୍ଣ୍ଣ। ବାକିସବୁ ଆତ୍ମର ନିଜ ପରିସ୍ଥିତିକୁ ଚାହିଁ କରିବା ଦରକାର।'

ଇନ୍ଦୁକୁ ଶୁଭ୍ରାର କଥାଗୁଡ଼ିକ ବିଲକୁଲ ପସନ୍ଦ ଆସିଲାନି। ସେ ଯାହାଯାହା ଘରେ କାମ କରେ, ସମସ୍ତେ ବେଶ୍ ଧୁମ୍‌ଧାମ୍‌ରେ ପାଳନ କରନ୍ତି ବିବାହବାର୍ଷିକୀ। କିଏ କିଏ ବାହାରକୁ ଯାନ୍ତି ବୁଲିବାକୁ। ଆଉ କିଏ ଘରେ ଆୟୋଜନ କଲେ ଅତିଥି ଆସନ୍ତି। ଖିଆପିଆ ହସଖୁସିରେ ଫାଟିପଡ଼େ ଘର। ବୈବାହିକ ଜୀବନ ଆରମ୍ଭ ଦିନଟିର ସ୍ମୃତି ସ୍ୱରୂପ ଦମ୍ପତିଙ୍କୁ ଅଭିନନ୍ଦନ, ଉପହାରର ସୁଅ ଛୁଟେ। ସେମିତି ଆୟୋଜନରେ ଇନ୍ଦୁର ଦାୟିତ୍ୱ ବଢ଼ିଯାଏ। ଆରମ୍ଭରୁ ଅତିଥିଙ୍କୁ ଆପ୍ୟାୟିତ କରିବାଠୁ ଶେଷରେ ସଫାସୁତୁରା ଯାଏ କାର୍ଯ୍ୟବ୍ୟସ୍ତତା ଭିତରେ ବି ନିରିଖେଇ ଦେଖେ ମାଲିକାଣୀଙ୍କ ସେ

ଉଜ୍ଜ୍ୱଳ ହସହସ ମୁହଁକୁ! କେତେ ଭାଗ୍ୟବତୀ ସତରେ ଏମାନେ। ସବୁ ଇଚ୍ଛା, ସବୁ ଖୁସି ତାଙ୍କ ହାତମୁଠାରେ। ଇନ୍ଦୁ ଆଖି ଫେରେଇଆଣି ପୁଣି ନିଜ କାମରେ ଲାଗେ। ଏଥର କିନ୍ତୁ ସେ ସ୍ଥିର କରିଛି ସେମିତି ଭାବେ ନହେଲେବି କିଛି ତ କରିବ ନିଜ ବିବାହବାର୍ଷିକୀରେ। ଆଉ ଅଛ କେଇଟା ଦିନ। ଇନ୍ଦୁ ନିଜ ମନକଥା ଶୁଭ୍ରା ଛଡା ଆଉ କାହା ପାଖରେ କହିପାରେନି। ବେଳେବେଳେ ନ କହିଲେବି ଶୁଭ୍ରା ବୁଝିଯାଏ। ସେଦିନ ଯେମିତି ଇନ୍ଦୁର ଶୁଖିଲା ମୁହଁକୁ ଦେଖ ଶୁଭ୍ରା ବୁଝିଗଲା, କହିଲା, 'ହେଉ ସେ ସମୟ ଆସୁ କିଛିଗୋଟେ କରିବା।'

ଶୁଭ୍ରାଠୁ ଆଶ୍ୱାସନାର ଶବ୍ଦ ଶୁଣି ଇନ୍ଦୁ କହିଲା, 'ଦିଦି ବହୁତ ଦିନରୁ ଗୋଟିଏ କଥା କହିବି ବୋଲି ମନରେ ଭାବିଛି; କିନ୍ତୁ ସାହସ ହେଉନଥିଲା କହିବାକୁ।'

'କେଉଁ କଥା କହନୁ?' ଶୁଭ୍ରା ପଚାରିଲା।

'ମତେ ତୁମର ସେ ନୀଳ ରଙ୍ଗର ଫ୍ରକଟି ଦେଇପାରିବ! ମୋର ଭାରି ପସନ୍ଦ। ତୁମକୁ ଥରେ ପିନ୍ଧିବା ଦେଖିଛି। ମୁଁ ଆମର ସେଇ ଖାସ୍ ଦିନରେ ପିନ୍ଧିବି।'

ତତ୍‌କ୍ଷଣାତ୍ ଶୁଭ୍ରା କ'ଣ ପ୍ରତିକ୍ରିୟା କରିବ ଜାଣିପାରିଲାନି। ସେ ଜାଣିଛି ଇନ୍ଦୁକୁ ଗତ ତିନି ବର୍ଷଠୁ। ବାସ୍ତବତା ସହିତ ସାଲିସ୍ କଲେବି ସ୍ୱପ୍ନରେ ଜିଁବାକୁ ଭଲପାଏ ସେ। ନିଜ ଆଖପାଖ ଦୁନିଆରେ ଘଟୁଥିବା ମଧୁର ଘଟଣାଗୁଡ଼ିକରେ ବିଭୋର ହୁଏ ସେ। ଶୁଭ୍ରା ଜାଣେ ସ୍ୱପ୍ନ ଦେଖିବା ଆଉ ପୂରଣ ହେବା ଭିତରେ ଅନେକ ତଫାତ୍, ହେଲେ ସେଇ ଆଶା ଟିକକ ହିଁ ବଞ୍ଚିବାର ଦାହା ହୋଇ ରହେ ପ୍ରତି ମୁହୂର୍ତରେ।

ଶୁଭ୍ରା ଭୁକ୍ତଭୋଗୀ। ନିଜ ଆଖି ସାମ୍ନାରେ ସ୍ୱପ୍ନସବୁ ମରିବାର ଦେଖିଛି। ଅନୁଭବ କରିଛି ସେ ଯନ୍ତ୍ରଣାର ଗଭୀରତାକୁ। ତେଣୁ ଏଭଳି ପରିସ୍ଥିତିରେ ତା' ସମ୍ବେଦନଶୀଳ ମନଟି ଆଦୋଳିତ ହୁଏ। ପାରୁପର୍ଯ୍ୟନ୍ତ ଚେଷ୍ଟା କରେ ସେ ମନ ଭିତରେ ଥିବା ସ୍ୱପ୍ନଟି ବଞ୍ଚିରହୁ।

ଶୁଭ୍ରା ଆଲମାରି ଖୋଲିଲା। ଇନ୍ଦୁର ପସନ୍ଦ ନୀଳ ଫ୍ରକଟି ଉପରେ ଥରେ ହାତ ବୁଲେଇ ଆଣିଲା। ଆଲମାରି ଭିତରେ ଥିବା ତା'ର ଅନେକ ଡ୍ରେସ୍ ଭିତରୁ ଇୟେ ଗୋଟିଏ। ହାତପହନ୍ତାରେ ମିଳିପାରୁଥିବା ଜିନିଷର ମୂଲ୍ୟ କିଛି ନଥାଏ; କିନ୍ତୁ ଦୂରରୁ ତାହା ଅମୂଲ୍ୟ ଲାଗେ। ଇନ୍ଦୁ ଏଇ ଫ୍ରକଟିକୁ ନେଇ ମନଭିତରେ କେତେ ସ୍ୱପ୍ନ ବୁଣିସାରିଲାଣି ଭାବି ଆଶ୍ଚର୍ଯ୍ୟ ହେଲା ଶୁଭ୍ରା। ନୀଳ ଫ୍ରକଟିକୁ ଯନ୍ତ୍ରରେ କାଢି ଅଲଗା ରଖିଲା। କାଲି ଆସିଲେ ନେଇଯିବ ଇନ୍ଦୁ। ଆହୁରି ବି କିଛି ଜିନିଷର ତାଲିକା ତିଆରି କଲା; ଯାହା ସମୟ ସମୟରେ ଇନ୍ଦୁ କହିଛି ଭାବାବେଗରେ, ତେଲ ଲୁଣ ସଂସାରରେ ତ୍ୟାଗ କରିଦେବାର ଯନ୍ତ୍ରଣାରେ।

ଆଜି ଇନ୍ଦୁର ବିବାହବାର୍ଷିକୀ। ତା' ପାଇଁ ଖାସ୍ ଦିନଟିଏ। ଛୁଟି ନେବାକୁ ଇଚ୍ଛାଥିଲେ ବି କହିପାରିଲାନି କାହାକୁ। ଶୁଭ୍ରା ସାନ୍ତ୍ୱନା ଦେଲା, 'ବ୍ୟସ୍ତହ'ନା, ଗୋଟିଏ ଓଳି କରିଦେଇ ଯା', ସନ୍ଧ୍ୟାକୁ ନଆସିଲେବି ଚଳିବ।'

'ଦିଦି ତୁମେ ସିନା କହୁଛ, ଆଉ ଅନ୍ୟମାନେ କ'ଣ ମାନିବେ।' ଇନ୍ଦୁର ମୁହଁ ଶୁଖିଯାଇଥିଲା। କେତେ ଦିନର ଇଚ୍ଛାସବୁ ମୃତପ୍ରାୟ ଏବେ। ଶୁଭ୍ରା ବି ନିରୁପାୟ, କିଛି କହିପାରିଲାନି।

ଇନ୍ଦୁର ବାରମ୍ବାର ଫୋନ କଲରେ ପ୍ରକୃତିସ୍ଥ ହେଲା ଶୁଭ୍ରା। କେମିତି ଭୁଲିଗଲା ସେ! ଏଇ ସମୟରେ ତାକୁ ଘରେ ରହିବାର ଥିଲା। କିନ୍ତୁ ତା' ସ୍ୱାମୀ ସମ୍ୱିତଙ୍କ ଅନୁରୋଧକୁ ବି କେମିତି ଟାଳିଦିଅନ୍ତା? ଆଜି ତାଙ୍କ ଜନ୍ମଦିନ। ଶୁଭ୍ରାକୁ ସରପ୍ରାଇଜ ଦେବା ପାଇଁ ସମ୍ୱିତ ତାଙ୍କ ଯୋଜନା ବିଷୟରେ ପୂର୍ବରୁ କିଛି କହିନଥିଲେ, ହଠାତ୍ କଥା ସ୍ଥିର ହେଲା ବାହାରେ ଲଞ୍ଚ ଆଉ ସପିଙ୍ଗ ହେବ। ହେଲେ ଇନ୍ଦୁ ତାକୁ ଅପେକ୍ଷା କରିଛି, କେଜାଣି କେତେ ସମୟ ହେଲା ଘରେ ନପାଇ। ଅଳ୍ପ ସମୟ ଭିତରେ ପହଞ୍ଚିବାର ପ୍ରତିଶ୍ରୁତି ଦେଇ ଫୋନ୍ ରଖିଲା ଶୁଭ୍ରା। ସମ୍ୱିତ ଶୁଭ୍ରାକୁ ଦେଖିଲେ, ସେ ଚାହାଣିରେ ଥିଲା ପ୍ରେମ, ଆଶ୍ୱାସନା ଆଉ ପ୍ରତିଶ୍ରୁତି। ଶୁଭ୍ରାର ଏଇ ଗୁଣଟି ତାଙ୍କୁ ସବୁବେଳେ ଆକର୍ଷିତ କରେ। ସମସ୍ତଙ୍କ ପ୍ରତି ତା' ମନରେ ଥିବା ଦରଦ। ଟ୍ରାଫିକ ସତ୍ତ୍ୱେ ପନ୍ଦର ମିନିଟ୍‌ରେ ଘରେ ପହଁଚି ଇନ୍ଦୁକୁ ନୀଳ ଫ୍ରକଟି ସହ ତା' ପସନ୍ଦର ଅନେକ ଜିନିଷ ବଢ଼େଇ ଦେଲାବେଳେ କାହା ଇସ୍ତିତ ସ୍ୱପ୍ନ ପୂରଣ କରିବା ଖୁସିରେ ଶୁଭ୍ରାର ମୁହଁଟି ଉଜ୍ଜ୍ୱଳ ଦିଶୁଥିଲା ଆଉ ଇନ୍ଦୁ ଆଖିରେ ଲୁହ ଜକେଇ ହୋଇ ଆସୁଥିଲା ଆନନ୍ଦରେ, କୃତଜ୍ଞତାରେ।

କାଳୀ ଝିଅ

ଦର୍ପଣ ସାମ୍ନାରେ ନିଜ ପ୍ରତିବିମ୍ବକୁ ନିରେଖ୍ ଦେଖିଲା ଶ୍ବେତପଦ୍ମା। ନୂଆ ରୂପରେ ନିଜକୁ ଆବିଷ୍କାର କରୁଥିଲା ସେ ଆଜି। ନିଜକୁ ନିଜେ ଗ୍ରହଣ କରିସାରିଥିବା ସତ୍ତ୍ୱେ ଆଜି ମନ କିନ୍ତୁ ଅଗ୍ରାହ୍ୟ କରିଦେଉଛି। ତା'ର ରୂପ ରଙ୍ଗକୁ ନେଇ ଟିକା ଟିପ୍ପଣୀ ନୂଆ ନୁହେଁ; ଅଥଚ ଆଜି କାହିଁକି ଛାତି ଭିତରଟା ରୁନ୍ଧ ହେଇଯାଉଛି। ଏମିତି ଅନେକ ପ୍ରଶ୍ନ, ଯାହାର ଉତ୍ତର ନାହିଁ ଶ୍ବେତପଦ୍ମା ପାଖରେ। ଦର୍ପଣ ସାମ୍ନାରୁ ଉଠି ବାଲକୋନୀରେ ବସିଲା ଶ୍ବେତପଦ୍ମା। ରଜନୀଗନ୍ଧାର ମହକ କି ଆଡେନିଅମର ସୌନ୍ଦର୍ଯ୍ୟ ତାକୁ ବିମୋହିତ କରିପାରୁନି। ରହି ରହି କିଛି ଶବ୍ଦ ବାରମ୍ବାର ତା' କାନରେ ବାଜି ତାକୁ କ୍ଷତାକ୍ତ କରିବା ପାଇଁ ପ୍ରତିବଦ୍ଧ ଯେମିତି। ତଥାପି ସେ ତା' ଆଖିରେ ଲୁହ ଆସିବାକୁ ଦେବନି। ଶ୍ବେତପଦ୍ମା ଲମ୍ବା ନିଶ୍ୱାସ ନେଇ ସକାଳୁ ଆସିଥିବା ଖବରକାଗଜ ଉପରେ ନଜର ପକେଇଲା। କିନ୍ତୁ ଅକ୍ଷରଗୁଡ଼ିକ କ୍ରମଶଃ ଝାପ୍ସା ହେଇଆସିଲା। କିଛି ସମ୍ପର୍କୀୟଙ୍କ ବିଦ୍ରୁପ ତାକୁ ଆଘାତ ଦେଲାକି ସ୍ୱୟଂମ୍ଭଙ୍କ ନିରବତା କେଜାଣି! ଯେତେ ଚେଷ୍ଟା କଲେବି ଆଖିର ଲୁହ ଆଜି ବନ୍ଦ ହେଉନି। ଖାଲି କ'ଣ ଆଜିର ଘଟଣା ତାକୁ ଆଘାତ ଦେଇଛି କି ବର୍ଷ ବର୍ଷ ଛାତି ଭିତରେ ଜମାଟ ବାନ୍ଧି ରହିଥିବା ଦୁଃଖ ଲୁହ ହୋଇ ବହିଯାଉଛି।

ବୋଉ ସବୁବେଳେ କୁହେ, 'ନିଜ ଭିତରେ ଥିବା ଦୁର୍ବଲତାକୁ ଆଡ଼େଇ ଦେଇ ନିଜ ବ୍ୟକ୍ତିତ୍ୱ ବିକାଶରେ ଲାଗ।'

ବୋଉର ଏଇ କଥାଗୁଡ଼ିକ ତାକୁ କେବେ ହୀନମନ୍ୟତାର ଶିକାର ହେବାକୁ ଦେଇନି। ସବୁ ପରିସ୍ଥିତିରେ ଛାଇ ପରି ରହି ବଲ ଦେଇଆସିଛି। ସାଙ୍ଗସାଥୀ ସାଇପଡ଼ିଶାଙ୍କ ବିଦ୍ରୁପକୁ କେବେ ହସି ତ କେବେ ଅଣଦେଖା କରି ଆଡ଼େଇ ଦେଇଛି। କିନ୍ତୁ ଏତେ ଦିନ ଧରି ସତ ମାନି ନେଇଥିବା ବୋଉର କଥା ସବୁ ଆଜି ମିଛ ଲାଗୁଥିଲା।

ତା'ର ଉଚ୍ଚଶିକ୍ଷା, ଚାକିରି ସବୁ ମଳିନ ପଡ଼ିଗଲା ଆଜି ଏ ରଙ୍ଗ ସାମ୍ନାରେ। ଏଇନା ପାଇଁ ବି ତାକୁ କମ୍ କଥା ଶୁଣିବାକୁ ପଡ଼ିନି।

'ଯାହାକହ ଶ୍ୱେତା, ତୋ ଚେହେରା ସହିତ ନାଁଟି ବିଲକୁଲ ମ୍ୟାଚ୍ କରୁନି।' ତା'ପରେ ବିଦ୍ରୁପଭରା ହସର ଏକ ଝୁଆର। ଠଙ୍ଗା ପରିହାସର ଏକ ନିର୍ଦ୍ଦିଷ୍ଟ ଉପକ୍ରମ। କଲେଜ କମନ୍ ରୁମ୍ ହେଉ କି କରିଡର୍ ହେଉ, ପ୍ରତିଦିନ ସେଇ ଗୋଟିଏ ଦୃଶ୍ୟ ସହିତ ଭେଟ ହେବାକୁ ପଡୁଥିଲା ଶ୍ୱେତପଦ୍ମାକୁ। ମନେ ମନେ ବିରକ୍ତ ହୁଏ ସେ ବୋଉ ଉପରେ। ଏଇ ନାଁଟି କାହିଁକି ଦେଇଥିଲା କେଜାଣି! ଅଭିମାନରେ ଅଭିଯୋଗ କଲେ ବୋଉ ହସିଦେଇ କୁହେ, 'ତୁ ତ ଶ୍ୱେତପଦ୍ମା, ଜାଣିଛୁ ତୋ ହୃଦୟଟି କେତେ ସୁନ୍ଦର! ଠିକ୍ ଗୋଟିଏ ଧଳା ପଦ୍ମ ପରି, ଯେଉଁଠି ଅନ୍ୟମାନଙ୍କ ପାଇଁ କାଣିଚାଏ ବି ନକାରାମ୍ବକତା ନାହିଁ। ବୋଉର ସେ ଶବ୍ଦରେ କି ସମ୍ମୋହନ ଥାଏ କେଜାଣି, ସେ ଚୁପ୍ ହୋଇଯାଏ। ଆଜି ବୋଉ ଥିଲେ କହିଥାନ୍ତା ତାକୁ, 'ଦୁନିଆର ସମସ୍ତେ ତୋ ପରି ନୁହନ୍ତି ବୋଉ।'

ଆଖ୍ରୁ ଲୁହ ପୋଛି ଶ୍ୱେତପଦ୍ମା ନିଜକୁ ସାମାନ୍ୟ କରିବାକୁ ଚେଷ୍ଟା କଲା। ଦୁଇଦିନ ହେଲାଣି ସମ୍ପର୍କୀୟ ବନ୍ଧୁବାନ୍ଧବରେ ଘର ଭର୍ତ୍ତି ଦିଅର ସମ୍ମିତଙ୍କ ନିର୍ବନ୍ଧ ପାଇଁ। ଶ୍ୱଶୁରଙ୍କ ଦେହ ଭଲ ରହୁନି। ଶ୍ୱେତପଦ୍ମା, ସ୍ୱୟଂମଙ୍କ ବାହାଘର ମାତ୍ର ତିନି ମାସ ହୋଇଥିଲେ ବି ସାନପୁଅର କାମ ସାରିଦେଇ ଶାଶୂ ନିର୍ଦ୍ଦିଷ୍ଟ ହେବାକୁ ଚାହୁଁଛନ୍ତି। ସମସ୍ତଙ୍କ ମୁହଁରେ ଏବେ ଭାବିବୋହୂର ରୂପକୁ ନେଇ ଚର୍ଚ୍ଚା। ସମ୍ମିତର ପସନ୍ଦକୁ ନେଇ ତାରିଫ। ଆରମ୍ଭ ହୋଇଗଲାଣି ଦୁଇ ବୋହୂ ଭିତରେ ତୁଳନାମ୍ବକ ଯୁକ୍ତିର ପର୍ବ। 'ଇସ୍ କି କଳା! ମୁହଁ, ଦେହ, ହାତରେ ଯେମିତି କିଏ କଳା ନେସି ଦେଇଛି। ଶେଷରେ ଏମିତି କାଳୀ ଝିଅଟେ ସ୍ୱୟଂମ୍ ଭାଗ୍ୟରେ ଥିଲା।' ମୁହଁକୁ ବିକୃତ କରି ଶ୍ୱେତପଦ୍ମା ସାମ୍ନାରେ ମାଉସୀ ଶାଶୂ କହୁଥିଲେ। ସ୍ୱୟଂମକୁ ସେ ବାକ୍ୟ ଶୁଣାଗଲାକି ନାହିଁ କେଜାଣି କି ସେ ମାଉସୀଙ୍କ ସହିତ କଥା ହେବାରେ ବ୍ୟସ୍ତ ଥିଲେ, ଦ୍ୱନ୍ଦ୍ୱରେ ପଡ଼ିଲା ଶ୍ୱେତପଦ୍ମା। ଚାହିଁଥିଲେ ଶ୍ୱେତପଦ୍ମା ତା' ଉତ୍ତର ଦେଇପାରିଥାନ୍ତା; କିନ୍ତୁ ସେ ଚାହୁଁଥିଲା ସ୍ୱୟଂମ ଦିଅନ୍ତୁ। ସେ କୁହନ୍ତୁ ସମସ୍ତଙ୍କ ସାମ୍ନାରେ ଶ୍ୱେତା ମୋ ପସନ୍ଦ, ତା' ବ୍ୟକ୍ତିତ୍ୱ, ତା' ବ୍ୟବହାର, ତା' ଉପଲବ୍ଧି, ଏପରିକି ତା' ରୂପ ବି। ଠିକ୍ ଏଇ କଥା ତ କହିଥିଲେ ସ୍ୱୟଂମ ତାଙ୍କ କୋର୍ଟସିପ ସମୟରେ। ଶ୍ୱେତପଦ୍ମା ଆଶ୍ଚର୍ଯ୍ୟ ହୋଇଥିଲା, ସ୍ୱୟଂମ ପରି ସୁଦର୍ଶନ ଯୁବକ କାହିଁକି ତା' ପ୍ରେମରେ ପଡ଼ିଲେ ସନ୍ଦେହ କରିଥିଲା ତାଙ୍କ ଉଦ୍ଦେଶ୍ୟକୁ ନେଇ। ଗ୍ରହଣ କରିବାକୁ ପ୍ରସ୍ତୁତ ନଥିଲା ଶ୍ୱେତପଦ୍ମା, ସ୍ୱୟଂମଙ୍କ ବାରମ୍ବାର ପ୍ରେମ ନିବେଦନ ସତ୍ତ୍ୱେ। ଭାବପ୍ରବଣ ହୋଇ

ସ୍ୱୟଂମ ତାକୁ କହିଥିଲେ, 'ବାହ୍ୟରୂପ ମତେ କେବେ ଆକର୍ଷିତ କରେନା ଶ୍ୱେତା, ସେ ତ କ୍ଷଣସ୍ଥାୟୀ। ମୋ ପାଇଁ ସୌନ୍ଦର୍ଯ୍ୟର ପରିଭାଷା ଅଲଗା। ମଣିଷର ଅନ୍ତର୍ନିହିତ ଗୁଣ ତା' ସୌନ୍ଦର୍ଯ୍ୟକୁ ପରିଭାଷିତ କରେ। ଈଶ୍ୱରଙ୍କ ସବୁ ସୃଷ୍ଟି ସୁନ୍ଦର। ତୁମେ ବି ତା' ଭିତରୁ ଜଣେ। ବିଶ୍ୱାସ ରଖ ମୋ ଉପରେ, ତୁମ ପ୍ରତି ମୋ ସମ୍ମାନ, ଭଲପାଇବା ସବୁଦିନ ରହିବ।' ସେଦିନ ସ୍ୱୟଂମଙ୍କ ଏଇ ଶବ୍ଦ ସବୁ ଶ୍ୱେତପଦ୍ମା ଆଖିରେ ଲୁହ ଆଣିଦେଇଥିଲା, ଆଉ ଆଜି ତାଙ୍କର ଏଇ ନିରବତା। ଅସହାୟ ହୋଇ ସେ ଚାହିଁଥିଲା ସ୍ୱୟଂମକୁ। ନିଜ ସ୍ୱାମୀକୁ। କିନ୍ତୁ ସ୍ୱୟଂମ ଆଜି ପ୍ରତିକ୍ରିୟାଶୂନ୍ୟ ଥିଲେ। କାହିଁକିର ଏଇ ପ୍ରଶ୍ନ ଶ୍ୱେତପଦ୍ମାକୁ ଭିତରୁ ଭାଙ୍ଗିଦେଉଥିଲା। ଚୁପଚାପ୍ ସେଠୁ ନିଜ ଶୋଇବା ରୁମ୍‌କୁ ଚାଲିଆସିଥିଲା ଶ୍ୱେତପଦ୍ମା।

ଗୋରା ରଙ୍ଗ ପ୍ରତି ମଣିଷର ଏତେ ଆକର୍ଷଣ କାହିଁକି ? ଯେଉଁଥିରେ ନିଜର କିଛି ଅବଦାନ ନାହିଁ, ସେଠି ଅହଂକାରର ଔଚିତ୍ୟ କ'ଣ ଠିକ୍। ଶ୍ୱେତପଦ୍ମା ମନରେ ବାରମ୍ବାର ଉଠୁଥିବା ଏହି ପ୍ରଶ୍ନର ଉତ୍ତର ଦେବାକୁ କେହି ନଥିଲେ।

ଧୀରେ ଧୀରେ ଘରର ପ୍ରତ୍ୟେକ ଆଲୋଚନାର ବିଷୟବସ୍ତୁ ପରିଶେଷରେ ତା'ରି ଉପରେ କେନ୍ଦ୍ରୀଭୂତ ହୁଏ। କାଳୀ ଝିଅଟିକୁ ବୋହୂ କରି ଯେମିତି ସେମାନେ କଉ ଜନ୍ମର ପାପକୁ ପ୍ରାୟଶ୍ଚିତ କରୁଛନ୍ତି। ଶ୍ୱେତପଦ୍ମା ଆଖି ସାମ୍ନାରେ ଘଟୁଥିବା ଘଟଣାଗୁଡ଼ିକୁ ଅଣଦେଖା କରେ। ବେଳେବେଳେ ଅସହ୍ୟ ହେଲେ ଲୁଚି ଲୁଚି ଲୁହ ଗଡ଼ାଏ। ବେସିନରେ ମୁହଁ ଧୋଇ ନିଜକୁ ପୁଣି ସାମାନ୍ୟ କରିବାକୁ ଚେଷ୍ଟା କରେ। ସେତେବେଳେ ସାମ୍ନାରେ ଥିବା ଦର୍ପଣ ଭିତରୁ ବୋଉ ଯେମିତି କୁହେ, 'ଏତିକିରେ ହାରିଗଲୁ ଝିଅ ? ତତେ ଆହୁରି ଅନେକ ବାଟ ଯିବାକୁ ଅଛି। ସମାଜରୁ ଏ ବର୍ଣ୍ଣବୈଷମ୍ୟତା କ'ଣ ଏକାଦିନେ ଯିବ ? ସ୍ୱୟଂମ ଓ ତା' ପରିବାର ବି ଏଇ ସମାଜର ଗୋଟିଏ ଅଂଶ। ସମୟ ଲାଗିବ। ତୁ ଧୈର୍ଯ୍ୟ ରଖ ମା'।' ଦର୍ପଣ ଆଡ଼କୁ ହାତ ବଢ଼େଇ ବୋଉକୁ ଛୁଇଁବାକୁ ଚେଷ୍ଟା କରୁକରୁ ବୋଉ ଅଦୃଶ୍ୟ ହୋଇଯାଏ। ହଠାତ୍ ନିଜ ଭିତରେ କେମିତି ଏକ ଖାଲିପଣ ଅନୁଭବ କରେ ଶ୍ୱେତପଦ୍ମା। ତଥାପି କେବେ ପ୍ରଶ୍ନ କରିନି ସ୍ୱୟଂମକୁ, କି ତାଙ୍କ ନିରବତାର ଉତ୍ତର ଖୋଜିବାକୁ ଚେଷ୍ଟା କରିନି। ନିଜର ବୋଲି ଦାବି କରୁଥିବା ଲୋକଟିକୁ କ'ଣ ବୁଝେଇବା ଦରକାର ଯେ ? ବିବାହ ପୂର୍ବରୁ ଅନେକ କିଛି ଭାବିଥିଲା ସେ। ବୋଉ ପରେ ତା' ଜୀବନର ଶୂନ୍ୟସ୍ଥାନକୁ ସ୍ୱୟଂମ ଭରିଦେବେ, ନିଜ ପ୍ରେମ, ବିଶ୍ୱାସରେ, ସୁରକ୍ଷାର କବଚ ହୋଇ ପ୍ରତି ମୁହୂର୍ତ୍ତରେ ତା' ସହିତ ଠିଆ ହେବେ। ସେ ଜାଣେ ଅଶାରହିତ ସମ୍ପର୍କ ହିଁ ଦୀର୍ଘସ୍ଥାୟୀ। କିନ୍ତୁ ବୈବାହିକ ସମ୍ପର୍କର ମୂଳଦୁଆ ଏସବୁ ବ୍ୟତିରେକ କେବେ କ'ଣ ସମ୍ଭବ ହୋଇପାରେ ?

ଶ୍ୱେତପଦ୍ମା ତା' ଭାବନାକୁ ଲଗାମ ଦିଏ, ନିଜକୁ ଦୃଢ଼ କରେ, ଅଫିସ୍ ଯାଏ, ସେଠୁ ଆସିଲେ ଗତାନୁଗତିକ କାମ ଭିତରେ ନିଜକୁ ବ୍ୟସ୍ତ ରଖେ।

ହଠାତ୍ ଦିନେ ଶ୍ୱଶୁରଙ୍କ ଦେହ ଖରାପ ହେବାରୁ ହସ୍ପିଟାଲରେ ଆଡ଼ମିଟ୍ କରିବାକୁ ପଡ଼ିଲା। ଖବର ଶୁଣି ଶ୍ୱେତପଦ୍ମା ତୁରନ୍ତ ଅଫିସରୁ ଫେରିଆସିଲା। ସବୁ ପ୍ରକାର ଟେଷ୍ଟରୁ ଜଣାପଡ଼ିଲା ଆନିମିଆ। ଶରୀରରେ ଆବଶ୍ୟକତାଠାରୁ କମ୍ ରକ୍ତ ଅଛି; ତେଣୁ ଅତିଶୀଘ୍ର ରକ୍ତ ଦେବା ନିହାତି ଜରୁରୀ। ନଚେତ ଅସୁବିଧା ହୋଇପାରେ, ଡାକ୍ତର ଚେତାବନୀ ଦେଇ ନିଜ ଚେମ୍ବରକୁ ଚାଲିଗଲେ। ଘରେ କିଛିଦିନ ପରେ ବାହାଘର। ଖୁସିର ବାତାବରଣ ଭିତରେ ଏଭଳି ଏକ ପରିସ୍ଥିତି ସହିତ ସାମ୍ନା ହେବାକୁ ପଡ଼ିବ, ପରିବାରର କେହି ଚିନ୍ତା କରିନଥିଲେ। ତେଣୁ ସମସ୍ତେ ବ୍ୟସ୍ତ ହୋଇପଡ଼ିବା ସ୍ୱାଭାବିକ। ଶାଶୂଙ୍କ ଆଖିରୁ ଲୁହ ବନ୍ଦ ହେଉନଥିଲା। କିନ୍ତୁ ସେହି ଦୁଃଖଦ ବାତାବରଣରେ ବି ଶ୍ୱେତପଦ୍ମା କିଛି ପରିବର୍ତ୍ତନ ଅନୁଭବ କରୁଥିଲା। ଯାହା ତା' ପ୍ରତି ନୂଆ ଥିଲା। ଶାଶୂଙ୍କ ତା' ସହିତ ସ୍ନେହବୋଳା କଥାବାର୍ତ୍ତା, ସମ୍ବିତଙ୍କ ତା' ପ୍ରତି ସମ୍ମାନ ଆଉ ସ୍ୱୟଂ, ତାଙ୍କ ଆଖିରେ ନିଜପାଇଁ ଖୋଜୁଥିବା ପ୍ରେମ ପୁନଶ୍ଚ ଦେଖିପାରୁଥିଲା ଶ୍ୱେତପଦ୍ମା। ପରିସ୍ଥିତିକୁ ସାମାନ୍ୟ କରିବାକୁ ସମସ୍ତଙ୍କୁ ସାନ୍ତ୍ୱନା ଦେଇ ଧୈର୍ଯ୍ୟ ରଖିବାକୁ କହିଲା ସେ। ଏହି ସମୟରେ ସ୍ୱୟଂ ଡାକ୍ତରଙ୍କ ଚେମ୍ବରରୁ ଆସି କହିଲେ, 'ଶ୍ୱେତା ଶୀଘ୍ର ରେଡ଼ି ହୁଅ, ତୁମକୁ ରକ୍ତ ଦେବାକୁ ପଡ଼ିବ।'

ଶ୍ୱେତପଦ୍ମା ବୁଝିପାରୁନଥିଲା କିଛି ସମୟ ପୂର୍ବରୁ ତା' ପ୍ରତି ସମସ୍ତଙ୍କ ପରିବର୍ତ୍ତିତ ବ୍ୟବହାର ଛଳନା ଥିଲା କି ପ୍ରେମ। ଅନ୍ୟମନସ୍କ ହୋଇ ନର୍ସକୁ କହିଲା, 'ଚାଲନ୍ତୁ।'

ମୃତ୍ୟୁ

ତା' ସାମ୍ନାରେ ଠିଆ ହୋଇ ସେ ତା'ର ପ୍ରତ୍ୟେକ ଭାବଭଂଗିକୁ ଚେଷ୍ଟା କରୁଥିଲା ବୁଝିବାକୁ। ତାକୁ ନେଇ ଏପର୍ଯ୍ୟନ୍ତ କୌତୂହଲ ଥିଲେ ବି ଶାନ୍ତ ଥିଲା ସେ। ବାହାରର କୋଲାହଲରେ ଯଦିଓ ସେ ସାମାନ୍ୟ ବିଚଳିତ ହେଉଥିଲା; ତଥାପି ବାରମ୍ବାର ତାକୁ ଚାହୁଁଥିଲା। ଏକ ପ୍ରଶସ୍ତ ଭୂମି ଉପରେ ସେମାନେ କେତେବେଳେ ବସୁଥିଲେ; ପୁଣି କେତେବେଳେ ଠିଆ ହେଉଥିଲେ ତ କେତେବେଳେ କିଛି ଆଗକୁ ଯାଇ ପୁଣି ସେହି ସ୍ଥାନକୁ ଫେରିଆସୁଥିଲେ। ସେ ଲୋକଟି ଚେଷ୍ଟା କରୁଥିଲା ତାକୁ କିଛି ନିର୍ଦେଶ ଦେବାକୁ; ଯେମିତି ସେ ତା' କଥା ମାନି କିଛି ସମୟ ଲୁଚକାଳି ଖେଳିବ। ସବୁଜ ଘାସ, ଶୁଖିଲା ପତ୍ର ଓ ଛୋଟ ବଡ ଗଛ ଭିତରେ ତାଙ୍କ ଖେଳ ଦେଖି ବେଶ୍ ଅମୋଦିତ ହେବେ ଦେଖଣାହାରୀ। କରତାଳିରେ ଗୁଞ୍ଜି ଉଠିବ ସମ୍ପୂର୍ଣ୍ଣ ବାତାବରଣ। ଏଥିରେ ସେ ନିଜକୁ ନିପୁଣ ବୋଲି ଭାବେ। ଏମିତି ସେ କେତେ ବୁଲା କୁକୁର ସହ ବନ୍ଧୁତା କରିଛି। ତା'ର ଗୋଟିଏ ଡାକରେ ସମସ୍ତେ ଜମା ହୋଇଯାନ୍ତି, ଆଗପଛ ବୁଲି ତା' ଆନୁଗତ୍ୟକୁ ସ୍ୱୀକାର କରନ୍ତି।

ଏବେ କେବଳ ଯାଗା ପରିବର୍ତ୍ତନ ହୋଇଛି। ସହରର ଯେକୌଣସି ଗଲି, ରାସ୍ତା ପରିବର୍ତ୍ତେ ତାର ବାଡ଼ଦିଆ ଏକ ବିଶିଷ୍ଟ ସ୍ଥାନ। ଯାହାକୁ ସେ ଗୋଟିଏ କୁଦାରେ ନିର୍ଦ୍ଧାରିତ କରିଛି। ସାମ୍ନାରେ ଠିଆହୋଇଥିବା କୁକୁରଟି ନିଶ୍ଚିତ ଭାବେ ଅନ୍ୟ କୁକୁରଠୁ ଭିନ୍ନ। ତା' ଶରୀରର ଅବୟବ, ତା' ହାବଭାବରୁ ଏହା ସୂଚିତ ହେଉଛି। ସେ ଆଉଥରେ ତାକୁ ନିରୀକ୍ଷଣ କଲା ଆଉ ମନେ ମନେ ନିଜ ଆକଳନକୁ ନେଇ ସମୀକ୍ଷା କଲା, ନାଇଁ, ଯେ ଏକ ଅଲଗା ପ୍ରଜାତିର କୁକୁର। ତଥାପି ସେ ତାକୁ ଆୟଉ କରିବାରେ ନିଶ୍ଚୟ ସକ୍ଷମ ହେବ ବୋଲି ନିଜକୁ ଆଶ୍ୱାସନା ଦେଲା। ଲୋକଟି ତା' ଚାରିପାଖକୁ ଥରେ ଦୃଷ୍ଟିନିକ୍ଷେପ କରି ଦେଖିଲା। ପୂର୍ବ ଅପେକ୍ଷା ଅନେକ ଲୋକ ଜମା

ହୋଇସାରିଲେଣି । କୋଲାହଳ ବି ବଢ଼ିଗଲାଣି । ସେମାନଙ୍କ ଭିତରୁ କିଛି ଲୋକ ତାକୁ ଶୋଇପଡ଼ିବାକୁ କହୁଥିଲେ, ଆଉ କିଛି ଲୋକ ସେ ସ୍ଥାନରୁ ଯଥାଶୀଘ୍ର ତାକୁ ଫେରିଆସିବାକୁ ଅନୁରୋଧ କରୁଥିଲେ । ଲୋକଟି ମନେ ମନେ ହସିଲା । ସମସ୍ତଙ୍କ ମନରେ ଭୟ ସୃଷ୍ଟି କରିଥିବା ଏହି ବିଶାଳକାୟ କୁକୁରକୁ ଆଜି ସେ ନିୟନ୍ତ୍ରଣ କରି ନିଜ ନିର୍ଭୀକତାର ପରିଚୟ ଦେବ । ସେ ଝାଡ଼ିଝୁଡ଼ି ହୋଇ ଠିଆ ହେଲା । ଛାତି ଫୁଲେଇ ହାତ ଦୁଇଟିକୁ ଉପରକୁ ଉଠେଇ ତା’ ଅନୁଗତ୍ୟ ସ୍ୱୀକାର ପାଇଁ ଆହ୍ୱାନ କରିବା ସମୟରେ ସାମ୍ନାରୁ ଭୟଙ୍କର ଗର୍ଜନ ସହିତ ତା’ ବେକରେ କାହାର ଶକ୍ତ ପଞ୍ଝାକୁ ଅନୁଭବ କରୁଥିଲା ।

ପରଦିନ ଖବରକାଗଜର ମୁଖ୍ୟପୃଷ୍ଠାରେ ବଡ଼ବଡ଼ ଅକ୍ଷରରେ ଲେଖାଥିଲା, ‘ସହରର ଏକ ପ୍ରସିଦ୍ଧ ଚିଡ଼ିଆଖାନାରେ, ସିଂହ ଆକ୍ରମଣରେ ଜଣେ ମଦ୍ୟପର ମୃତ୍ୟୁ ।’

ରାଖୀର ୩ଟି ସ୍କେଚ

ସମ୍ପର୍କୀୟ

ପ୍ରତିବର୍ଷ ରାଖୀପୂର୍ଣ୍ଣିମା ପୂର୍ବରୁ ପରୀ, ମଲୟ ଭାଇଙ୍କ ପସନ୍ଦ ମୁତାବକ ରାଖୀ କିଣେ। ନିଜ ଭାଇ ନହେଲେ କ'ଣ ହେଲା ସମ୍ପର୍କୀୟ ଭାଇ ତ। ସେ କ'ଣ ନିଜ ଭାଇଠୁ କିଛି କମ୍? ଅନ୍‌ଲାଇନ୍‌ରେ ଯାବତୀୟ ସୁବିଧା ସତ୍ତ୍ୱେ ନିଜ ହାତ ତିଆରି କିଛି ଉପହାର ବି ସାଥିରେ ଦିଏ। ଏଥର ରାଖୀ ନିଶ୍ଚିତ ଭାବେ ସ୍ୱତନ୍ତ୍ର, କାହିଁକିନା ମଲୟ ଭାଇଙ୍କ ବାହାଘର ପରେ ପ୍ରଥମ ରାଖୀ। ସେ ସ୍ଥିର କରିଛି ଭାଉଜଙ୍କୁ ବି ରାଖୀ ପିନ୍ଧେଇବ। ସେଥିପାଇଁ ପନ୍ଦର ଦିନ ପୂର୍ବରୁ ପ୍ରସ୍ତୁତି ଆରମ୍ଭ କରିଛି। ସେଦିନ ସନ୍ଧ୍ୟାରେ ମଲୟ ଭାଇଙ୍କ ଫୋନ ଆସିଲା, 'ପରୀ, ଏବର୍ଷ ରାଖୀରେ ବୋଧେ ଆମେ ନଥିବୁ। ମୋର ମନେ ନଥିଲା ରାଖୀ କଥା। ତେଣୁ ବୁଲାବୁଲି ପାଇଁ ଟିକଟ କରିଦେଲି। ମନଦୁଃଖ କରିବୁନି।' ପରୀକୁ କିନ୍ତୁ ମଲୟ ଭାଇଙ୍କ କଥା ଅପେକ୍ଷା ପାର୍ଶ୍ୱରୁ ଧୀର ସ୍ୱରରେ କହୁଥିବା ଭାଉଜଙ୍କ କଥା ବେଶୀ ଶୁଣା ଯାଉଥିଲା, 'ହଁ ମ ଏତେ ମିଛ କହିବା କ'ଣ ଦରକାର ? ସିଧାସିଧା ତ କହିଦେବ ରାଖୀରେ ଆସିବା ଦରକାର ନାହିଁ। ଏସବୁ ସ୍ନେହ ଅପେକ୍ଷା ପଇସା ପାଇବାର ଫନ୍ଦି ଯାହା। ସେ କଉ ନିଜ ଭଉଣୀ ହେଇଛି କି ?'

ପରିସମାପ୍ତି

ଏଥର ରାଖୀରେ କାହିଁକି ପଲ୍ଲବୀ ଅଧିକ ଉଲ୍ଲସିତ ଥିଲେ। ଅଠାବନ ବର୍ଷ ଭିତରେ ରାଖୀ କେତେଥର ଆସି କେତେଥର ଚାଲିଗଲା, ତା'ର ହିସାବ ନାହିଁ। କେବେ ଥରେ ବଡଭାଇ ପରିତୋଷଙ୍କୁ ରାଖୀ ପିନ୍ଧେଇବା ଚିନ୍ତା ମନକୁ ବି ଆସିନି। ତା' ମାନେ ନୁହେଁ ଯେ, ତାଙ୍କ ଭିତରେ ଭାଇ ଭଉଣୀର ସ୍ନେହ ନଥିଲା କି ଏବେ ନାହିଁ।

ପରସ୍ପର ମଧ୍ୟରେ ଦାୟିତ୍ୱ, କର୍ତ୍ତବ୍ୟ, ଆଦର ସଙ୍ଗେ ଏହି ପରମ୍ପରାଟି କେମିତି ଛାଡ଼ି ହୋଇଗଲା, ଭାବିଲେ ଆଶ୍ଚର୍ଯ୍ୟ ହୁଅନ୍ତି ପଲ୍ଲବୀ। ସେ ଯାହାହେଉ ଏଇ ବର୍ଷ ସ୍ଥିର କରିଛନ୍ତି, ଭାଇ ଘରକୁ ଯାଇ ରାଖୀ ପିନ୍ଧେଇ ଆସିବେ। ବଜାରରୁ ସେଥିପାଇଁ ବାଛି ବାଛି ରାଖୀ ସହିତ ଭାଇ ଭାଉଜଙ୍କ ପସନ୍ଦ ମୁତାବକ କିଛି ଉପହାର ବି କିଣିଛନ୍ତି। ଠିକ୍ ସମୟରେ ରାଖୀ ଦିନ ଭାଇଘରେ ପହଁଚିଗଲେ ପଲ୍ଲବୀ। ଭାଉଜ ସବୁଥର ପରି ଏଥର ବି ଆଦର ଅଭ୍ୟର୍ଥନାରେ କିଛି କମ୍ କରିନଥିଲେ। ରାଖୀ ପିନ୍ଧେଇବାର ଶୁଭ ସମୟଟି ଗଡ଼ି ଗଡ଼ି ଯାଉଥିବା ବେଲେ ପଲ୍ଲବୀଙ୍କୁ ମାଡ଼ି ମାଡ଼ି ପଡୁଛି, କେମିତି କହିବେ ? ବ୍ୟସ୍ତର ଅପରାହ୍ନରେ ଏସବୁର କ'ଣ ଆବଶ୍ୟକତା କହି ହସିଦେବେନି ତ ଭାଇ ? କିନ୍ତୁ ତା'ର ସବୁ ଆଶଙ୍କାର ପରିସମାପ୍ତି ଘଟେଇ ପରିତୋଷ ନିଜ ଡାହାଣ ହାତଟି ବଢ଼େଇ ଦେଇ କହିଲେ, 'ରାଖୀ ଆଣିଛୁ ପରା, ଦେ ପିନ୍ଧେଇ ଦେ।'

ଧାରେ ହସ

ପାଞ୍ଚ ବର୍ଷର ସୁମିର ଇଚ୍ଛା ତା' ଦୁଇ ବର୍ଷର ଭାଇଟିକୁ କେମିତି ରାଖୀ ବାନ୍ଧିବ। କିନ୍ତୁ ବୋଉକୁ କହିବାକୁ ସାହସ ହେଉନି। ବୋଉ କୁହେ, 'ପଇସା ଥିବା ଲୋକ ହିଁ ପର୍ବ ମନାନ୍ତି। ଆମର ସେ ଭାଗ୍ୟ କାହିଁ! ପାଞ୍ଚ ଘରେ ପାଇଟି କଲେ ଦୁଇ ବେଲା ପାଇଁ ଚୁଲି ଜଳୁଛି। ଅଯଥା ଖର୍ଚ୍ଚ ପାଇଁ ପଇସା କୁଆଡୁ ଆସିବ ?' କିନ୍ତୁ ସୁମି ତା' ଇଚ୍ଛାଟିକୁ ବି ମାରିପାରୁନି। ହଠାତ୍ ପଡ଼ିଶା ଘର ପ୍ରମିଲା ଦିଦିଠୁ ଶୁଣିଲା, ତାଙ୍କ ବସ୍ତିଠୁ କିଛି ଦୂରରେ କଉ ସଂସ୍ଥା ରାଖୀ ସହ ମିଠା ପକେଟ ବାଣ୍ଟୁଛନ୍ତି। ଝିପିଝିପି ବର୍ଷାକୁ ଖାତିର ନକରି ସୁମି ଦୌଡ଼ିଲା ଆଣିବାକୁ। ଘରେ ପହଁଚିଲା ବେଲକୁ ବର୍ଷାରେ ଓଦା ହୋଇ ହାଲିଆ ହେଇଯାଇଥିଲା ସିନା; କିନ୍ତୁ ଭାଇ ପାଇଁ ରାଖୀଟିଏ ଆଣିବାର ଖୁସି ଧାରେ ହସ ହୋଇ ତା' ମୁହଁରେ ଲାଖି ରହିଥିଲା।

ଆକସ୍ମିକ

ଲିନା ମୋର ଗୋଟିଏ ହାତକୁ ସେମିତି ଜାବୁଡ଼ି ଧରିଥିଲା, ଯେପର୍ଯ୍ୟନ୍ତ ସାଲାଇନ୍‌ର ଶେଷ ବୁନ୍ଦା ମୋ ଶରୀରକୁ ପ୍ରବେଶ ନ କରିଛି। ପ୍ରାୟ ଦୁଇଘଣ୍ଟା ହେବ ମୋ ଅବଶ ଦେହଟି ପଡ଼ିଛି ମନିପାଲ ହସ୍ପିଟାଲର ଇମର୍ଜେନ୍ସୀ ୱାର୍ଡ ବେଡ଼ରେ। ମୋ ପାଇଁ ମୋ ଚାରିପାଖ ପୃଥିବୀ ଯେମିତି ଅଟକି ଯାଇଛି। ପରିବର୍ତ୍ତନ ମତେ ଭଲ ଲାଗେ; କିନ୍ତୁ ଏମିତି ଆକସ୍ମିକ ନୁହେଁ। ମୁଁ ଜାଣେ ପରିବର୍ତ୍ତନ ଆସେ ବିଭିନ୍ନ ଘଟଣା ଦୁର୍ଘଟଣାକୁ ନେଇ। ହଠାତ୍, ଅଚାନକ, କୌଣସି ଯୋଜନାବଦ୍ଧ ଭାବରେ ନୁହେଁ। ଏମିତି ପରିବର୍ତ୍ତନକୁ କେହି ସ୍ୱାଗତ କରନ୍ତିନି; କିନ୍ତୁ ବାଧ୍ୟ ହୁଅନ୍ତି ଗ୍ରହଣ କରିବାକୁ। ତା’ ବ୍ୟତୀତ ଅନ୍ୟ ଉପାୟ ହିଁ ନଥାଏ।

ମୁଁ ଲିନାକୁ ଦେଖିବାକୁ ଚାହୁଁଥିଲି। ସେ ମୋ ମୁଣ୍ଡ ପାଖରେ ଘଣ୍ଟାଏ ହେଲାଣି ସେମିତି ଠିଆ ହୋଇଛି। ତା’ ହାତର ସ୍ପର୍ଶରୁ ମୁଁ ଠିକ୍ ଅନୁମାନ କରିପାରୁଥିଲି, ନିହାତି ଏକ ଅଜଣା ଆଶଙ୍କା ତା’ ଅବଚେତନ ମନକୁ ରୁନ୍ଧି ଦେଇଥିବ; ଅଥଚ ଚେଷ୍ଟା କରୁଥିବ ସହଜ ହେବାକୁ। ନର୍ସ ଇସାରା ଦେଇ ମନାକଲା ହଲ୍‌ଚଲ୍ ନହେବା ପାଇଁ। ଏଇ ଟିକେ ଆଗରୁ ସିଟି ସ୍କାନ୍ ସରିଛି। ରିପୋର୍ଟ ଆସିବାକୁ ଅପେକ୍ଷା। ମୁଁ ଦୀର୍ଘନିଶ୍ୱାସ ନେଲି ଓ ଯଥାସମ୍ଭବ ଚେଷ୍ଟା କଲି ନିଜକୁ ସାମାନ୍ୟ ରଖିବାକୁ।

ରାତି ବାରଟା। ହଠାତ୍ ଇମର୍ଜେନ୍ସୀ ୱାର୍ଡଟି ପୁଣିଥରେ ଚଲଚଞ୍ଚଳ ହୋଇଉଠିଲା। ପେସେଣ୍ଟ ଦୁର୍ଘଟଣାର ଶିକାର। ଛଅ ମହଲାରୁ ତଳେ ପଡ଼ିଗଲେ। ‘କିଛି କରନ୍ତୁ ଡକ୍ତର’, ମହିଲାଙ୍କ ଆକୁଳ ନିବେଦନ। ଷ୍ଟ୍ରେଚର ଉପରେ ଶୋଇଥିବା ଲୋକ ଶରୀରରେ କିଛି ପ୍ରତିକ୍ରିୟା ନାହିଁ। ନିଶ୍ୱାସ ପ୍ରଶ୍ୱାସ ଚାଲିଛି ବୋଧେ। ଆଖ୍ ପିଛୁଲାକେ ଚିକିସ୍ୱା ଆରମ୍ଭ ହୋଇଗଲା।

‘ଇଣ୍ଟରନାଲ ଇଞ୍ଜୁରୀ, ବହୁତ ଖର୍ଚ ହୋଇପାରେ, ଆପଣ ଇନ୍‌ସୁରାନ୍ସ ଦେଖନ୍ତୁ।’

ଗୋଟିଏ ନିଶ୍ୱାସରେ କହିଦେଇ ଚାଲିଗଲେ ଡ୍ୟୁଟିରେ ଥିବା ଡାକ୍ତର ଜଣକ। ଜଣେ ପତ୍ନୀ ତା' ଜୀବନର ସବୁଠୁ କଠିନ ପରିସ୍ଥିତିରେ ବାସ୍ତବତା ସହିତ ପରିଚିତ ହେଉଥିଲା। କିଛି ଉଦ୍‌ବିଗ୍ନ ଆଖି, ଶୂନ୍ୟ ଶରୀର ଘୂରିବୁଲୁଥିଲେ ଅପ୍ରତ୍ୟାଶିତ ନିରବ ୱାର୍ଡ ଭିତରେ। ଲିନା ଏବେ ମୋ ପାଖରେ ନାହିଁ। ବୋଧେ ଯାଇଥିବା ୱେଟିଂ ରୁମ୍‌କୁ ଝିଅର ଅସଂଖ୍ୟ ପ୍ରଶ୍ନରୁ କିଛିର ଉଉର ଦେବାକୁ। କିଛି ଆକୁଳତା କିଛି ଅନିଶ୍ୱାସୀ ହେଇପଡୁଥିବା ଆଶା ଓ ନିରାଶା ଭିତରେ ମୋ ଆଖିପତା ମୁଦି ହୋଇଆସୁଥିଲା।

ଲିନା ବ୍ୟସ୍ତ ହୋଇ କଲ୍ କରୁଛି। କାହାକୁ କରୁଛି? ଅଫିସ୍ ସ୍ତାଫ, ବନ୍ଧୁବାନ୍ଧବ, ସାଙ୍ଗସାଥୀ, ସମସ୍ତଙ୍କ ମନରେ କେବଳ ଜାଣିବାର ଉସ୍ତୁକତା; କିନ୍ତୁ ତା'ପରେ ଗଭୀର ନିରବତା, ଏକ ନିର୍ଦ୍ଦିଷ୍ଟ ଦୂରତା ରଖିବା ପାଇଁ ମିଛ ବାହାନା ଯେତେ। ସେଇ ଗୋଟିଏ କଥାକୁ ବାରମ୍ବାର କହି ଲିନା ଥକି ଯାଉଛି କି? କେହି ବୋଧେ ଉଉର ଦେଉନାହାନ୍ତି। ସାମ୍ନାରେ ଗୁଡ଼ାଏ ଫାଇଲ୍। ଫାଇଲ୍ ଭିତରେ ଲିନା କ'ଣ ଖୋଜୁଛି? ଇନ୍‌ସୁରାନ୍‌ ପେପର, ହେଲ୍‌ଥ ଇନ୍‌ସୁରାନ୍‌, କମ୍ପାନୀ ଇନ୍‌ସୁରାନ୍‌ କି ଟର୍ମ ଇନ୍‌ସୁରାନ୍‌? ଆଛା ଟର୍ମ ଇନ୍‌ସୁରାନ୍‌ ତ ମୁଁ କରିନି। ଜୀବନକୁ ନେଇ କେବେ କିଛି ସଦେହ ହୋଇନି। ସବୁ ତ ଠିକ୍ ଚାଲିଛି। କିନ୍ତୁ ସେ ପେସେଣ୍ଟ ଭଳି ଯଦି ହଠାତ୍ କିଛି ହେଇଯାଏ! ଲିନା ରୋଷେଇ ଘରେ ଥିବା, ରୋଟି ସହିତ ତରକାରି କ'ଣ ହେବ ଭାବୁଥିଲା ବେଲେ ହଠାତ୍ ଯଦି କଲ ଆସିବ, 'ୟୋର ହଜବେଣ୍ଡ ଇଜ ନୋ ମୋର!' ତେବେ? ଇଏମ୍‌ଆଇ, ଝିଅର ସ୍କୁଲ୍ ଫିସ୍, ତା' ପଢ଼ା, ବାହାଘର କେମିତି ମେନେଜ୍ କରିବ ଲିନା। ଏବେ ଯଦି କିଛି ହେଇଯାଇଥାନ୍ତା! ଡାଇନିଂ ଟେବୁଲରେ ଖାଉ ଖାଉ ଛାତି ଭିତରେ ଯନ୍ତ୍ରଣା। ତା'ପରେ ସିଧା ମନିପାଲ ହସ୍ପିଟାଲର ଏମର୍ଜେନ୍‌ ୱାର୍ଡକୁ ଆସିବା କଥା ଭାବିଥିଲେ କି? ନର୍ସ ଆସି ଡ୍ରିପ ଚେଞ୍ଜ କଲା। ମୁଁ ଯେମିତି ତନ୍ଦ୍ରାରୁ ଜାଗ୍ରତ ହେଲି। ଦୀର୍ଘନିଶ୍ୱାସ ନେଇ ପୁଣି ଚେଷ୍ଟା କଲି ନିଜକୁ ସହଜ କରିବାକୁ। ଜୀବନଟା ସତରେ ପଦ୍ମ ପତ୍ରରେ ଢଳ ଢଳ ହେଉଥିବା ସେ ପାଣି ଠୋପା ଭଳି। ଆମକୁ ଲାଗେ ପୃଥିବୀର ସବୁ ଦୁର୍ଘଟଣା ଆମଠୁ ଏକ ନିରାପଦ ଦୂରତ୍ୱରେ ଘଟେ। ଆମ ଚାରିପାଖେ ଥିବା ଏକ ନିର୍ଦ୍ଦିଷ୍ଟ ବଳୟର ସୀମାରେଖା ବାହାରେ। ଆମେ ତା'ଠୁ ବେଶ୍ ନିରାପଦରେ। କିନ୍ତୁ ଏହା କ'ଣ ସତ୍ୟ?

ଇନଭେଷ୍ଟମେଣ୍ଟ ହେଉ କି ଇନ୍‌ସୁରାନ୍‌, କେବେ ଖୋଲିକି ଲିନା ସହ ଆଲୋଚନା କରିନି। ଲିନା ବି ସେ ବିଷୟରେ କେବେ ପଚାରିନି। ରେଳଧରଣାର ଦୁଇଟି ପାର୍ଶ୍ୱ ପରି ସମାନ୍ତରାଲ ଭାବେ ଆମେ ଯେ ଯାହା ଦାୟିତ୍ୱ ନିର୍ବାହ କରିଚାଲିଛୁ। କେଉଁଠି ସଦେହ ନାହିଁ, ପ୍ରଶ୍ନବାଚୀ ନାହିଁ। ତଥାପି ଏବେ ଅନୁଭବ ହେଉଛି, କିଛି

ଭୁଲ୍ ରହିଯାଉଛି ନିଶ୍ଚୟ; ଯାହାର ସମାଧାନ ନିତାନ୍ତ ଜରୁରୀ। ଜୀବନ ତ ସବୁବେଳେ ଆଦ୍ୟ ସକାଳର ପ୍ରସ୍ଫୁଟିତ ଫୁଲ ପରି ନୁହେଁ, କେତେବେଳେ ଝରିପଡୁଥିବା ମଉଳା ଫୁଲ ପରି ବି। ଶରୀର ସିନା ହଲଚଲ ନକରିବାକୁ ନର୍ସ ତାଗିଦ କରିଦେଇ ଗଲା; କିନ୍ତୁ ମନକୁ ରୋକିବାକୁ କିଏ କହିବ। ଧଳା ସ୍କ୍ରିନ୍ ସେପଟେ ଅଚେତ ହୋଇ ଶୋଇଥିବା ଲୋକ ଜୀବନର ଘଟଣା ସବୁ ଖୁବ୍ ନିକଟରୁ ମୁଁ ଦେଖୁଥିଲି। ଚଳଚ୍ଚିତ୍ର ଦୃଶ୍ୟପରି ପ୍ରତ୍ୟେକ ମୁହୂର୍ତ୍ତରେ କାହାଣୀର ମୋଡ ବଦଳିଯାଉଥିବା ଅନୁଭବ କରୁଥିଲି। ଦୈନନ୍ଦିନ ଜୀବନର ସାଧାରଣ ଘଟଣା ଭଳି ଥିବ ତାଙ୍କ ଜୀବନ। ଅଫିସରୁ ଆସି ସ୍ୱାମୀ ବେଡ୍‌ରୁମ୍‌ରେ ବିଶ୍ରାମ ନେବା, ସ୍ତ୍ରୀ ରୋଷେଇ ଘରେ ଡିନର୍ ବନେଇବା ଆମ ସବୁ ଘରର ଏକ ସାଧାରଣ ଦୃଶ୍ୟ; କିନ୍ତୁ ହଠାତ୍ ବଦଳିଗଲା ସବୁ। ଦୀପାବଳି ପାଇଁ ବାଲ୍‌କୋନୀରେ ଲାଇଟ୍ ଲଗେଇବାକୁ ଯାଇ ସ୍ୱାମୀ ଛଅ ମହଲାରୁ ତଳେ ପଡ଼ିଗଲା। ଓଃ, ସମୟର ଗତିପଥକୁ ଯଦି ବଦଳେଇ ଦେଇ ହୁଅନ୍ତା ! ନା ଆଉ ଚିନ୍ତା କରିବିନି। ବେଲେବେଲେ ଆମ ସାମ୍ନାରେ ଏମିତି କିଛି ଘଟଣା ଘଟେ; ଯାହା ଉପରେ ଆମର କର୍ତ୍ତୃତ୍ୱ ନଥାଏ କି ସମ୍ପର୍କ ବି ନଥାଏ। କିନ୍ତୁ ଏହା କିଛି ନିଷ୍ଠୁର ସତ୍ୟକୁ ସାମ୍ନା କରିବାକୁ ସାହସ ଦିଏ। ମୋ ସବୁ ଭାବନାକୁ ପୂର୍ଣ୍ଣଚ୍ଛେଦ ଦେଇ ଲିନା କହିଲା, 'ଡିସଚାର୍ଜର ସବୁ ଫର୍ମାଲିଟିଜ୍ ପୁରା ହୋଇଯାଇଛି। ଟେଷ୍ଟ ରିପୋର୍ଟ ସବୁ ନର୍ମାଲ। ତୁମେ ବୋଧେ ୱାର୍କ ପ୍ରେସର୍ ଅଧିକ ନେଇଗଲ। ଏବେ ଟିକେ ଧ୍ୟାନ ଦେବ। ମନେରଖ, ତୁମେ ଏକା ନୁହଁ ଆମେବି ଅଛୁ।'

ତା' ଆଖି ଛଲଛଲ ହୋଇ ଆସୁଥିଲା; କିନ୍ତୁ ମୁହଁରେ ଥିଲା ଏକ ଆଶ୍ୱସ୍ତି ଭାବ। ମୁଁ ତା' ପିଠିରେ ହାତ ରଖିଲି। ଆଶ୍ୱାସନାର ହାତ। ହସ୍ପିଟାଲରୁ ବାହାରି କାରରେ ବସୁବସୁ ମୁଁ ନିର୍ଣ୍ଣୟ କରିସାରିଥିଲି, ଘରକୁ ଯାଇ ପ୍ରଥମେ କ'ଣ କରିବି।

ଫେରିବା ବାଟ କାହିଁ

ଏଇ ସୋସାଇଟିରେ ରହିବା ଭିତରେ ମୁଁ ଜାଣିଗଲିଣି, ଏଠି ଦୁଇଟି ପ୍ରଜାତିର ଲୋକ ରହୁଛନ୍ତି । ପଶୁଙ୍କୁ ଭଲ ପାଉଥିବା ଆଉ ତାଙ୍କୁ ଘୃଣା କରୁଥିବା । ସେଇ ଦୃଷ୍ଟିରୁ ଦେଖିବାକୁ ଗଲେ, ମୁଁ ଦ୍ୱିତୀୟ ପ୍ରଜାତିରେ ଆସୁଛି, ମାନେ ପଶୁଙ୍କୁ ଘୃଣା କରୁଥିବା ପ୍ରଜାତିରେ । କିନ୍ତୁ ନିଜକୁ ଯେତେ ତର୍ଜମା କଲେବି ମୁଁ ମୋ ଭିତରେ ସେ ଗୁଣଗୁଡ଼ିକ ଦେଖିବାକୁ ପାଇନି; ଯଦ୍ୱାରା ମତେ ଦ୍ୱିତୀୟ ପ୍ରଜାତିର ବୋଲି ଜବରଦସ୍ତି ଘୋଷଣା କରାଯାଇଛି । ମୁଁ ପୂର୍ଣ୍ଣତଃ ଶାକାହାରୀ । ପଶୁଙ୍କ ପ୍ରତି ସବୁବେଳେ ସହାନୁଭୂତି ମନୋଭାବ ରଖେ । ଗାଁ ଘରେ ଆମର ଦୁଇଟି ଗାଈ ଅଛି ତଥାପି । ଲିଫ୍ଟରେ, ମର୍ଣ୍ଣିଂ ୱାକ୍‌ରେ, ମନ୍ଦିରରେ ପଶୁପ୍ରେମୀ ପ୍ରଜାତି ଲୋକଙ୍କ ତୀକ୍ଷ୍ଣ ନଜର ମତେ ସର୍ବଦା ପ୍ରଶ୍ନରେ ଘାଇଲା କଲାପରି ଲାଗେ, 'ହେଇ ଦେଖ ଲୋକଟିର ପଶୁ ପ୍ରତି ପ୍ରେମ ନାହିଁ । ଯାର ଗୋଟିଏ ପ୍ରଗତିଶୀଳ ମାନବୀୟ ମୂଲ୍ୟବୋଧ ରଖୁଥିବା ସମାଜରେ ସ୍ଥାନ ନାହିଁ । ଏଭଳି ମଣିଷଙ୍କ ପାଇଁ ସହରଠୁ ଦୂରରେ ସମାଜଠୁ ବିଚ୍ଛିନ୍ନ ଏକ ସମାଜ ଗଠନ ହେବା ଦରକାର; ଯଦ୍ୱାରା ଆମ ପଶୁମାନେ ଏମାନଙ୍କଠୁ ସୁରକ୍ଷିତ ହୋଇ ସ୍ୱଚ୍ଛନ୍ଦରେ ବିଚରଣ କରିପାରିବେ ।' ଅବଶ୍ୟ ସିଧାସଳଖ ଏପରି କିଛି ମନ୍ତବ୍ୟ ମୁଁ ମୋ ଉଦ୍ଦେଶ୍ୟରେ ଶୁଣିନି; ତଥାପି ସେମାନଙ୍କ ଅନ୍ତର୍ମନରେ ଚାଲିଥିବା ମୋ ପ୍ରତି କଟାକ୍ଷକୁ ମୁଁ ପଢ଼ିଦେଇପାରେ ।

ଥରେ ଜଣେ ସ୍ୱଘୋଷିତ ପଶୁପ୍ରେମୀଙ୍କୁ ଶାକାହାରୀ ଖାଦ୍ୟର ଉପକାରିତା ବିଷୟରେ କହିଲା ବେଳେ ସେ ମତେ ଢିମାଢିମା ଆଖିରେ ଏମିତି ଦେଖିଲେ, ଯେମିତି ମୁଁ କିଛି ଅପରାଧ କରିଦେଲି । ପରେ ଜାଣିଲି ମଟନ ହେଉଛି ତାଙ୍କ ପ୍ରିୟ ଖାଦ୍ୟ । କିନ୍ତୁ ଯେହେତୁ ସେ କୁକୁରକୁ ଭଲପାନ୍ତି ଓ ନିଜ ଘରେ ତିନୋଟି କୁକୁର ରଖିଛନ୍ତି, ତେଣୁ ସେ ପଶୁପ୍ରେମୀ । ଏପରି ଅବାନ୍ତର ଯୁକ୍ତି ବିଷୟରେ ଯେତେବେଳେ ପତ୍ନୀଙ୍କୁ ଆସି ଘରେ

କହିଲି, ସେ ଧାଈଁ ଆସି ମୋ ପାଟି ରୁଦ୍ଧ କରିଦେଲେ। ତାଗିଦ କରି କହିଲେ, 'ଖବରଦାର, ତାଙ୍କ ବିଆର, ବିୟୁ, ବେଞ୍ଜିକୁ ଯଦି କୁକୁର କହିଛ ! ତାଙ୍କର ନାଁ ଅଛି, ତୁମେ ନାଁ ଧରି କହନ।'

କୁକୁରଙ୍କୁ ସମର୍ଥନ କରି ପତ୍ନୀଙ୍କ ଏ ରୂପ ମୁଁ ପ୍ରଥମ ଥର ଦେଖୁଥିଲି। ଏ ଭିତରେ ତା'ହେଲେ ସେ ଦଳ ପରିବର୍ତ୍ତନ କରିସାରିଲେଣି। ବୁଝୁବୁଝୁ ଜଣା ପଡ଼ିଲା, ସୋସାଇଟି ପ୍ରେସିଡେଣ୍ଟ ନିଧି ବଂଶଲଙ୍କ ଘରେ ତାଙ୍କ ବସାଉଠା ବଢ଼ିଯାଇଛି। ତାଙ୍କ ଘରେ ବି କାଳେ କୁକୁର ଅଛି। ମୁଁ ସେଦିନ କାନମୁଣ୍ଡା ଆଉଁଶି ରୂପଚାୟ ରହିଲି।

ପରଦିନ ସକାଳୁ ଉଠି ଚିନ୍ତା କଲି ପତ୍ନୀ ତ କୁକୁରପ୍ରେମୀ ହେଲେଣି; ତେଣୁ ଘରେ ଶାନ୍ତି ବଜାୟ ରଖିବାକୁ ହେଲେ ମୋ ମନରେ ବି କୁକୁର ପ୍ରତି ପ୍ରେମ ଅଙ୍କୁରିତ କରିବାକୁ ପଡ଼ିବ। ମନକୁ ସକାରାମ୍ଭକ ଚିନ୍ତାରେ ଡୁବେଇ, ବାହାରିଲି ପ୍ରାତଃ ଭ୍ରମଣରେ। କିନ୍ତୁ ଲିଫ୍ଟ ପୁଣି ଥରେ ଧୋକା ଦେଲା, ଯାନ୍ତ୍ରିକ ତ୍ରୁଟି ଯୋଗୁଁ ଦୁଇଟି ଲିଫ୍ଟ ବନ୍ଦ ଅଛି। ସଜାସଜି କଲାବେଳକୁ ସମୟ ଲାଗିବ, ତେଣୁ ନିଷ୍ପତ୍ତି ନେଲି ଷ୍ଟେୟାରକେଶରେ ଯିବି, ହେଉ ପଛେ ନଅ ମହଲା। ପଞ୍ଚମ ମହଲା ହେଇଛି, ମତେ ଲାଗିଲା କେହି ବୋଧେ ମତେ ଅନୁସରଣ କରୁଛି। ପଛକୁ ନଦେଖି ଦ୍ରୁତ ଗତିରେ ଆଗକୁ ପାଦ ବଢ଼େଇଲି। କିନ୍ତୁ ତୃତୀୟ ମହଲା ହେଉହେଉ ମତେ ଲାଗିଲା ଟିକେ ବିଶ୍ରାମ ନେବା ଉଚିତ। ମୁଁ ସେଇଠି ରହିଗଲି। ମୁଁ ଯେମିତି ରହିଛି, ତା' ରିଦିମରେ ବି ବୋଧେ ଗଡ଼ବଡ଼ ହୋଇଗଲା। ବିରାଟ ଜର୍ମାନ ସେପର୍ଡ କୁକୁରଟି ଭୟଙ୍କର ଭାବେ ରାଗି ମୋ ଆଡ଼କୁ ଏମିତି ଅଗ୍ରସର ହେଲା; ଯେମିତି ମତେ ଚୋବେଇ ପକେଇବ। ସେଇ ମୁହୂର୍ତ୍ତରେ ମୋ ମନର ସବୁ ସକାରାମ୍ଭକ ଭାବ ଆଖିପିଛୁଳାକେ ଗାୟବ। ମନେମନେ ଗାଳି ଦେଲି, 'ଶାଲା କୁକୁର !' ମାଲିକ ସେତେବେଳକୁ ଏମିତି ଦାନ୍ତ ଦେଖେଇଲେ; ଯେମିତି ତାଙ୍କ କୁନି ପିଲାଠୁ କିଏ ଖେଳନାଟି ଛଡ଼େଇ ନେଇଛି, ଆଉ ସେ ଟିକେ ରାଗିଯାଇଛି। ବାଧ୍ୟ ହୋଇ ମତେ ବି ଦାନ୍ତ ଦେଖେଇବାକୁ ପଡ଼ିଲା।

ତଳକୁ ଯାଇ ପ୍ରାତଃ ଭ୍ରମଣରେ ମନ ନଲାଗିବାରୁ ପାର୍କରେ ମାତ୍ର ଦୁଇ ଘେରା ବୁଲି ଘରକୁ ଫେରିବା ନିଷ୍ପତ୍ତି ନେଲି। ଲିଫ୍ଟ ପାଖକୁ ଯାଇ ଦେଖିଲି, କିଶୋରୀ ଝିଅଟିଏ ଅପେକ୍ଷା କରିଛି ବାର ମହଲାକୁ ଯିବ ବୋଲି। ସାଙ୍ଗରେ ଅପେକ୍ଷାକୃତ ଛୋଟ ଓ ଶାନ୍ତ ଜଣାପଡ଼ୁଥିବା କୁକୁରଟିଏ। ସେ ବି ବୋଧେ ମୋ ଭଳି ପ୍ରାତଃଭ୍ରମଣ ସାରି ଘରକୁ ଫେରୁଛି। ମତେ ଦେଖି ଝିଅଟି କହିଲା ଅଙ୍କଲ, 'ଆପଣ ବି ଏଇ ଲିଫ୍ଟରେ ଯିବେ ? ରିଓ ଆପଣଙ୍କୁ ଦେଖି ଡରୁଛି, ଆପଣ ପରେ ଗଲେ ହୁଅନ୍ତାନି !'

କି କଥା, ମନେ ମନେ ଭାବିଲି ଡର ତ ମତେ ଲାଗୁଚି, କୁକୁର ଛୁଆଟି ମତେ

କାହିଁକି ଡରିବ! ମୁଁ କ'ଣ ବାଘ ନା ଭାଲୁ। କିନ୍ତୁ ମୁଁ ଅପେକ୍ଷା କଲି। ଝିଅଟି ତା'
କୁକୁରକୁ ନେଇ ଚାଲିଗଲା।

କିଛି ସମୟପରେ ଘରେ ପହଁଚିଲି। କବାଟ ଖୋଲୁ ଖୋଲୁ ଖୁସିରେ ଗଦ୍‌ଗଦ୍‌
ହୋଇ ପତ୍ନୀ କହିଲେ, 'ଦେଖ, ଆମ ପୁଅ ଆସିଛି।'

'ଆଶିଷ ତୁ କେତେବେଳେ ଆସିଲୁକିରେ', କହି ଅତି ଉସ୍ତାହରେ ଧାଇଁ ଯାଇ
ଶୋଇବା ଘରେ ଦେଖେ ତ ପଲଙ୍କ ଉପରେ ଖେଳୁଛି ଗୋଲ୍‌ଡେନ୍‌ ରିଟ୍ରିଭର କୁକୁରଟିଏ।

ଚୋର

ପଲସରର ହେଡଲାଇଟ ପଡ଼ିବାକ୍ଷଣି ନୁଆଁଶିଆ ଚାଳଘରୁ ବାହାରି ଆସିଲା ଲୋକଟି । ଅଭିସନ୍ଧିସୁ ଅଥଚ ନିରୀହ ଆଖି ଦୁଇଟି ପହରିଗଲା ମୋଟର ସାଇକେଲରେ ଆସିଥିବା ଦୁଇ ଆଗନ୍ତୁକଙ୍କ ଉପରେ । ନିଶବ୍ଦ ରାତିର ଶୂନ୍ୟତାକୁ ଚିରି ତାଙ୍କ ଭିତରୁ ଜଣେ କର୍କଶ ସ୍ୱରରେ ପଚାରିଲା, 'ତୁ ପଦକା ନା ?'

ଲୋକଟି କିଛିକ୍ଷଣ ଇତସ୍ତତ ହେଲା । ତା'ପରେ ସଂକୁଚିତ ହୋଇ ଭୟମିଶା ସ୍ୱରରେ କହିଲା, 'ହଁ।' କାହିଁକି ଆସିଛ ବୋଲି ପଚାରିବା ପୂର୍ବରୁ ଅପରପାର୍ଶ୍ୱରୁ ପୁଣି ଜବାବ ଆସିଲା, 'ଆବେ, ନିଶା ଉତୁରିଲାଣି କି ଆହୁରି ଅଛି ? ଶଳା, ସାଇକେଲ ଚୋରିକରି ଏଠି ଆସି ମାତାଲ ହୋଇ ଶୋଇଛୁ ।' ପ୍ରଥମ ଲୋକଟିର କଥା ସରୁସରୁ ଦ୍ୱିତୀୟ ଲୋକଟି ଆରମ୍ଭ କଲା, 'ମୁଁ ଘରେ ନଥିଲି ଆଜ୍ଞା, ମୋ ସ୍ତ୍ରୀ ଗାଈକୁ ପେଜ ଦେଉଥିଲା । ସେଇ ସମୟରେ ଇଏ ଆସି ସାଇକେଲ ନେଇ ଛୁ ।' ପଦକା ଏବେ ଭଲଭାବେ ଲୋକ ଦୁଇଜଣଙ୍କୁ ଦେଖିଲା । କାଲି ଦ୍ୱିପହରେ ଗାଁ ହାଟରୁ ପିଇ ଆସିଥିବା ହାଣ୍ଡିଆ ନିଶା ଏବେ ନାହିଁ । ଆଖିରେ ଥିବା ନିଦ ବି ଏତିକି ସମୟରେ ହଜିଗଲାଣି । ପଡ଼ିଶାଘର ବାରିପଟେ ଜଳୁଥିବା ବଲବର ଧାୟସା ଆଲୁଅରେ ସେ ଠିକ୍ ଅନୁମାନ କଲା ଡେଙ୍ଗା ହୋଇ ପୋଲିସ ପୋଷାକରେ ଥିବା ଲୋକଟି ଥାନାବାବୁ ନିଶ୍ଚୟ, ଆଉ ଆର ଜଣକ ସନା ବାରିକ, ଯାହା ଘରେ ଏଇ କିଛି ଦିନ ଆଗରୁ ସେ ବିଲରୁ ଖଳାକୁ ଧାନବୁହା କାମ ସାରିଥିଲା । ପଦକା ଚେଷ୍ଟାକଲା ଗତକାଲିର ଘଟଣାସବୁ ମନେ ପକେଇବାକୁ । କିଛି ମନେ ପଡ଼ିଲା, କିଛି ମନେପଡ଼ିଲାନି । 'କିନ୍ତୁ ସାଇକେଲ ତ ମୁଁ ଚୋରି କରିନି', ମନେମନେ ଗୁଣୁଗୁଣେଇଲା ।

'ତା'ହେଲେ କେଉଁଠି ରଖିଛୁ ଦେଖା ?' ଥାନାବାବୁ କଡ଼ା ସ୍ୱରରେ କହିଲେ ।

'ବିଲରୁ ଧାନ ବୋହି ଥକା ହେଇଗଲି । ବଳ ପାଇଲାନି ଚାଲିକି ଯିବାକୁ

ହାଟ । ଭାବିଲି ହାଣ୍ଡିଆ ଟିକେ ପିଇଦେଲେ ଦେହକୁ ଉଶ୍ୱାସ ଲାଗିବ । ସେଥିପାଇଁ ସାଇକେଲଟା ନେଇଥିଲି ଆଇଖା । କିନ୍ତୁ ନା, ଚୋରି କରିନି ମୁଁ ।'

'ଏଇ ବେଶୀ ଚାଲାକି କରିବୁନି, ସିଧା ନେଇ ହାଜତରେ ପୁରେଇଦେବି । ଜମାନତ ବି ମିଲିବନି । ସଢ଼ିବୁ ସେଠି ବର୍ଷ ବର୍ଷ ଧରି । ତା'ଠୁ ଭଲ, ତୁ ଦେଇ ଦେ' ସାଇକେଲଟିର ପଇସା ।' ବେଶ୍ ଉଚ୍ଚସ୍ୱରରେ କହିଲେ ଥାନାବାବୁ ।

'କେତେ ଦେବି ଆଇଖା ?' ପଦ‌କା ଧୀର ସ୍ୱରରେ ପଚାରିଲା । ଥାନାବାବୁ କିଛି କହିବା ଆଗରୁ ସନା ବାରିକ ଝପଟି ଆସି କହିଲା, 'ସାତ ହଜାର । ସାତ ହଜାରରେ ସେ ସାଇକେଲ ମୁଁ କିଣିଥିଲି । ତୁ ମୋ ସାଇକେଲ ନେଇ ଫେରସ୍ତ କରିନୁ, ଏବେ ସେ ଭରଣା ତୁ କରିବୁ ।'

ଅନ୍ଧାରକୁ ଚିରି ଯେମିତି ଆସିଥିଲେ, ସେମିତି ସେମାନେ ଚାଲିଗଲେ ତାଙ୍କ ଆଦେଶନାମା ଶୁଣେଇ । ପୁଣିଥରେ ନିରବତା ଛାଇଗଲା ପଦ‌କାର ଛୋଟ ନୁଆଁଣିଆ ଚାଳଘର ଭିତରେ । ଆଖିର ଲୁହ ଆଉ ଛାତିର କୋହକୁ ଚାପିରଖି ସେଇଠି ଦରଭଙ୍ଗା ପିଣ୍ଡା ଉପରେ ଲଥ କରି ବସିପଡ଼ିଲା ପଦ‌କା । ସାତ ହଜାର ଟଙ୍କା ଦେବାକୁ ପଡ଼ିବ ! ଗୋଟିଗୋଟି ଟଙ୍କା ଯୋଡ଼ିକି ତ ସେତିକି ସଞ୍ଚିଛି । ଏକାଥରେ ସବୁ ଦେଇଦେବ ? ଆଉ ଝୁମରି, ତାକୁ ଆଣିବ କେମିତି ? ଝୁମରି କଥା ଭାବିଲେ ପଦ‌କା ଛାତି ଭିତରଟା ରୁନ୍ଧି ହୋଇଯାଏ । ଝୁମରି ତା' ସ୍ତ୍ରୀ । ଏଇଠି ଏଇ ଅଗଣାରେ ପ୍ରଜାପତି ପରି ଉଡ଼ିବୁଲୁଥିଲା । ଆଠ ମାସ ପୂର୍ବରୁ ତାକୁ ଛାଡ଼ିକି ଚାଲିଯାଇଛି ଟିକେ କଥାରେ ରୁଷିକି । କେତେ ନେହୁରା ହେଇଥିଲା ପଦ‌କା । ମାନିଲାନି ସେ । ଚାଲିଗଲା ଯେ, ଆଉ ଫେରିଲାନି ।

ପିଣ୍ଡା ଉପରେ ବସୁବସୁ ଫର୍ସା ହୋଇଗଲାଣି । ଗାଁରେ ସମସ୍ତେ ଯେ ଯା' କାମରେ ବ୍ୟସ୍ତ । କୋଲାହଲ ସବୁ ଛିଟକି ଆସି ଅଟକିଯାନ୍ତି ତା' ଦୁଆର ମୁହଁରେ । କେବେ ଯେ ଏ ନିରବତା ବାଟଭାଙ୍ଗି ଯିବ ! ଡ଼ାମାରୁ ପାଣି ନେଇ ମୁହଁ ଧୋଇଲା ପଦ‌କା । କେତେବେଲେ ଆଖି ଦୁଇଟା ଲାଗିଗଲା ଜାଣିହେଲାନି । ଇଚ୍ଛା ନଥିଲେବି ଆଜି କାମକୁ ଯିବାକୁ ପଡ଼ିବ । ବାଡ଼ିରେ ଗଛ ଡାଲ କାଟିବା ପାଇଁ ପ୍ରଧାନ ଘର ସହ କଥା ଛିଡ଼ିଛି । ନଗଲେ କାମ ଆଉ କିଏ ନେଇଯିବ । ଥାନାବାବୁ ବି କହିଛନ୍ତି, ଦୁଇ ଦିନ ଭିତରେ ଟଙ୍କା ଦେବାକୁ । ଭାବୁଭାବୁ ପଦ‌କା ଦୌଡ଼ିଗଲା ଘର ଭିତରକୁ । ଦଉଡ଼ିଆ ଖଟ ତଲୁ ବାହାର କରିଆଣିଲା ତା' ଟିଣ ବାକ୍ସକୁ । ସେଇଠି ବସିପଡ଼ି ଗଣିବାକୁ ଲାଗିଲା; ଯାହା ସଞ୍ଚିଥିଲା ଏତେ ଦିନ ଯାଏ । ଠିକ୍ ସାତ ହଜାର ଶହେ ହେଲା ।

ପଦ‌କା ଦୀର୍ଘନିଶ୍ୱାସ ନେଲା । ବିନ୍ଦୁ ବିନ୍ଦୁ ଝାଲରେ ହାତ ପାଦ ଓଦା ହୋଇସାରିଥିଲା । ଆଉ କିଛି ମିଶିଲେ ଦଶ ହଜାର ପୂରିବ । ଗାଁରେ ସେତେବେଲେ

କାମିଲା ମନା କରିଦେଲା। 'ଦଶ ହଜାର ନହେଲେ ପାଉଁଜି ହେବନି, ଦରଦାମ କେତେହେଲାଣି ଜାଣିଛୁ?' ପେଜ, ତୋରାଣି, ହାଣ୍ଡିଆ ଖାଇ ବଢ଼ିଥିବା ଆଦିବାସୀ ପଦକା ସୁନା ରୁପା ଦର କେମିତି ଜାଣିଥାନ୍ତା! ଝୁମରି କିନ୍ତୁ ଅଲଗା। ଥାଲାବାଲା ଘର ଝିଅ ସେ। ତା' ଭାଇ ଫରେଷ୍ଟ ଗାର୍ଡ, ସରକାରୀ ଚାକିରି କରିଛି। ବାପାର ଉଠାଦୋକାନ ଅଛି। ପ୍ରତି ହାଟପାଳିକୁ ହଳଦି, ଝୁଣା, ଧୂପକାଠି ଆଦି ବିକ୍ରି କରେ। ଠିକ୍‌ଠାକ୍ ପଇସା ଆସିଯାଏ। ଘରେ ଜମିବାଡ଼ି ବି କିଛି ଅଛି। ସେମାନଙ୍କୁ ଚାହିଁ ପଦକା ନିହାତି ଗରିବ ଲୋକଟିଏ। ଚାହିଁଥିଲେ ଝୁମରି ପଦକାଠୁ ଭଲ ଘରେ ବାହା ହୋଇପାରିଥାନ୍ତା। କିନ୍ତୁ ଝୁମରିର ଚଞ୍ଚଳ ମନ, ପଦକାର ସରଳ ନିରୀହ ମନ ସହିତ ଛନ୍ଦି ହୋଇଗଲା। ଜାତିଭାଇରେ ଘର ପାଖ ବୋଲି ବାପାମା' ରାଜିହୋଇ ବାହା କରେଇଦେଲେ। ଝୁମରିକୁ ପ୍ରଥମେ ସାମାନ୍ୟ ଅସୁବିଧା ହେଲେବି ପଦକା ସହିତ ଚଳିବା ଶିଖିଗଲା। ପଦକାର କେହି ନଥିଲେ। ତା' ନିଃସଙ୍ଗ ଜୀବନ ଓ ଅସଜଡ଼ା ଘରକୁ ଝୁମରି ଆସି ସଜାଡ଼ି ଦେଲା। ଝୁମରିକୁ ସଜ ହେବାକୁ ଭଲଲାଗେ। ପୁନେଇଁ ପର୍ବରେ ପାଦରେ ଅଲତା ଲଗାଏ। ସେ ଗୋରା ଯେମିତି, ସୁନ୍ଦର ବି ସେମିତି। 'ଦେଖ ପାଦ ଦୁଇଟା ମୋର ଖାଲି ଖାଲି ଲାଗୁନି? ଦିନେ କେଉଁ ସଞ୍ଜବେଳେ ଗେହ୍ଲେଇ ହେଇ ପଦକାକୁ କହିଲା ଝୁମରି।' ପଦକା କିଛି କହିବା ପୂର୍ବରୁ ଝୁମରି ପୁଣି କହିଲା, 'ଏଥର ମକରକୁ ମୁଁ ପାଉଁଜି ନେବି। ଗାଁରେ ମେଳାରେ ଯେତେବେଳେ ସମସ୍ତେ ନାଚିବେ, କେତେ ଭଲ ଲାଗିବ ନାଇଁ?' ନିଜ ପାଦକୁ ଦେଖି ମୁରୁକି ହସି ମନରେ ଆଙ୍କିଥିବା କଳ୍ପନା ଚିତ୍ରରେ ହଜିଗଲା ସେ। 'କାଲି ମୋ ସାଙ୍ଗରେ ହାଟକୁ ଚାଲ, ତୋର ଜେଟା ମନ ସେଟା ଆଣିବୁ।' 'କିସ ହେଲା? ହାଟ ଫାଟ ନାଇଁ, ମତେ ରଣା ଦୁକାନରୁ ଦରକାର।' ଝୁମରି ତା' କଳ୍ପନାରୁ ଫେରିଆସି ଏଥର ସିଧା ପଦକା ମୁହଁକୁ ଚାହିଁଲା ଅଭିମାନରେ। ପଦକା ଶୁଣିଛି ରଣା ଦୁକାନୀ ଖାଲି ସୁନା ରୁପା ବିକେ। ତା'ର ବଳ କାହିଁ ସୁନା ରୁପା କିଣିବାକୁ। କିନ୍ତୁ ଝୁମରିର ରାଗକୁ ପଦକାର ଭାରି ଭୟ। ରାଗିଲେ ସେ ଖାଏନି। ଆଉ ପଦକାକୁ ମନେଇ ଆସେନି। ସେ ବି ସେମିତି ରୁୟଚାୟ ପାଣି ପିଇ ଶୁଏ। କିନ୍ତୁ ପରଦିନ ତ କାମକୁ ଯିବ। ଏଇ ଦେହର ବଳରେ ସେ ଖଟେ। ଝୁମରି ବେଲେବେଲେ ବୁଝେନି ସେ କଥା। ବହୁତ ଜିଦିଆ। ତେଣୁ ତା' ସବୁ କଥାରେ ହଁ'ରେ ହଁ ମିଶାଏ ପଦକା। ତାକୁ କିନ୍ତୁ ଝୁମରି ସବୁବେଲେ ସୁନ୍ଦର ଲାଗେ। ବେଣୀ ବାନ୍ଧି ଶାଢ଼ୀ ପିନ୍ଧି ସଜ ହେଲେ ଯେମିତି, ସକାଲୁ ନିଦରୁ ଉଠି ଅସଜଡ଼ା ଦେହମୁଣ୍ଡ ନେଇ ଚୁଲିରେ ଛନ୍ଦ ଦେଲାବେଲେ ବି ଠିକ୍ ସେମିତି। ବଡ ଘର ଝିଅ ସେ, କିସ ଭାବି ତା' ଭଲି ଗରିବର ହାତ ଧରିଲା କେଜାଣି! ପଦକା ବେଲେବେଲେ ଆଶ୍ଚର୍ଯ୍ୟ ହୁଏ। ନିଜ ଭାଗ୍ୟ କଥା

ଭାବି ଛାତି ଫୁଲିଉଠେ। ଝୁମରି ଆଜି ଯାଏ, କିଛି ଅଭିଯୋଗ କରିନି। ଘର ଲିପା ପୋଛାଠୁ ଭାତ ତରକାରି ରନ୍ଧା, କେଉଁଠାରେ ହେଲା କରିନି। ବାହାଘର ପରେ ପ୍ରଥମଥର କିଛି ମନା କରି କହିଛି। ପଦକା ମନା କରିଥାନ୍ତା କେମିତି ? ସେଥିପାଇଁ ସେ ଦିନରାତି ଖଟେ। ପଇସା ସଞ୍ଚେ। ହେଲେ ବେଳେବେଳେ ନିଜକୁ ରୋକି ପାରେନି, କାମସାରି ଫେରିବାବେଳେ ହାଟଆଡ଼େ ଚାଲିଯାଏ ଟିକେ ହାଣ୍ଡିଆ ପାଇଁ। ତାକୁ ଦେଖିଲେ ସାଙ୍ଗସାଥୀ ବି ଜୁଟିଯାନ୍ତି। ସମସ୍ତଙ୍କ ପଇସା ଚୁକତା କରି ପଦକା ଘରକୁ ଫେରେ। ଦିନେ ଏକଥା ଜାଣିପାରି ଝୁମରି ପଦକାକୁ ବହୁତ ଶୁଣେଇଲା, 'ସାଙ୍ଗସାଥିରେ ପଇସା ଉଡ଼ାଉଛ; କିନ୍ତୁ ପାଉଁଜି ହେଲେ ଦେଇପାରୁନୁ ?' ଶାନ୍ତ ଚଞ୍ଚଳ ଝୁମରିର ଏମିତି ରୂପ ପ୍ରଥମଥର ପାଇଁ ପଦକା ଦେଖୁଥିଲା। ସେଦିନ ତାକୁ ଖୁବ୍ ବାଧ୍ୟ ଥିଲା। ରାଗରେ ହାତ ଉଠିଗଲା। ଝୁମରି ସହିପାରିଲାନି, ଅଭିମାନରେ ଘର ଛାଡ଼ିଦେଲା।

ଏବେ ଦିନ ହେଉ କି ରାତି ହେଉ, ଆଖି ମୁଦିଲେ ତାକୁ ଝୁମରି ଦିଶେ। ତା' ଅନୁପସ୍ଥିତିରେ ଘର ଭିତରଟା ଖାଁ ଖାଁ ଲାଗେ। କେବେଠୁ ଲିପା ହେଇନଥିବା ଘର ଅଗଣା ଯେମିତି ତାକୁ ମନେପକେଇ ଦିଅନ୍ତି, 'ତୁ କେବେ ଆଣିବୁ ଝୁମରୀକୁ ?' ସେ ଲଗେଇଥିବା ଲଙ୍କା ଅମୃତଭଣ୍ଡା ଗଛ ତାକୁ ଝୁରି ଝୁରି ମରିଗଲେଣି ତା' ହାତର ସ୍ପର୍ଶ ନପାଇ। ପଦକା ମଝିରେ ମଝିରେ ଫୋନ କରେ ଝୁମରୀକୁ। କେତେବେଳେ ବିଲ ମଝିରେ ତ କେତେବେଳେ ନଈକୂଳକୁ ଯାଇ। ସେଇଠି ଭଲ ଟାୱାର ଲାଗେ। ଝୁମରି ଫୋନ ଉଠେଇବା ଯାଏ ଅପେକ୍ଷା କରେ। ସେ ଭିତରେ ଘଣ୍ଟା ଘଣ୍ଟା ସମୟ ବିତିଯାଏ। ତା' ସ୍ୱର ଶୁଣିବାପାଇଁ ଆତୁର ହୁଏ ପଦକା। କେତେ ସମୟ ପରେ ଝୁମରି ଫୋନ ଉଠାଏ। ବେଶ୍ କିଛି କ୍ଷଣ ନିରବତା ପରେ ଫୋନ ଆପେ କଟିଯାଏ। ବୁଝିପାରେନି ପଦକା, ଏଯାଏ ଝୁମରି ତାକୁ ରାଗିଛି କି ଆଉ କାହାକୁ ସେ ପସନ୍ଦ କଲାଣି। ଭାବିଦେଲେ ଛାତି ଧଡ଼ ଧଡ଼ କରେ। ଭାବେ ତାକୁ ନେଇଆସିବକି ତା' ଘରକୁ ଯାଇ, ନେହୁରା ହୋଇ। କିନ୍ତୁ ଯିବ ବି କେଉଁ ମୁହଁନେଇ, ଯଦି ଯାଛାତା ଗାଲିଦେଇ ତାକୁ ବିଦା କରିଦେଲା। ମନ ଭାରି ଖରାପ ହୁଏ ପଦକାର। ତଥାପି ଗୋଟିଏ ଦୃଶ୍ୟ ବାରମ୍ବାର ତା' ଆଖି ସାମ୍ନାକୁ ଆସେ। ଝୁମରିକୁ ସେ ତା' ଘରକୁ ଫେରେଇ ଆଣିଛି। ଦୁଇପାଦରେ ପାଉଁଜି ପିନ୍ଧି ଅଗଣାରେ ଏପାଖ ସେପାଖ ହେଉଛି ଝୁମରି। ପଦକା ସହିତ ତା' ଆଖି ମିଶିଗଲେ ଲାଜରେ ମୁହଁ ଫେରେଇ ନେଉଛି। କିଛି ମୁହୂର୍ତ୍ତରେ ସ୍ୱପ୍ନ ଭାଙ୍ଗିଯାଏ ପଦକାର। ବିକଳ ହୋଇ ଖୋଜେ ସେ ଝୁମରୀକୁ।

ସୂର୍ଯ୍ୟ ଏବେ ମୁଣ୍ଡ ଉପରେ। ନଖାଇ ନପିଇ ପଦକା ସେମିତି ବସିଛି କାଠଟିଏ ପରି। ଦେହ ମନ ଏବେ ଭୀଷଣ କ୍ଲାନ୍ତ। ଆଉ ଇଚ୍ଛା ହେଲାନି କାମକୁ ଯିବାକୁ।

ପଦକା ଝାଡ଼ି ଝୁଡ଼ି ଉଠି ଠିଆ ହେଲା। ପାଗା ଘରକୁ ଯାଇ କିଛି ସମୟ ବସିଆସିଲେ ବୋଧେ ଭଲ ଲାଗିବ। ପାଗା ସେଇ ଗାଁରେ ରହେ। ତା' ପିଉସୀ ପୁଅ ଭାଇ। ସମ୍ପର୍କ କହିଲେ ସେ ହିଁ ଜଣେ। ଏକାମୁହାଁ ହୋଇ ଗୋଟିଏ ନିଶ୍ୱାସରେ ପହଁଚିଗଲା ତା' ଘରେ। ତାକୁ ଦେଖି ପାଗା ଜାଣିଗଲା ନିଶ୍ଚୟ କିଛି ହେଇଛି। ସବୁ କଥାଶୁଣି କିଛି ସମୟ ନିରବ ରହିବା ପରେ କହିଲା,

'ଦେଖ ପଦକା, ଥାନାବାବୁ କହିଛନ୍ତି ମାନେ ତତେ ଦେବାକୁ ପଡ଼ିବ। ତୁ ବାହାରେ ରହିଲେ ସିନା ଟଙ୍କା ଆଉ ଥରେ ଯୋଗାଡ଼ କରିପାରିବୁ। ହାଜତରେ ରହିଲେ ଝୁମରିକୁ ଆଣିବା କଥା ଭୁଲିଯା'। ଆମେ ଖଟିଖିଆ ଲୋକ, ଥାନା କୋର୍ଟ କଚେରି ମାମଲାରେ ପଡ଼ିବା ଠିକ ନୁହେଁ।'

ପାଗା ବୁଝେଇକି କହିଲା। କିଛି କ୍ଷଣ ପାଇଁ ପଦକାକୁ ପାଗା କଥା ଠିକ୍ ଲାଗିଲା। ଆଜି ପର୍ଯ୍ୟନ୍ତ ଯାହାବି ପରିସ୍ଥିତି ହେଉ, ପାଗା ତା' ସହିତ ଠିଆ ହୋଇଛି। ପଦକାର ତା' ଉପରେ ସମ୍ପୂର୍ଣ୍ଣ ବିଶ୍ୱାସ। ସେ ଯାହା କହିବ ଭାବିଚିନ୍ତି କହିବ।

ପରଦିନ ଫାଣ୍ଡି ଯାଇ ଟଙ୍କାଟା ଥାନାବାବୁଙ୍କ ହାତକୁ ବଢ଼େଇ ଦେଇ ବାହାରକୁ ଆସିଲା ପଦକା।

'ମୁଁ ତାକୁ ଧମକ ଦେଇନଥିଲେ; ସେ ସାତ ହଜାର ଟଙ୍କା ଦେଇଥାନ୍ତା କିହୋ। ପୁରୁଣା ସାଇକେଲ ବଦଳରେ ନୂଆ ସାଇକେଲ ପାଇଲ। ଏବେ କୁକୁଡ଼ା ମାଂସ ଭୋଜିଟା କେବେ ହେବ କ୍ନହ?'

ଠୋଠୋ ହସରେ ଫାଟିପଡ଼ୁଥିଲା ଥାନା ଫାଣ୍ଡି ଆଉ ତାଙ୍କ କଥା ଶୁଣି ଲୁହ ଲହୁରେ ଏକାକାର ହେଇଯାଉଥିଲା ବାହାରେ ଠିଆ ହୋଇଥିବା ଲୋକଟି।

ଭୋକ

ଦ୍ୱିପହର ସମୟ। ଖାଇସାରି ବିଶ୍ରାମ ପାଇଁ ବିଛଣାକୁ ଯିବା ପୂର୍ବରୁ ବାହାରର ମୃଦୁ କୋଳାହଳ ଶୁଣି ମୁଁ ଆପାର୍ଟମେଣ୍ଟର ବାଲକୋନୀକୁ ବାହାରି ଆସିଲି। ତଳେ ପଡ଼ିଶା ଘରର ସତୁରି ବର୍ଷ ବୟସ୍କା ମାଉସୀ ବ୍ୟସ୍ତ ହୋଇ ଏଣେ ତେଣେ ଦୌଡ଼ାଦୌଡ଼ି କରୁଥିଲେ। ଘଟଣା କ'ଣ ପ୍ରଥମେ ବୁଝିପାରିଲିନି। ଭଲକି ତଳକୁ ଦେଖିଲି, ସଦ୍ୟ ପ୍ରସବକରି ଗାଈଟି ଠିଆ ହୋଇଛି ଖୁବ୍ ଅସହାୟ ଭାବେ। ପ୍ରବଳ ଭୋକରେ ଆଉଟୁ ପାଉଟୁ ହୋଇ ଆଖ ପାଖରେ ପଡ଼ିଥିବା ଛିଣ୍ଡା ବସ୍ତା, ଜରିକୁ ବିକଳ ହୋଇ ଖାଇପକାଉଛି।

ମାଉସୀଙ୍କ ପାଟି ଶୁଣି କିଛି ଲୋକ ରୁଣ୍ଡ ହୋଇଗଲେଣି। ସେ ସ୍ୱୟଂ ହୋଇ ଗାଳି କରୁଥିଲେ ଗୋଶାଳା ମାଲିକଙ୍କୁ, ଭର୍ତ୍ସନା କରୁଥିଲେ ଏପରି ଅବସ୍ଥାରେ ଗାଈଟିକୁ ଛାଡିଦେଇଥିବାରୁ। ମାଉସୀଙ୍କ ଅନୁରୋଧରେ କିଛି ଲୋକ ନିକଟସ୍ଥ ଗୋଶାଳା ସହିତ ମୋବାଇଲରେ ସମ୍ପର୍କ ସ୍ଥାପନ ପାଇଁ ଚେଷ୍ଟା କରୁଥିଲେ, କିଛି ଲୋକ ଭୋକିଲା ଗାଈଟିକୁ ଖାଦ୍ୟ ଦେବାପାଇଁ ବ୍ୟସ୍ତ ହେଉଥିଲେ। ସମୟ ସମୟରେ ଗାଈକୁ ନେଇ ରାଜନୀତି ସରଗରମ ହେଉଥିବା ବେଳେ ସାଧାରଣ ମଣିଷଟିର ଗାଈ ପ୍ରତି ଅନାବିଳ ପ୍ରେମ ଦେଖି ଖୁସି ଲାଗିଲା। ମୁଁ ବି ଗାଈଟିକୁ କିଛି ଖାଦ୍ୟ ଦେବା ଉଦ୍ଦେଶ୍ୟରେ ରୋଷେଇ ଘରେ ପ୍ରବେଶ କଲି।

ମୁହୂର୍ତ୍ତ

ଡିସେମ୍ବର ମାସର ଶୀତରାତି । ଆକାଶ ସାମାନ୍ୟ ମେଘାଚ୍ଛନ୍ନ ଥିବାରୁ ଶୀତର ପ୍ରକୋପ ସେଦିନ ଅପେକ୍ଷାକୃତ ଅଧିକ ଜଣାପଡୁଥାଏ । ତଥାପି କୌଣସି ଏକ ଜରୁରୀ କାମରେ ମୁଁ ଭୁବନେଶ୍ୱର ବାହାରିଥାଏ । ସମୟ ପ୍ରାୟ ଏଗାରଟା ହେବ । ବସ୍‌ଷ୍ଟାଣ୍ଡରେ ଅଧଘଣ୍ଟା ପୂର୍ବରୁ ଥିବା ଗହଳି ଆଉ ନଥିଲା । ଅଧିକାଂଶ ବସ୍‌ ଓ ଯାତ୍ରୀ ନିଜନିଜ ଗନ୍ତବ୍ୟସ୍ଥଳୀକୁ ବାହାରିଯାଇଥିଲେ, ଆଉ କିଏ କିଏ ଅବା ବାହାରିଯିବାକୁ ଉଦ୍ୟମ କରୁଥିଲେ । ପାଖରେ ଥିବା ଦୋକାନଗୁଡ଼ିକରୁ କେତୋଟିକୁ ଛାଡ଼ିଦେଲେ ପ୍ରାୟ ଦୋକାନସବୁ ବନ୍ଦ ହୋଇଯାଇଥିଲା । କେମିତି ଏକ ଶୂନ୍ୟତା ସମଗ୍ର ପରିବେଶକୁ ଆବୋରି ପକେଇବା ପରି ମନେ ହେଲା । ଆଉ ସେହି ଶୂନ୍ୟତା ଭିତରେ କେତୋଟି ବୁଲା କୁକୁର, ବସ୍‌ର ହର୍ଣ୍ଡ ଓ ରହିଯାଇଥିବା ଯାତ୍ରୀମାନେ ପରସ୍ପର ମଧ୍ୟରେ ବାର୍ତ୍ତାଳାପ କରି ନିଜ ନିଜର ଉପସ୍ଥିତି ଜାହିର କରୁଥିଲେ । ମୁଁ ଯାତ୍ରୀ ଅପେକ୍ଷାଗୃହ ବେଞ୍ଚ ଉପରୁ ଉଠିଆସି ଗୋଟିଏ ବହି ଦୋକାନ ସାମ୍ନାରେ ଠିଆ ହେଲି । ବସ୍‌ ଆସିବାକୁ ଆହୁରି ଘଣ୍ଟାଏ ସମୟ ବାକି ଅଛି । ନିର୍ଦ୍ଧାରିତ ସମୟଠାରୁ ବହୁ ପୂର୍ବରୁ ଆସିଥିବାରୁ ମନେ ମନେ ବିରକ୍ତ ହେଲି । ସମୟ କାଟିବା ପାଇଁ ଦୋକାନୀ ପିଲାଟିକୁ ଖଣ୍ଡିଏ ମାଗାଜିନ ମାଗିଲି । ସେ ବିନା ଦ୍ୱିଧାରେ ପଇସା ନନେଇ ମାଗାଜିନଟିଏ ବଢ଼େଇ ଦେଲା । ପଇସା ଯାଚିବାରୁ ସାମାନ୍ୟ ହସି କହିଲା, 'ଦିଦି, ଦରକାର ଥିଲେ ମାଗାଜିନଟା ଆଗରୁ କିଣିସାରିଥାନ୍ତେ । ବସ୍‌ ଆସିନି ବୋଲି ସମୟ କାଟିବା ପାଇଁ ନେଲେ ତା' ବୋଲି କ'ଣ ପଇସା ନେବି !'

ଦୋକାନୀ ପିଲାଟିର ଅଯାଚିତ ସ୍ନେହରେ ଆଶ୍ଚର୍ଯ୍ୟ ହେଲି । ପଚାରିଲି, 'ନିଜ ଦୋକାନ ?'

ସେ ସଂକ୍ଷିପ୍ତ ଉତ୍ତର ଦେଲା, 'ନା ।'

'ତା'ହେଲେ କେତେ ଦରମା ମିଳେ ?'

ମୋର ହଠାତ୍ ଏମିତି ପ୍ରଶ୍ନରେ ସେ ପ୍ରଥମେ ଅସହଜ ଅନୁଭବ କଲା। ପରେ ନିଜକୁ ସାମାନ୍ୟ କରି କହିଲା, 'ଦିନରେ ଯେତୋଟି ବହି ବିକ୍ରି ହୁଏ, ବହିର ଦାମ ଅନୁଯାୟୀ କମିଶନ ମିଳେ।'

ତା' କଥା ଶୁଣିଲାପରେ ନିଜକୁ ଖରାପ ଲାଗିଲା। ପର୍ସରୁ ପଇସା କାଢ଼ି ଦେଲାବେଳକୁ ସେ ପୁଣି କହିଲା, 'ସତ କଥା କହିଦେଲି ବୋଲି ପଇସା ଦେଇ ଦେଉଛ ନା, ସେଥିପାଇଁ ମୁଁ କହୁନଥିଲି। ଏଇଟା ତ ସବୁଦିନର କଥା ଦିଦି। ସକାଳ ନଅଟାରୁ ରାତି ବାରଟା ପର୍ଯ୍ୟନ୍ତ ବସିଲେ ବି ତିନି ଚାରି ଖଣ୍ଡ ବହି ବିକ୍ରି ହୁଏ। ଆଜିକାଲି ବହି ପଢୁଛି କିଏ ?' ତା'ପରେ ସେ ନିଜର, ନିଜ ଘର ବିଷୟରେ ବହୁତ କଥା ଗପିଗଲା। ତା' ଘରର ଦୁର୍ବଳ ଆର୍ଥିକ ସ୍ଥିତି ପୁଣି ସେଥିରେ ବାପାଙ୍କ କ୍ୟାନ୍ସର ହେବା କଥା କହିଲାବେଳେ ତା' ଆଖିର ଲୁହକୁ ମୁଁ ସ୍ପଷ୍ଟଭାବେ ଦେଖିପାରିଥିଲି। କିନ୍ତୁ ତା' ଦୁଃଖରେ ତାକୁ ସମବେଦନା ଜଣେଇବା ବ୍ୟତୀତ ତାକୁ ଦେବା ପାଇଁ ମୋ ପାଖରେ କିଛି ନଥିଲା। ବାରଟା ହେବାକୁ ଯାଉଥିଲା। ସେ ତା' ଦୋକାନ ବନ୍ଦ କରିବାକୁ ବହିପତ୍ରଗୁଡ଼ିକ ସଜାଡ଼ିବା ଆରମ୍ଭ କଲା। ମାଗାଜିନଟା ତା' ହାତକୁ ବଢ଼େଇଦେଇ ରୁମାଲରେ ମୁହଁ ପୋଛିଲି। ଦୁନିଆରେ ମୁଁ ହିଁ ସବୁଠୁ ଦୁଃଖୀ, ମୋର ଏହି ଭାବନାଟି କ୍ରମଶଃ ଭୁଲ୍ ପ୍ରମାଣିତ ହେବାକୁ ଯାଉଥିଲା।

'ଟିକେ ଶୁଣିବେ ?' ପଛକୁ ବୁଲି ଦେଖିଲି ଭଦ୍ରମହିଳା। ଜଣକ ତଳେ ପଡ଼ିଯାଇଥିବା ତାଙ୍କ ପର୍ସଟିକୁ ଉଠେଇ ଦେବାପାଇଁ ମତେ ଅନୁରୋଧ କରୁଥିଲେ। ଦୁଇ ହାତରେ ଦୁଇଟି ଭାରି ସୁଟ୍‌କେଶ୍ ଧରି ସେ ଭୀଷଣ ହାଲିଆ ଜଣାପଡୁଥିଲେ। କଥାବାର୍ତ୍ତା ପ୍ରସଙ୍ଗରେ ତାଙ୍କ ନା ମିସେସ ସ୍ନେହା ଦାସ ଓ ସେ ବି ଭୁବନେଶ୍ୱର ଯାଉଥିବା ଜାଣିଲି। ବସ୍ ଆସିବାକୁ ତଥାପି କିଛି ସମୟ ବାକି ଥାଏ। ବହି ଦୋକାନକୁ ଲାଗିଥିବା ଟେଲିଫୋନ ବୁଥର ବାରଣ୍ଡାରେ ଦୁଇଟି ଟୁଲ୍ ପକେଇ ଆମେ ବସିଲୁ। ମିସେସ ଦାସ ଖୁବ ମେଳାପୀ ଓ ସ୍ନେହୀ ଥିଲେ, ନହେଲେ ମୋ ପରି ପ୍ରାୟ ଚୁପଚାପ ରହୁଥିବା ଝିଅ ସହିତ ସ୍ୱଳ୍ପ ସମୟ ଭିତରେ ଏତେ ଅନ୍ତରଙ୍ଗ ହୋଇନଥାନ୍ତେ।

ମିସେସ ଦାସ ଗପୁଥିଲେ ତାଙ୍କ ଜୀବନର ସଂଘର୍ଷ କଥା, ସଫଳତା କଥା। ଥରେ କୋଲକାତା ଯାଇଥିବା ବେଳେ ରାସ୍ତାକଡ଼ରୁ ମୁମୂର୍ଷୁ ଅବସ୍ଥାରେ ଏକ ଚାରିବର୍ଷର ପିଲାକୁ ଉଦ୍ଧାର କରିଥିଲେ। ଏହି ଘଟଣା ତାଙ୍କ ଜୀବନର ଗତିପଥକୁ ସମ୍ପୂର୍ଣ୍ଣରୂପେ ବଦଲେଇ ଦେଇଥିଲା। ନିଜର ବହୁଦିନର ପ୍ରଶାସନିକ ଅଧିକାରୀ ହେବାର ସ୍ୱପ୍ନକୁ ଜଳାଞ୍ଜଳି ଦେଇ ସେ ସମାଜସେବା ପ୍ରତି ମନ ବଳେଇଥିଲେ। ବର୍ତ୍ତମାନ ସେ ଅନାଥ ପିଲାମାନଙ୍କ ପାଇଁ ଏକ ଆବାସିକ ବିଦ୍ୟାଳୟ ପ୍ରତିଷ୍ଠାକରି ତା'ର ଦେଖାଶୁଣା କରୁଛନ୍ତି।

ମୁଁ ମିସେସ୍ ଦାସଙ୍କ କଥା ଶୁଣୁଥିଲି ଆଉ ମନେ ମନେ ତାଙ୍କଠୁଁ ଅନୁପ୍ରାଣିତ ହେଉଥିଲି। ଭାବୁଥିଲି ଦୁନିଆରେ ଆଜିବି ଏମିତି ବହୁତ ଲୋକ ଅଛନ୍ତି; ଯେଉଁମାନେ ନିଜଠୁ ବେଶୀ ଅନ୍ୟମାନଙ୍କ କଥା ଚିନ୍ତା କରନ୍ତି। ନିଜ ବିଷୟରେ କହିବା ପରେ ସେ ମୋ ବିଷୟରେ ବି ଜାଣିବାକୁ ଚାହିଁଲେ। ଏମିତି ବାର୍ତ୍ତାଲାପ ଭିତରେ ବସ୍ ଆସିବା ସମୟ ହୋଇଯାଇଥିଲା। ବସ୍‌ରେ ଉଠିବା ପୂର୍ବରୁ ପାଣିପାଇଁ ପାଖରେ ଥିବା ଛୋଟ ହୋଟେଲକୁ ଗଲି। ହୋଟେଲ ବାହାରଟା ସମ୍ପୂର୍ଣ୍ଣ ଅନ୍ଧାର ଥିଲା। ଭିତରେ ଜଳୁଥିବା ବଲବ୍ ଆଲୁଅର କିଛି ଅଂଶ ବାହାରେ ପଡ଼ୁଥିବାରୁ ଧୋପସା ଭାବେ ସାମାନ୍ୟ ଦେଖାଯାଉଥିଲ।। ମୁଁ ପାଣି ନେଇ ଫେରି ଆସୁଆସୁ କିଛି ଗୋଟାଏ ଶବ୍ଦ ଶୁଣି ରହିଗଲି। ଅନ୍ଧାର ଭିତରେ ନିରେଖି ଦେଖିଲି କେବଳ ଛିଣ୍ଡା ଜାମାଟିଏ ପିନ୍ଧି ଛୋଟ ପିଲାଟି ବାସନ ମାଜୁଛି। ବୟସ ଅତିବେଶୀରେ ସାତ କି ଆଠ ହେବ। ବୋଧହୁଏ ତା' ହାତରୁ କିଛି ଗୋଟାଏ କାଚ ଜିନିଷ ପଡ଼ି ଭାଙ୍ଗିଯାଇଥିଲା। ଗୋଡ ଉପରେ କାଚର କିଛି ଅଂଶ ପଡ଼ି ରକ୍ତ ବାହାରୁଥିଲା। ତଥାପି ସେଥିପ୍ରତି ତା'ର ଭୃକ୍ଷେପ ନଥିଲା। ଆହୁରି ପାଖକୁ ଯାଇ ଦେଖିବାରୁ ତା' ମୁହଁର ଭୟକୁ ମୁଁ ସ୍ପଷ୍ଟ ଦେଖିପାରିଲି। ପିଲାଟି ଭୀଷଣ ଭାବେ ଥରୁଥିଲା ଅହେତୁକ ଆଶଙ୍କାରେ। ମୁଁ ପିଲାଟିକୁ ସାନ୍ତ୍ବନା ଦେବା ପୂର୍ବରୁ ହୋଟେଲ ମାଲିକ ଘର ଭିତରୁ ବାହାରିଆସି ତାକୁ ନିଷ୍ଠୁକ ମାଡ ଦେବାସହ ଗାଳିଗୁଲଜ କରିବାକୁ ଲାଗିଲେ।

'ଆରେ, ସେ କ'ଣ ଏମିତି କ୍ଷତି କରିଦେଲା ଯେ ଆପଣ ତାକୁ ଏତେ ମାଡ ଦେଉଛନ୍ତି', ନିଜ କ୍ରୋଧକୁ ସମ୍ଭାଳି କହିଲି।

'ଆପଣ ଜାଣିନାହାନ୍ତି ମ୍ୟାଡ଼ାମ, ଛୋଟ ବୋଲି କ୍ଷମା କରିଦେଲେ ଏମାନେ ସବୁ ମୁଣ୍ଡ ଉପରେ ବସିବେ। ଆଜି ସିନା କାଚ ଗ୍ଲାସଟେ ଭାଙ୍ଗିଲା, କାଲି ଯେତେବେଳେ ବଡ ଧରଣର କିଛି କ୍ଷତି କରିବ; ତା'ର ଭରଣା କିଏ ଦେବ ? ତେଣୁ ମୂଳରୁ ଏମାନଙ୍କୁ ଶାସନ ଭିତରେ ନରଖିଲେ ଏମାନଙ୍କ ମୁହଁ ବଢ଼ିଯିବ।' ହୋଟେଲ ମାଲିକର କଥା ଶୁଣି ପର୍ସରୁ ଶହେ ଟଙ୍କା କାଢ଼ି କହିଲି, 'ନିଅନ୍ତୁ, ଗୋଟିଏ କାଚ ଗ୍ଲାସର ଦାମ ଯାଉ ତ ଅଧିକା ହେଇନଥିବ। ଏବେ ତାକୁ ଛାଡ଼ନ୍ତୁ।' ଅତି ନିର୍ଲଜ ଭାବରେ ମୋଠୁ ଶହେ ଟଙ୍କା ନେଇ ସେ ଘର ଭିତରକୁ ପଶିଗଲା। ପିଲାଟି ପାଖକୁ ଯାଇ ପଚାରିଲି, 'ତୋର ନା କ'ଣ ?' ସେ ତା ନିରୀହ ଚାହାଣିରେ ମତେ ଦେଖିଲା, ଯେମିତି ମୋ ପାଖରେ କୃତଜ୍ଞ। ତା'ପରେ କହିଲା, 'ରାଜୁ'। ସେ କାନ୍ଦୁଥିଲା ଖୁବ୍ ଅସହାୟ ଭାବେ। ତାକୁ ସାନ୍ତ୍ବନା ଦେବା ପାଇଁ ତା' ପିଠି ଆଉଁଶି ଦେଲାବେଳେ ଅନୁଭବ କରିଥିଲି ମାଡ ଯୋଗୁଁ ବସିଥିବା ପରସ୍ତ ପରସ୍ତ ରୋଲାକୁ। ରାଜୁ ମତେ ଖୁବ୍

ଜୋର୍‌ରେ ଜାବୁଡ଼ି ଧରିଥିଲା ଯେମିତି ମୁଁ ତା’ର ଅତି ଆପଣାର। ମୁଁ ଭୁଲିଯାଇଥିଲି ବସ୍‌ କଥା, ଭୁବନେଶ୍ୱର ଯିବା କଥା, ମୋ ନିଜ କଥା। ଏହି ସମୟରେ ମୋ ଅନ୍ୟମନସ୍କତାକୁ ଭାଙ୍ଗି ମିସେସ୍‌ ଦାସ ବସ୍‌ ଆସିବା କଥା କହିଲେ। ପ୍ରକୃତିସ୍ଥ ହୋଇ କ’ଣ କରିବି କିଛି ଭାବିପାରୁ ନଥିଲି। ଇଚ୍ଛା ହେଉଥିଲା ରାଜୁକୁ ମୋ ସହିତ ନେଇଆସିବା ପାଇଁ। କିନ୍ତୁ ତା’ କ’ଣ ସମ୍ଭବ! ମୋଠାରୁ କୌଣସି ପ୍ରତିକ୍ରିୟା ନପାଇ ମିସେସକ ଦାସ ମୋ ହାତ ଧରି ଟାଣୁଥିଲେ। ‘ଡୋଣ୍ଟ ବି ଇମୋସନାଲ ଅରୁଣା, ବି ପ୍ରାକ୍ଟିକାଲ, ଶୀଘ୍ର ଆସ। ବସ୍‌ ଛାଡ଼ିଲାଣି।’ ମୁଁ ଆଶ୍ଚର୍ଯ୍ୟ ହେଉଥିଲି ମିସେସ ଦାସଙ୍କ ମନରେ ରାଜୁ ପ୍ରତି ତିଳେମାତ୍ର ଦୟା କିମ୍ବା ସହାନୁଭୂତି ନଦେଖି। ବିଶ୍ୱାସ କରିପାରୁନଥିଲି ଇଏ ସେହି ମିସେସ୍‌ ଦାସ; ଯାହାଙ୍କ ଜୀବନର ଗତିପଥ ଏଇଭଳି ଏକ ଅସହାୟ ପିଲା ପାଇଁ ବଦଲିଯାଇଥିଲା। ମୋ ନିଜକଥା ବି ଭାବୁଥିଲି। ରାଜୁ ପାଇଁ ମୁଁ ଅବା କ’ଣ କରିପାରିବି ? ଆଉ କିଛି ସମୟପରେ ମୁଁ ଭୁବନେଶ୍ୱରରେ ପହଂଚି ନିଜ ସଂଘର୍ଷମୟ ଜୀବନରେ ବ୍ୟସ୍ତ ରହିବି, ସେତେବେଳେ କ’ଣ ମୁଁ ରାଜୁ କଥା କେବେ ମନେ ପକେଇବି! ଏଇ କେତୋଟି ମୁହୂର୍ତ୍ତ କଟିଯିବ। କିଏ ଜାଣେ ତା’ପରେ ହୁଏତ ରାଜୁ ହୋଇଯିବ ସମସ୍ତଙ୍କ ପାଇଁ ଅଖୋଜା, ଅଲୋଡ଼ା !

ପେଣ୍ଡୁଲମ୍

ସଅଳ ଚାଲ ମୁନା, କନକ ମାଉସୀକୁ ନିଦରୁ ଉଠେଇଲେ କେମିତି ଗରଗର ହୁଏ ତୁ ତ ଜାଣିଛୁ? କ୍ଷିପ୍ର ଗତିରେ ଆଗକୁ ପାଦ ବଢ଼େଇ ଚାଲୁଥିଲା ଶୈଳ। ତାକୁ ତାଲ ଦେଇ ତା' ପାଞ୍ଚ ବର୍ଷର ପୁଅ ମୁନା। ଆହୁରି ଦୁଇଟି ଗଳି ପାରି ହୋଇ ମୁଖ୍ୟ ରାସ୍ତାକୁ ଆସିଲେ, ରାସ୍ତା ଅପରପାର୍ଶ୍ୱରେ ବାମହାତିକୁ କିଛି ଦୂର ଗଲେ କନକ ମାଉସୀ ଘର ପଡ଼େ। ଘର ନୁହେଁ ତ, ଝାଟିମାଟିର ବଖୁରିଏ କୋଠରି। କନକ ମାଉସୀ ସେଠି ରହେ। ବାର୍ଦ୍ଧକ୍ୟ ଉପନୀତ ହେଲାଣି। ଆଖିକୁ ଏବେ ଆଉ ଭଲ ଦିଶୁନି। ସନ୍ଧ୍ୟା ଆସୁ ଆସୁ କ'ଣ ଟିକେ ଖାଇ ଦେଇ ବିଛଣା ଧରେ ସେ। କିନ୍ତୁ ଶୈଳର ଅନ୍ୟ ଉପାୟ ନାହିଁ। ମୁନା ପାଇଁ ରାତିଟା କଟେଇବା ଲାଗି କନକ ମାଉସୀ ଘରଠୁ ବୋଧେ ସୁରକ୍ଷିତ ସ୍ଥାନ ନାହିଁ। ସେଥିପାଇଁ ପ୍ରତିରାତିରେ ଶୈଳ ତା' ପୁଅକୁ କନକ ମାଉସୀ ଘରେ ଛାଡ଼େ ଓ ପ୍ରତିବଦଳରେ କିଛି ଟଙ୍କା। ଦିଏ ତା' ଚଲିବା ପାଇଁ।

ରାସ୍ତା କଡ଼ର ଷ୍ଟ୍ରିଟ ଲାଇଟ ଜଳିବା ଆରମ୍ଭ କଲାଣି। ଗଳି ରାସ୍ତା ପାରି ହୋଇ ଆସି ମୁଖ୍ୟ ରାସ୍ତା ପାରି ହେବାକୁ, ରାସ୍ତା କଡ଼ରେ କିଛି ସମୟ ଠିଆ ହେଲା ଶୈଳ। ରାସ୍ତାରେ ଯାଉଥିବା ଯାନବାହାନଗୁଡ଼ିକ କେତେ ବ୍ୟଗ୍ର, କେତେ ଉସ୍ଵାହ ନିଜନିଜ ଗନ୍ତବ୍ୟସ୍ଥଳକୁ ଯିବାକୁ! ସମସ୍ତଙ୍କୁ ନିଜ ଠିକଣା ଜଣା ଅଛି। କିନ୍ତୁ ତା' ଜୀବନ ଏକ ଠିକଣାବିହୀନ ସରୁ ନଥିବା ରାସ୍ତା। ଅତୀତ, ବର୍ତ୍ତମାନ କାହାରି ସହିତ କାହାରି ସାମଞ୍ଜସ୍ୟ ନାହିଁ। ଆଉ ଭବିଷ୍ୟତ! କିଏ ଦେଖିଛି? ଶୈଳ ପଛକୁ ଫେରି ଦେଖିଲା, ତାଙ୍କ ବସ୍ତିକୁ ଯେମିତି ଅନ୍ଧାର କୋଳାଗ୍ରତ କରିସାରିଛି। ସନ୍ଧ୍ୟା ହୋଇ ରାତି ହେଲେ ଏଇ ଅନ୍ଧାର ଭିତରେ ପସରା ମେଲାଏ ଅପରାଧ, ଚୋରି, ରାହାଜାନି। ପ୍ରଭୁତ୍ୱ ବିସ୍ତାର କରନ୍ତି ଯେତେସବୁ ଅସାମାଜିକ ତତ୍ତ୍ୱ। ସହର ଭିତରେ ସବୁଠୁ ବଦନାମ ଏଇ ବସ୍ତି। ଭୟରେ ଆଖି ଫେରେଇ ଆଣି ମୁନା ହାତକୁ ଜୋରରେ ଜାବୁଡ଼ି ଧରିଲା ଶୈଳ। ସେ

ବି ଦିନେ ଭୟ କରୁଥିଲା ଏଇ ଅନ୍ଧାରକୁ, ବଦନାମକୁ। କିନ୍ତୁ ଭାଗ୍ୟର ବିଡ଼ମ୍ବନା, ବଦନାମ ହୋଇ ଏଇ ଅନ୍ଧାର ଭିତରେ ହଜିଗଲା ସେ। କିଶୋରବୟସ୍ର ପ୍ରେମ ଦିନେ ଅନ୍ତଃସତ୍ତ୍ୱା ହେବାର ଦାରୁଣ ସତ୍ୟ ହୋଇ ତା' ସାମ୍ନାରେ ଠିଆ ହୋଇଥିଲା। ପ୍ରେମିକର ପରିତ୍ୟାଗ, ବାପା ମା'ଙ୍କ ତିରସ୍କାର ତାକୁ ନେଇ ଆସିଲା ଏଇ ଅନ୍ଧାରି ମୂଲକକୁ। ସ୍ୱପ୍ନରେ ଯାହା ସେ କେବେ କଳ୍ପନା କରିନଥିଲା; ତାହା ବାସ୍ତବ ରୂପ ନେଇ ସାରିଥିଲା। ଧୀରେ ଧରେ ପରିସ୍ଥିତି ସହିତ ସାଲିସ କରି ଏଇ ଅନ୍ଧାର ଭିତରେ ଜିଇବା ଶିଖିଗଲା ଶୈଲ। ଆରମ୍ଭରୁ ତା'ର ସବୁ ପରିସ୍ଥିତିରେ ପଥର ପରି ଠିଆ ହୋଇଆସିଛି କନକ ମାଉସୀ। ତା' ସହିତ ଏଇ ବସ୍ତିରେ ପରିଚୟ ହେଇଥିଲା ଶୈଲର। ସମାନ ପରିସ୍ଥିତିକୁ ସାମ୍ନା କରିଥିବା ଦୁଇଟି ଭଙ୍ଗା ହୃଦୟ ବୟସର ତାରତମ୍ୟ ସଙ୍ଗେ ଯୋଡ଼ି ହୋଇଯାଇଥିଲେ ସ୍ନେହ ଓ ବିଶ୍ୱାସର ଡୋରିରେ। କନକ ମାଉସୀର ମାତୃବୋଲା ସ୍ପର୍ଶରେ କିଛି ମୁହୂର୍ତ୍ତ ପାଇଁ ନିଜ ଦୁଃଖକୁ ଭୁଲିଯାଏ ଶୈଲ। ତାକୁ ଲାଗେ କନକ ମାଉସୀ ସହିତ ସମ୍ପର୍କ ଯେମିତି କେଉଁ ଅନନ୍ତ କାଳରୁ।

ବୋଉ, ମୁନା ଡାକରେ ଧ୍ୟାନଭଗ୍ନ ହେଲା ଶୈଲର। ଏବେ ରାସ୍ତା ଖାଲି। ଆକାଶରେ ତାରାମାନେ ନିଜନିଜ ଉପସ୍ଥିତି ଜାହିର କଲେଣି। ପୁଅର ହାତ ଧରି କିଛି କ୍ଷଣରେ ପହଞ୍ଚିଗଲା ଶୈଲ କନକ ମାଉସୀ ଘରେ। ଏଇ ମୁହୂର୍ତ୍ତା ଯେ କେତେ ଯନ୍ତ୍ରଣାଦାୟକ; ସେ ହିଁ ଜାଣିଛି। ମୁନା ତା' ହାତକୁ ମୁଠେଇ ଧରିଛି। କେମିତି ସେ ନିଜକୁ ମୁକ୍ତ କରିବ ସେଥିରୁ। ସେ ଭୋଗୁଥିବା ଅନ୍ଧକାରର କାଣିଚାଏ ଛିଟା ବି ଯେମିତି ମୁନା ଉପରେ ନ ପଡ଼େ; ସେଥିପାଇଁ ତ ଏତେ ଯନ୍। ମୁନା କିନ୍ତୁ ଏସବୁ ବୁଝେନି, ବୋଧେ ବୁଝିବା ବୟସ ହେଇନି। ତା'ର କୋମଳ ମନ ବାରମ୍ବାର ତାକୁ ପ୍ରଶ୍ନ କରେ, 'କାହିଁକି ସନ୍ଧ୍ୟା ନ‍ଇଁ ଆସିଲେ ବୋଉ ତାକୁ କନକ ମାଉସୀ ଘରେ ଛାଡ଼ି ଦେଇ ଆସେ।' କିନ୍ତୁ ପଚାରିବା ପୂର୍ବରୁ ଶବ୍ଦଗୁଡ଼ିକ ତଣ୍ଟି ପାଖରେ ଅଟକିଯାଏ। ମୁନା କରୁଣ ଦୃଷ୍ଟିରେ ବୋଉକୁ ଦେଖିଲା। କନକ ମାଉସୀକୁ ପୁଅର ଜିମା ଦେଇ ସିଧା ଚାଲିଗଲା ଶୈଲ ପଛକୁ ଥରଟିଏ ବି ନଚାହିଁ।

କନକ ମାଉସୀର ନୁଆଁଶିଆ ଚାଲ ଘରେ ଅନିଶ୍ୱାସୀ ହୋଇଯାଏ ମୁନା। ଘରର ଗୋଟିଏ ପାର୍ଶ୍ୱକୁ ଲାଗିଥିବା କାଠ ଖଟରେ କନକ ମାଉସୀ ଶୁଏ। ତଳେ କନ୍ଥା ବିଛେଇ ମୁନା। ରାତିରେ ଭୟଙ୍କର ସ୍ୱପ୍ନ ଦେଖିଲେ ହଠାତ୍ ନିଦ ଭାଙ୍ଗି ଯାଏ ତା'ର। ବୋଉକୁ ଅଣ୍ଟାଲି ହୁଏ। ହାତ ପ୍ରସାରିତ କରି ଯେତିକି ଖୋଜିଲେ ବି ବୋଉ ମିଳେନି। ଯାକିଯୁକି ହୋଇ ପୁଣି ଶୋଇବାକୁ ଚେଷ୍ଟାକରେ ମୁନା। କାହିଁକି ଏ ନିର୍ବାସନ, କାହିଁକି ଏ ଶାସ୍ତି, ବୁଝିପାରେନି ସେ। ତା' ସାଙ୍ଗ ସୋମୁ, ବବଲୁଠୁ ଶୁଣିଛି ଶୋଇବା

ବେଲେ ସେମାନଙ୍କ ବୋଉ କେତେ କ'ଣ ଗପ କହିଦିଅନ୍ତି। ମୁଣ୍ଡ ଆଉଁଶି ଦିଅନ୍ତି। ସ୍କୁଲ ଛୁଟି ହେଲେ ରାସ୍ତାରେ ଆସୁ ଆସୁ ବବଲୁ ରାତିରେ ତା' ବୋଉଠୁ ଶୁଣିଥିବା ଗପ କହେ। ମୁନା ରୋମାଞ୍ଚିତ ହୋଇ ସେସବୁ ଶୁଣେ। 'ତୋ ବୋଉ କ'ଣ ଗପ କହେ କହନୁ ମୁନା?' ବବଲୁ ପଚାରିଲେ ଏକ ବିଷାଦର ଛାୟା ମୁନା ମୁହଁରେ ହଠାତ୍ ସଞ୍ଚରିଯାଏ। ମୁନାକୁ ଦିନେ ଦିନେ ନିଦ ହୁଏନି। କଡ଼ ଲେଉଟେଇ ପାହାନ୍ତା ପର୍ଯ୍ୟନ୍ତ ଅପେକ୍ଷା କରେ ସେ ବୋଉକୁ। ଘର ବାହାରେ ସୂର୍ଯ୍ୟକିରଣ ପଡୁପଡୁ ଶୈଳ ପହଁଞ୍ଚିଯାଏ ମୁନାକୁ ନେବାକୁ। ଘରେ ପହଞ୍ଚି ନିତ୍ୟକର୍ମ କରେଇ ତା' ମନପସନ୍ଦ ଖାଇବା ବାଢ଼ିଦିଏ। ମୁନା କିଛି ଅଭିଯୋଗ କରିବା ପୂର୍ବରୁ ତାକୁ ସଫେଇ ଦେଇଦିଏ, 'ତୁ ତ ଜାଣିଛୁ ମୋ ଚାକିରିରେ ରାତି ଡ୍ୟୁଟି। ଘରେ ତୁ ଏକୁଟିଆ କେମିତି ରହିବୁ!' ଏଇ କଥା କହିଲା ବେଲେ ଶୈଳ ମୁନାକୁ ସିଧାସଳଖ ଚାହିଁପାରେନି।

ମୁନା ଭଲ ପାଠ ପଢ଼େ। ସ୍ୱଭାବରେ ଶାନ୍ତଶିଷ୍ଟ। ବୋଉ କଥା ଶୁଣେ। ସରକାରୀ ସ୍କୁଲ ଯାଏ କିଛି ବସ୍ତି ପିଲାଙ୍କ ସହ। ଶୈଳର ଛାତି କୁଣ୍ଢେମୋଟ ହୋଇଯାଏ। ଯା' ହେଉ ମାଆ ହିସାବରେ ସେ ଠିକ୍ ପଦକ୍ଷେପ ନେଇଛି। ଈଶ୍ୱରଙ୍କ ଉଦ୍ଦେଶ୍ୟରେ ପ୍ରଣାମ କରି ପୁଣି ନିଜ ଦିନଚର୍ଯ୍ୟାରେ ଲାଗିପଡ଼େ। ନିଜ ମନକୁ ବୁଝାଏ ଶୈଳ। ଏଇ ଅନ୍ଧାର ସହ ସେ ଅଭ୍ୟସ୍ତ ହୋଇଯାଇଛି। କିନ୍ତୁ ସବୁ ସୂର୍ଯ୍ୟାସ୍ତ ତା' ଜୀବନରେ ନୂଆ ଅଧ୍ୟାୟ ହୋଇ ଆସେ। ଏଇ ଅନ୍ଧାର ଭିତରେ ସବୁଦିନ ତା' ମନ ଆମ୍ୟ ଶରୀର ଖଣ୍ଡଭିନ୍ନ ହୁଏ। ବିକଳ ହୋଇ ଚିକ୍ରାର କରେ ସେ। କେହି ଶୁଣନ୍ତିନି ତା' ଚିକ୍ରାର। ପୁରୁଷତ୍ୱର ଅହମିକା ଭିତରେ କେଉଁଠି ମିଳେଇ ଯାଏ ସେ ଚିକ୍ରାର। ନିଜକୁ ସଜାଡ଼େ ପୁଣି ସାମାନ୍ୟ ହୁଏ। ଜିଇବାକୁ ତ ପଡ଼ିବ। ନିଜପାଇଁ ନୁହେଁ, ମୁନା ପାଇଁ ଅନ୍ତତଃ।

ସେଦିନ ତାଙ୍କ ବସ୍ତିକୁ ପୋଲିସ ଆସିଲା। ସୁମା ଆଉ ରେହାନକୁ ଘର ଭିତରୁ ଘୋଷାଡ଼ି ଘୋଷାଡ଼ି ଆଣି ଜିପରେ ଫୋପାଡ଼ି ଦେଲେ ଦୁଇ କନେଷ୍ଟବଲ। ବସ୍ତି ଲୋକ ପ୍ରତିବାଦ କରିଥିଲେ। କିନ୍ତୁ ପୋଲିସ ଇନ୍ସପେକ୍ଟର ତାଙ୍କ ଅପରାଧର ପ୍ରମାଣିକ ତଥ୍ୟ ଉପସ୍ଥାପନା କଲା ପରେ କାହା ପାଟିରୁ ପଦଟିଏ ବି ଶବ୍ଦ ବାହାରିନଥିଲା। ସମସ୍ତେ ମୁକ ଦର୍ଶକ ପରି ଠିଆ ହୋଇ ରହିଲେ ଯାହା। ଶୈଳ ପ୍ରଥମେ କିଛି ବୁଝିପାରିଲାନି। ପରେ ଯେତେବେଲେ ପଡ଼ିଶା ଘରର ରୀନା ଭାଉଜଠୁ ପ୍ରକୃତ କଥା ଶୁଣିଲା; ତା' ପାଦ ତଳର ମାଟି ଖସିଯିବା ପରି ଲାଗିଲା। କେତେ ବୟସ ହେବ ସୁମା ଆଉ ରେହାନର! ହେଇ ହେଇ ଷୋହଳ କି ସତର। ଏଇ ବୟସରୁ ତାଙ୍କ ମାନସିକତାରେ ଏତେ ଅପରାଧ ପ୍ରବଣତା। ସାଧାରଣ ଚୋରି ନୁହେଁ, ହତ୍ୟା କରିଛନ୍ତି ଏଇ ପିଲା ଦୁଇଟି। ଶୈଳର ହୃତ୍ସ୍ପନ୍ଦନ ବଢ଼ିଯାଇଥିଲା। ଯେଉଁ ପରିବେଶରେ ସେ

ରହୁଛି ତା'ଛଡା ନିଜେ ସେ ଯାହା କରୁଛି, ନା ନା ଆଉ ଆଗକୁ ଭାବିପାରିଲାନି ଶୈଳ। ଠାକୁରଙ୍କୁ ଡାକି ଡାକି ଗୋଟିଏ ନିଶ୍ୱାସରେ ଘରେ ପହଞ୍ଚିଗଲା। କବାଟ ଖୋଲି ଯାହା ଦେଖିଲା; ଆଶ୍ୱସ୍ତ ହେଇ ସେଇଠି ବସିପଡିଲା। ଦୟ ଦୟ ହୋଇ ଜଳୁଥିବା ଅଙ୍ଗାର ଉପରେ ଯେମିତି କିଏ ପାଣି ଢାଲି ଦେଲା। ଶାନ୍ତିରେ ନିଶ୍ୱାସ ନେଇ ଲୁଗା କାନିରେ ଦେହ ହାତରୁ ଝାଳ ପୋଛି ହେଲା। ମୁନା ବସି ପାଠ ପଢୁଛି। ବାହାର ଦୁନିଆ ସହିତ ତା'ର କିଛି ସମ୍ପର୍କ ନାହିଁ। ଅପଲକ ଆଖିରେ କିଛି ସମୟ ଚାହିଁ ରହିଲା ସେ ନିଜ ପୁଅକୁ।

ତଥାପି ତା' ଚାରିପାଖ ପରିବେଶର ପ୍ରଭାବ ତା' ଉପରେ ନ ପଡୁଛି ବୋଲି କିଏ କହିବ। ଶୈଳର ଆଶଙ୍କା ବଢିଯାଏ। ବସ୍ତିର ହରିଆ ଭାଇ ସହ କଥା ହେଇଛି। ଏଠୁ ପନ୍ଦର କିଲୋମିଟର ଦୂରରେ ଯେଉଁ ଆବାସିକ ବିଦ୍ୟାଳୟ ଅଛି; ସେଇଠି ମୁନାକୁ ନାମଲେଖାରେ ସାହାଯ୍ୟ ପାଇଁ ପ୍ରତିଶ୍ରୁତି ଦେଇଛି। ଅଷ୍ଟମ ଶ୍ରେଣୀ ସରିଗଲେ ନବମ, ଦଶମ ମୁନା ସେଇଠି ପଢିବ। ଶୈଳ କ୍ୟାଲେଣ୍ଡର ଦେଖେ। ଦିନ ଗଣେ।

ମୁନା ଏବେ ବଡ ହେଲାଣି। ପାଞ୍ଚ ବର୍ଷର କୋମଳମତି ବାଳକରୁ ପନ୍ଦର ବର୍ଷର କିଶୋର ଏବେ ସେ। ଆଗରୁ ମୁନା, ବୋଉ କଥା ଯେତେ ସରଳଭାବେ ବୁଝିଯାଉଥିଲା ଏବେ ଆଉ ବୁଝିପାରେନି। ସବୁ ଅଡୁଆ ଲାଗେ। ଗୋଟିଏ ପ୍ରଶ୍ନର ଉତ୍ତର ଖୋଜୁ ଖୋଜୁ ଆଉ ଶହେଟି ପ୍ରଶ୍ନ ଉଙ୍କିମାରେ। ମୁନାର ପାଠରେ ମନ ଲାଗେନି। ଶ୍ରେଣୀ କକ୍ଷରେ ଶିକ୍ଷକ ବୁଝାଉଥିବା ବିଷୟଗୁଡ଼ିକ ତା' କାନକୁ ଆସିବା ପୂର୍ବରୁ ଯେମିତି ବାଷ୍ପାୟିତ ହୋଇଯାନ୍ତି। ସାଙ୍ଗମାନେ କିଛି କୁହନ୍ତିନି; କିନ୍ତୁ ତାଙ୍କର ତୀକ୍ଷ୍ଣ ଚାହାଣି ଆଉ ବ୍ୟଙ୍ଗାତ୍ମକ ହସ ମୁନାକୁ ଅଣନିଶ୍ୱାସୀ କରିଦିଏ। ଏଥର ସେ ଏକୁଟିଆ ରହିବାକୁ ଭଲପାଏ। ପଡ଼ିଆରେ ଫୁଟବଲ କି କ୍ରିକେଟ ଖେଲ ତାକୁ ବୋଝ ପରି ଲାଗେ।

ସେଦିନ ପାହାନ୍ତା ସମୟ। ଅନ୍ଧାର କଟିକଟି ଯାଉଛି। ତଥାପି ମୁହଁଗୁଡ଼ିକ ସ୍ୱଷ୍ଟ ଦେଖାଯାଉଛି। ମୁନା ଘର ପଛ କାନ୍ଥକୁ ଆଉଜି ଠିଆ ହେଲା। ଦୃଷ୍ଟି କିନ୍ତୁ ନିବଦ୍ଧ ଥାଏ ଗଲି ରାସ୍ତା ଉପରେ। ଆଜି ସେ ସତ୍ୟର ଉଦ୍ଘାଟନ କରିବ। ବୋଉ ମଥାରେ ଲାଗିଥିବା କଳଙ୍କକୁ ସବୁଦିନ ପାଇଁ ପୋଛି ଦେବ। ଗଙ୍ଗା ପରି ପବିତ୍ର ତା' ବୋଉ, ଏ କଥା ପ୍ରମାଣ କରିଦେବ। ହଠାତ୍ ମୋଟ'ର ସାଇକେଲ ଶବ୍ଦରେ ମୁନା ଚମକି ପଡ଼ିଲା। ମୋଟର ସାଇକେଲଟି ଠିକ୍ ତାଙ୍କ ଘରଠୁ କିଛି ଦୂରତାରେ ଠିଆ ହେଲା। ଓହ୍ଲାଇ ଆସିଲେ ଦୁଇଟି ଛାୟାମୂର୍ତ୍ତି। ମୁନାର ନିଶ୍ୱାସ ପ୍ରଶ୍ୱାସର ବେଗ ହଠାତ୍ ବଢିଗଲା। ତା' ତୀକ୍ଷ୍ଣ ନଜର କିନ୍ତୁ ଥାଏ ଦୁଇଟି ଛାୟାମୂର୍ତ୍ତି ଉପରେ। ସେ ସଜାଗ ହୋଇ ଠିଆ ହେଲା। ଧୀରେ ଧୀରେ ସେମାନେ ତାଙ୍କ ଘର ଆଡ଼େ ଅଗ୍ରସର ହେଲେ। ଖୁବ୍ ସହଜରେ

ତାଲା ଖୋଲି ଭିତରେ ପ୍ରବେଶ କଲେ। 'ଇଏ ତ ବୋଉ! ନିଜ ଭିତରେ କେମିତି ଏକ ଶୂନ୍ୟତା ଅନୁଭବ କଲା ମୁନା। ଯେମିତି କିଏ ତାକୁ ହଜାରେ ଫୁଟ୍ ଉଚ୍ଚ ପାହାଡ଼ରୁ ତଳକୁ ଫିଙ୍ଗିଦେଉଛି। ଏହା ତା' ଭ୍ରମ ନୁହେଁ ତ! ଏ ବୋଉ ହୋଇପାରିବନି। କିନ୍ତୁ ସେ ଆଜି ସ୍ଥିର କରିଆସିଛି, ଯେମିତି ବି ହେଉ ସତ୍ୟର ଉଦ୍‌ଘାଟନ କରିବ। ମୁନା ଝରକା ପାଖକୁ ଲାଗି ଠିଆ ହେଲା। କିଛି ଅସ୍ପଷ୍ଟ ସ୍ୱର, କିଛି ଅସ୍ପଷ୍ଟ ଶବ୍ଦ ତା' ମନକୁ ଅସ୍ଥିର କରୁଥିଲା। ଝରକା ଭିତରର ଦୃଶ୍ୟ ଦେଖିବାକୁ ତା'ର ସାହସ ହେଉନଥିଲା, ସେଠୁ ଯିବା ପାଇଁ ବି ତା' ପାଦ ଅନୁମତି ଦେଉନଥିଲା। ଗୋଡ ଟେକି ଭିତରକୁ ଚାହିଁଲା ମୁନା। ଜିରୋ ବଲବର ଧୂପସା ଆଲୁଅରେ ସେ ଯାହା ଦେଖିଲା; ତାହା ବିଶ୍ୱାସ କରିବା ଅତ୍ୟନ୍ତ କଷ୍ଟସାଧ୍ୟ ଥିଲା। ଖଟ ଉପରେ ବିବସ୍ତ୍ର ହୋଇ ପଡ଼ିଥିବା ସ୍ତ୍ରୀଲୋକଟି ଯେ ବୋଉ; ଏକଥା ବୁଝିବାକୁ ମୁନାକୁ ଡେରି ଲାଗିଲାନି। କ୍ରମଶଃ ପୁରୁଷ ଛାୟାମୂର୍ତ୍ତି ଧୀରେ ଧୀରେ ବୋଉ ଉପରେ ଝୁଙ୍କି ପଡୁଥିଲା। ମୁନା ଆଖି ମୁଦି ଦେଲା। କି ଭୟଙ୍କର, କି ବିବସ୍ତ ସେ ଦୃଶ୍ୟ! ମୁଣ୍ଡକୁ ଜୋରରେ ଜାବୁଡ଼ି ତଳେ ବସିପଡ଼ିଲା ମୁନା। ଘୃଣା, ଅପମାନ, କ୍ରୋଧ, ଈର୍ଷାରେ ଜଳି ଉଠିଲା ମୁନା। ବୋଉର ସମଗ୍ର ସତ୍ତା ହିଁ ତାକୁ ମିଛ ପରି ଲାଗିଲା। ହେତୁ ହେବା ଦିନରୁ ଆଜିପର୍ଯ୍ୟନ୍ତ ଗୋଟିଏ ଗୋଟିଏ ଦିନ ଚଲଚିତ୍ର ଦୃଶ୍ୟ ପରି ଆଖି ସାମ୍ନାରେ ନାଚି ଉଠୁଥିଲା। ମୁନା ରକ୍ତମୁଖା ହେଇ ଉଠୁଥିଲା। ସାଙ୍ଗମାନଙ୍କ ରହସ୍ୟମୟ ହସ, ବ୍ୟଙ୍ଗାମ୍ନକ ଚାହାଣି ତାକୁ ବ୍ୟସ୍ତ ବିବ୍ରତ କରୁଥିଲା। କିଛି ସମୟ ପରେ ଛାୟାମୂର୍ତ୍ତି ତାଙ୍କ ଘରୁ ବାହାରି ମୋଟ୍‌ର ସାଇକେଲ ଆଡ଼େ ଅଗ୍ରସର ହେଲା। ମୁନା ଦୌଡ଼ି ଯାଇ ଇଟାଖଣ୍ଡରେ ତା' ମୁଣ୍ଡକୁ ବାରମ୍ବାର ଆଘାତ କଲା। ଅତର୍କିତ ଆକ୍ରମଣରେ ଛାୟାମୂର୍ତ୍ତି ତଳେ ପଡ଼ିଗଲା। ଗୋଟିଏ ଆର୍ତ୍ତଚିତ୍କାର ସହ ସବୁ ଶାନ୍ତ ହୋଇଗଲା। ଘର ଭିତରୁ ଟର୍ଚ୍ଚ ଲାଇଟ୍ ଧରି ଦୌଡ଼ି ଆସିଲା ଶୈଳ। ଯେଉଁ ଅନ୍ଧାରର ଛିଟା ମୁନା ଦେହରେ କେବେ ପଡ଼ିବାକୁ ନ ଦେବାର ପ୍ରୟାସ ସେ କରୁଥିଲା; ସେଇ ଅନ୍ଧାରର ଛିଟା ମୁନା ଦେହରେ ପଡ଼ିସାରିଥିଲା। 'ଏ କ'ଣ କଲୁ ମୁନା'? ବିଳାପ କରି ଭୂଇଁ ଉପରେ ଲୋଟି ପଡ଼ିଲା ଶୈଳ। ରାସ୍ତା ଉପରେ ପୋଲିସ୍ ପେଟ୍ରୋଲିଙ୍ଗ ଗାଡିର ସାଇରନ ଶବ୍ଦ ତୀବ୍ରୁ ତୀବ୍ରତର ହେଉଥିଲା।

ଅଭିଶପ୍ତ

'ମୋ ପଛେ ପଛେ କାହିଁକି ଆସୁଛୁ? ସେଇଠି ରହ।' ସେ ରହିଗଲା, ଯନ୍ତ୍ରବତ। ଷ୍ଟିଟ ଲାଇଟ୍‌ର ଝାପ୍‌ସା ଆଲୁଅରେ ବି ତା' ଉଦାସ ମୁହଁଟି ସ୍ପଷ୍ଟ ଦେଖାଯାଉଥିଲା। ଆଖପାଖରେ ଆଉ କେହି ନଥିଲେ। ଖାଲି ସେ ଆଉ ମୁଁ। ନୁଖୁରା ବାଲ, ଛିଣ୍ଡା ସାର୍ଟ ପ୍ୟାଣ୍ଟ, ଖାଲି ପାଦ, ମୁଣ୍ଡରୁ ଗୋଡ ପର୍ଯ୍ୟନ୍ତ ଥରଟିଏ ନଜର ବୁଲେଇଆଣି ସାମାନ୍ୟ ଭାରିଗଲାରେ ପଚାରିଲି, 'ତୋ ନା କ'ଣ?' 'ସୋନୁ', ଧୀର ସ୍ୱରରେ ସେ କହିଲା। 'ଏଠି କ'ଣ କରୁଛୁ?' 'ତୁମକୁ ଗୋଟିଏ କଥା କହିବି', ଇତସ୍ତତ ହୋଇ ପିଲାଟି କହିଲା। 'କେଉଁ କଥା?' ମୁଁ ସେତେବେଳକୁ ଚାଲିବା ଆରମ୍ଭ କରିଦେଇଥିଲି। ସେ ବି ମୋ ସହ ତାଲ ଦେଇ ଚାଲିବା ଆରମ୍ଭ କରିସାରିଥାଏ। ଠିକ୍ ଏଇ ସମୟରେ ଝିପି ଝିପି ବର୍ଷା ଆରମ୍ଭ ହୋଇଗଲା। ମୁଁ ଜୋର୍‌ରେ ପାହୁଣ୍ଡ ପକେଇ ଘରକୁ ଯିବାକୁ ତରତର ହେଲି। ଆଜି ସେମିତି ବି ଡେରି ହେଇଗଲା; ନହେଲେ ଏତେବେଳକୁ ମୁଁ ଘରେ ପହଁଚିସାରିଥାଏ। ମୁଁ ପଛକୁ ବୁଲି ଦେଖିଲି, ମୋ ସହ ତାଲଦେଇ ଚାଲିବା ପାଇଁ ସେ ପ୍ରାୟତଃ ଦୌଡିବା ଆରମ୍ଭ କରିଦେଇଥାଏ। 'କ'ଣ କହିବୁ ପରା?' 'ମୁଁ ତୁମ ପାଖରେ ପଢ଼ିବି ଦିଦି, ତୁମେ ଟିକେ ମୋ ଚାଚା ଚାଚୀଙ୍କୁ ବୁଝାନ୍ତନି।' ସୋନୁ କଥା ଶୁଣି ମୁଁ ରହିଗଲି। 'ତୁ କାହା ଘର ପୁଅ? ସେ ଟିକେ ଥତମତ ହେଲା, ତା'ପରେ ଅତି ସଂଭ୍ରମତାର ସହ କହିଲା, 'ପପୁ ସିଂ ଗୁଜ୍ଜର ମୋ ଚାଚା।' 'ଓଃ', ପପୁ ଗୁଜ୍ଜରକୁ ମୁଁ ଚିହ୍ନିଥିଲି। ବସ୍ତି ବାସିନ୍ଦାଙ୍କ ଭିତରେ ତା'ର ଖୁବ୍ କାଟତି ଥିଲା। ବସ୍ତିକୁ କେଉଁ କୁଜି ନେତା ଆସିଲେ ତାଙ୍କୁ ଚା', ଜଲଖିଆରେ ଆପ୍ୟାୟିତ କରିବା ସହିତ ତାଙ୍କ ସହ ବସାଉଠା କରୁଥିଲା। ତେଣୁ ବସ୍ତି ଲୋକଙ୍କ ଭିତରେ ଗୋଟିଏ ଧାରଣା ହୋଇଯାଇଥିଲା ଯେ, ପପୁ ଗୁଜ୍ଜରର ହାତ ବହୁତ ଉପରକୁ ଅଛି। ମୁଁ ସୋନୁକୁ ଦେଖିଲି, ପପୁ ଗୁଜ୍ଜରର ଓଙ୍ଗା, ବଳିଷ୍ଠ ଶରୀର, ମୁଣ୍ଡରେ ରାଜସ୍ଥାନୀ ସାପା, ଗୋଡ ହାତରେ ରୁପା ଖଡ୍ଡୁ,

ପାଦରେ ମୋଜରି ସହ ସୋନୁର ବେଶଭୁଷା, ଚେହେରା ଖୁବ୍ ବେଖାପ ଲାଗିଲା। ‘ତୋ ବାପା ?’ ‘ସେ ନାହିଁ, ମରିଯାଇଛି’, କହିଲାବେଳେ ସୋନୁର ଆଖୁଦୁଇଟି ଛଲଛଲ ହେଇଗଲା। ଏଥର ମୁଁ ନିଜ ଭିତରେ କେମିତି ଏକ ଯନ୍ତ୍ରଣା ଅନୁଭବ କଲି। ସୋନୁର ଏପରି ବେଶଭୁଷା କାହିଁକି ହେଇଛି ବୁଝିବାକୁ ବେଳ ଲାଗିଲାନି। ‘ହଉ, ତୁ କାଲିଠୁ ଆସିବୁ।’ ‘ନା ଦିଦି, ସେମାନେ ମତେ ଛାଡ଼ିବେନି, ତୁମେ ଯଦି ଟିକେ ବୁଝେଇ କୁହନ୍ତ’, ସୋନୁ ମୁହଁ ପୋତି ତଳକୁ ଚାହିଁଲା। ‘ହଉ ଏବେ ତୁ ଯା’। କାଲି ମୁଁ ତୋ ଚାଚା ସହିତ କଥା ହେବି।’ ମୋଠୁ ଆଶ୍ୱାସନା ପାଇ ଡେଇଁଡେଇଁ ସୋନୁ ଚାଲିଗଲା। ତା’ ଯିବା ବାଟକୁ ମୁଁ ସେମିତି କିଛି ସମୟ ଚାହିଁରହିଲି। ଆଶ୍ୱସ୍ତ ଲାଗୁଥିଲା ପିଲାଟି ମୁହଁରେ ହସ ଫୁଟେଇପାରିଥିବାରୁ। ବର୍ଷା ଛାଡ଼ିଯାଇଥାଏ, ମୁଁ ବି ଘରେ ପହଁଚିଗଲି। ହାତଗୋଡ ଧୋଇ, ରନ୍ଧାରନ୍ଧି କରି, ଖାଇସାରି ବିଛଣାକୁ ଯିବା ପର୍ଯ୍ୟନ୍ତ ଭାବି ନଥିଲି କାଲି ମୋର ପପୁ ସିଂ ଗୁଞ୍ଜର ଭଳି ଏକ ଅହଙ୍କାରୀ, ଦାମ୍ଭିକ, ସ୍ୱାର୍ଥପର ଲୋକ ସହିତ ଭେଟ ହେବାକୁ ଯାଉଛି।

ପରଦିନ ମୋ ସ୍ୱାମୀ ସଂଜୟ ଅଫିସ୍ ଯିବାପରେ ମୁଁ ସହର ଉପକଣ୍ଠ ବସ୍ତିରେ ଆମ ଲେଡ଼ିଜ କ୍ଲବ ଦ୍ୱାରା ଆରମ୍ଭ ହୋଇଥିବା ମୁକ୍ତ ବିଦ୍ୟାଳୟରେ ପହଁଚିଲି। ଆକାଶ ପରିଷ୍କାର ଥିଲା। ବର୍ଷାର ଚିହ୍ନବର୍ଣ୍ଣ ନଥିଲା। ପିଲାମାନେ ଆସି ବସିଯାଇଥିଲେ। ମୁଁ ଥରଟେ ନଜର ବୁଲେଇ ଆଣିଲି, ସୋନୁ ତାଙ୍କ ଭିତରେ ନଥିଲା। ମୋର କାଲି ସନ୍ଧ୍ୟାବେଳର କଥା ମନେ ପଡ଼ିଲା। ମୁଁ କ୍ଲବର ଆଉ ଜଣେ ସଦସ୍ୟା ମିସେସ୍ ନାଗରଙ୍କୁ କହିଦେଇ ପପୁ ସିଂ ଗୁଞ୍ଜରର ଘରଆଡ଼େ ମୁହାଁଇଲି। ଯା’ ପୂର୍ବରୁ ତା’ ସହ କେବେ ସିଧାସଳଖ କଥା ହେଇନଥିଲି, ଯଦିଓ କାଁ ଭାଁ ତା’ ସହ ସାମ୍ନାସାମ୍ନି ହୋଇଛି। ଆବଶ୍ୟକତା ହିଁ ପଡ଼ିନି।

ତା’ ଘରେ ପହଁଚିଲାବେଳକୁ ଅଗଣାରେ ଖଟ ଉପରେ ବସି ସେ ଚା’ ଆଉ ଖାକରା ଖାଉଥିଲା। ମୁଁ ଖଟରୁ ସାମାନ୍ୟ ଦୂରତାରେ ଠିଆ ହେଲି। ସେ ତା’ କର୍କଶ ଚାହାଣିରେ ମତେ ଦେଖିଲା। ପରିଚୟ ପଚାରିଲାନି, ଯେହେତୁ ବସ୍ତିକୁ ଗତ କିଛି ଦିନ ହେବ ପ୍ରତ୍ୟହ ମୁଁ ଯିବା ଆସିବା କରୁଥିଲି। ‘କାହିଁକି ଆସିଛ ?’ ସାମାନ୍ୟ ରୁକ୍ଷ ସ୍ୱରରେ ବେଖାତିର ଭାବେ କହିଲା। ମୁଁ ଇତସ୍ତତ ହୋଇ ବସିବାକୁ ଜାଗାଟିଏ ଖୋଜିବାରେ ଲାଗିଲି। ଏଇସମୟରେ ସେ ବଡ଼ପାଟିକରି ମାରୱାଡ଼ି ଭାଷାରେ ଚେୟାରଟିଏ ଆଣିଦେବାକୁ ତା’ ସ୍ତ୍ରୀ ଉଦ୍ଦେଶ୍ୟରେ କହିଲା। ମନେମନେ ଭାବିଲି, ଲୋକଟିକୁ ସାମାନ୍ୟ ଶିଷ୍ଟାଚାର ଜଣା ଅଛି। ଘର ଭିତରୁ ରାଜସ୍ଥାନୀ ପୋଷାକ ପିନ୍ଧି ହାତେ ଲମ୍ବର ଓଢ଼ଣା ଦେଇଥିବା ସ୍ତ୍ରୀଲୋକଟି ମୋ ପାଇଁ ଚେୟାରଟିଏ ଆଣି ଅଗଣାରେ

ଥୋଇଦେଲା। ମୁଁ ତା' ମୁହଁ ଦେଖ୍‍ପାରିଲିନି, ଖାଲି ଅନୁମାନ କଲି ଯାହା; ସେ ସୋନୁର ଚାଚୀ ହୋଇଥିବ। ଏଥର ପିପୁ ସିଂ ଗୁଜ୍ଜର ମୋ ମୁହଁକୁ ସିଧାସଳଖ ଚାହିଁଲା, ତା' ପ୍ରଶ୍ନର ଉତ୍ତର ଜାଣିବାକୁ। ମୁଁ ସତର୍ପଣରେ ଚାରିଆଡ଼େ ଦୃଷ୍ଟିନିକ୍ଷେପ କରି ମନେ ମନେ ସୋନୁକୁ ଖୋଜୁଥିଲି। ଏଥର ଅପେକ୍ଷାକୃତ ଅଧିକ ରୁକ୍ଷ ଭାବେ ସେ କହିଲା, 'ଆସିବାର କାରଣଟା ତ ଏଯାଏ କହିଲନି?' 'ସୋନୁକୁ କାହିଁକି ସ୍କୁଲ ପଠାଉନାହାଁନ୍ତି?' 'ମୋ ଇଚ୍ଛା!' ଫିଙ୍ଗିଦେଲା ଭଳି ସେ କହିଲା। 'ଦେଖନ୍ତୁ, ପିଲାଟିର ପଢ଼ିବାକୁ ଭାରି ଇଚ୍ଛା। ଏଇ ବୟସରେ ସେ ସ୍କୁଲ ନଯାଇ ଘରେ କ'ଣ କରିବ?' ଭିତରୁ ତା' ସ୍ତ୍ରୀର ସ୍ୱର ଶୁଣାଗଲା। ମାରୱାଡ଼ି ଭାଷାରେ ସେ ରାଗ ଗରଗର ହୋଇ ଏଣୁ ତେଣୁ କହୁଥିଲା। ମତେ ବୁଝିବାରେ ଅସୁବିଧା ହେଲାନି। ଗତ ଚାରି ପାଞ୍ଚ ମାସର ରାଜସ୍ଥାନରେ ରହଣି ଭିତରେ ଅନ୍ତତଃ ଏଠିକାର ଆଞ୍ଚଳିକ ଭାଷାଟିକୁ ବୁଝିପାରିବାର ଦକ୍ଷତାଟି ବହୁମାତ୍ରାରେ ଆସିଯାଇଥିଲା। ଏଥିପାଇଁ ଅବଶ୍ୟ ମୋ ଘରେ କାମ କରୁଥିବା ନର୍ମଦା ନାମ୍ନୀ ଝିଅଟି ଅନେକାଂଶରେ ଦାୟୀ ଥିଲା। ମୁଁ ସୋନୁର ଚାଚୀ କଥା ଶୁଣୁଥିଲି। ତା' କହିବା ଅନୁଯାୟୀ, ସୋନୁ ସ୍କୁଲ ଯାଇ କ'ଣ କରିବ? ଘରେ ରହିଲେ ଅନ୍ତତଃ ତାକୁ କାମରେ ସାହାଯ୍ୟ କରିବ। ଦୁନିଆଯାକ କାମକୁ ସେ ଏକୁଟିଆ ମଣିଷ। ବାପ ମରିଗଲା, ନିଜ ମା' ପୁଅ ମୁହଁ ଦେଖ୍‍ଲାନି। କାହା ସହ ଚାଲିଗଲା, ଏମାନଙ୍କ ଉପରେ ବୋଝଟିଏ ଲଦିଦେଲା। ଏବେ ସେମାନେ ତା'ପାଇଁ ପଇସା ଖର୍ଚ୍ଚକରି କାହିଁ ଅଯଥାରେ ହନ୍ତସନ୍ତ ହେବେ। ଏସବୁ ଶୁଣିସାରିଲା ପରେବି ମୁଁ ପିପୁ ଗୁଜ୍ଜର ମୁହଁକୁ ଚାହିଁଲି କିଛି କହିବା ଉଦ୍ଦେଶ୍ୟରେ। ସେ ହାତରେ ଇସାରା କରି ମତେ ସେଠୁ ଯିବାକୁ ନିର୍ଦ୍ଦେଶ ଦେଲା। ଭଗ୍ନ ମନ ନେଇ ଫେରି ଆସୁଆସୁ ବାଟରେ ସୋନୁ ସହ ଦେଖା ହେଲା। ସେ ମତେ ପ୍ରଶ୍ନିଳ ଦୃଷ୍ଟିରେ ଚାହିଁଲା। ମୁଁ କିଛି କହିପାରିଲିନି; କିନ୍ତୁ ଏଇ ସ୍ୱଳ୍ପ ସମୟ ଭିତରେ ମୁଁ ସୋନୁ ଜୀବନରେ ଘଟିଚାଲିଥିବା ଝଡ଼କୁ ଅନୁଭବ କରିସାରିଥିଲି। ତା' ପ୍ରତି ଆନ୍ତରିକତାରେ ମୋ ମନଟି ଓଦା ହେଇଗଲା। ମୁଁ ତାକୁ ନଦେଖ୍‍ଲା ପରି ଆଗକୁ ପାଦ ବଢ଼େଇଲି, ପଛକୁ ଫେରି ଦେଖ୍‍ବାକୁ ମୋର ସାହସ ନଥିଲା।

ସେଦିନ ରାତିରେ ଦିନର ପରେ ମିସେସ୍ ରାୟଙ୍କ ସହିତ ମୁଁ ଫୋନ୍‍ରେ କଥା ହେଲି। ତାଙ୍କରି ପ୍ରଚେଷ୍ଟାରେ ହିଁ ଏଇ ବିଦ୍ୟାଳୟଟି ଆରମ୍ଭ ହୋଇଥିଲା। ଏହା ପଛରେ ମୁଖ୍ୟତଃ ଦୁଇଟି କାରଣ ନିହିତ ଥିଲା। ପ୍ରଥମତଃ ଯେଉଁ ପିଲାମାନେ ପାଠପଢ଼ା ପ୍ରତି ଆଗ୍ରହ ଦେଖାଉନାହାଁନ୍ତି; ସେମାନଙ୍କୁ ଶିକ୍ଷା ପ୍ରତି ଆକର୍ଷିତ କରିବା। ଦ୍ୱିତୀୟତଃ ଲେଡ଼ିଜ କ୍ଲବରେ କେବଳ ଖ୍‍ଆପିଆ ଆଉ ଗସିପ୍‍କୁ ପ୍ରାଧାନ୍ୟ ନଦେଇ ବରଂ କିଛି ସମୟ

ସାମାଜିକ କାର୍ଯ୍ୟରେ ବିନିଯୋଗ କରିବା। ବିଦ୍ୟାଳୟଟି ପ୍ରଥମେ ଦୁଇଜଣ ପିଲାଙ୍କୁ ନେଇ ଆରମ୍ଭ ହୋଇଥିଲା। ଏବେ ସେଠିକୁ ପ୍ରାୟ ସତେଇଶ ଜଣ ପିଲା ଆସୁଛନ୍ତି। ପ୍ରାରମ୍ଭିକ ଶିକ୍ଷା ପରେ ତାଙ୍କର ସରକାରୀ ସ୍କୁଲରେ ନାମ ଲେଖାହେଉଥିଲା। ଲେଡ଼ିଜ କ୍ଲବର ଉଚ୍ଚଶିକ୍ଷିତା ମହିଳାମାନଙ୍କୁ ସ୍ୱେଚ୍ଛାକୃତ ଭାବେ ଏହି ଅଭିଯାନରେ ଯୋଗ ଦେବାକୁ ମିସେସ୍ ରାୟ ଅନୁରୋଧ କରୁଥିଲେ। ଗୁଜୁରାଟରୁ ସଞ୍ଜୟ ରାଜସ୍ଥାନର ଏଇ କିଷନଗଡ଼ ସହରକୁ ବଦଲି ହୋଇ ଆସିବା ପରଠୁ ମୁଁ ବି ଲେଡ଼ିଜ କ୍ଲବ ଯିବା ଆରମ୍ଭ କଲି, ତା' ସହିତ ବିଦ୍ୟାଳୟକୁ ବି।

ମିସେସ୍ ରାୟଙ୍କ ସହ କଥାହେଇ ଜାଣିଲି, ସେମାନେ ପୂର୍ବରୁ ବହୁତ ଚେଷ୍ଟା କରିଥିଲେ, ସୋନୁକୁ ସ୍କୁଲ ଆଣିବାକୁ; କିନ୍ତୁ ସବୁ ଉଦ୍ୟମକୁ ବିଫଳକରି ସେମାନଙ୍କ ପ୍ରଚେଷ୍ଟାର ମୁଖ୍ୟ ଅନ୍ତରାୟ ହୋଇ ଠିଆ ହେଇଥିଲା ପପୁ ଗୁଜ୍ଜର। ଲୋକଟି ପ୍ରତି ଘୃଣାରେ ମୋ ମନଟି ଭରିଗଲା। ବିଚରା ପିଲାଟି କେତେ ଅତ୍ୟାଚାର ସହୁ ନଥ୍ବ! ବୟସ ତା'ର କେତେ କି, ସାତ କି ଆଠ ହେବ। ପରଦିନ ସ୍କୁଲରେ ପହଁଚି ଦେଖିଲି ଖଣ୍ଡେ ଦୂରରେ ସୋନୁ ଠିଆ ହେଇଛି। ବିଦ୍ୟାଳୟର ପରିଧି ତା' ପାଇଁ ଯେମିତି ଅପହଞ୍ଚ ଇଲାକାଟେ। ଖୁବ୍ ବିକଳ ଦିଶୁଥିଲା ତା' ମୁହଁଟି। ମୁଁ ତାକୁ ପାଖକୁ ଡାକିଲି, ସେ ନାହିଁ କଲା। ଭୟରେ ତା' ଗୋଡ ଦୁଇଟି ଥରିଲା ପରି ଲାଗିଲା। ମୁଁ ତା' ପାଖକୁ ଗଲି, ସେ ଟିକେ ଘୁଂଚିଗଲା। ଅଭିମାନରେ ବୋଧେ, ମୁଁ ତା' ଭରସା ରଖିପାରିଲିନି। ତା' ହାତ ଧରି ପାଖରେ ଥିବା ସିମେଣ୍ଟ ମିଣ୍ଟିରେ ବସିଲି, ତା' ପିଠି ଆଉଁଶି ଦେଲି। ଏଥର ସେ ମତେ ଦେଖିଲା। 'ଜାଣିଛ ଦିଦି, କାଲି ରାତିରେ ମୋ ଚାଚା ମତେ ବହୁତ ମାରିଲେ', କହୁ କହୁ ଦୁଇ ଧାର ଲୁହ ବହିଆସିଲା। 'ତୋ ମା' କେଉଁଠ ରହୁଛି, ଜାଣିଛୁ?' 'ହଁ, ଏଠୁ କିଛି ଦୂର, ବିରାଟିଆ ଗାଁରେ।' ମୁଁ ବିସ୍ମିତ ହେଲି। 'ସେ କେବେ ଆସେନି ତତେ ଦେଖା କରିବାକୁ?' 'ନା।' କେମିତି ମା'ଟା, ନିଜ ଛୁଆ କଥା ଭୁଲି ଆଉଥରେ ସଂସାର କରିବାକୁ ମନ ବଳେଇଲା, ଭାବୁଭାବୁ ସୋନୁ କହିଲା, 'ଚାଚା ଆସିବାକୁ ଦିଅନ୍ତିନି। ଦୁଇବର୍ଷ ତଳେ ସେ ମତେ ନେଇଯିବାକୁ ଆସିଥିଲା, ମୋର ପୂରା ମନେଅଛି; କିନ୍ତୁ ଚାଚା ତାକୁ ଗାଲିଗୁଲଜ କରି ମାଡ ମାରି ଘରୁ ତଡ଼ି ଦେଲେ। ମୋର ହୃତସ୍ପନ୍ଦନ ବଢ଼ିଯାଇଥିଲା, କେମିତି ଲୋକଟେ ହେଇଥ୍ବ ଏଇ ପପୁ ଗୁଜ୍ଜର, ବାହାରୁ ଯେତିକି ଦେଖାଯାଏ, ଭିତରେ ତା'ଠୁ ଅଧିକ ସାଂଘାତିକ, ଭୟଙ୍କର। ମୁଁ ସୋନୁକୁ ଦେଖିଲି, କେତେ କରୁଣ ଆଉ ଅସହାୟ ଲାଗୁଥିଲା ସେ। କଥାର ମୋଡ଼ ବଦଲେଇ କହିଲି, 'କ'ଣ ଖାଇଛୁ ସକାଲେ?' 'ରୁଟି ଆଉ ଆଚାର।' 'କ୍ଷୀର ଭଲ ଲାଗେନି?' 'ଚାଚୀ ଦିଅନ୍ତିନି।' ତଳକୁ ମୁହଁ ପୋତି ସୋନୁ କହିଲା।

ସେଇ ସମୟରେ ବହୁତ କଷ୍ଟରେ ମୁଁ ମୋ କୋହକୁ ରୋକିଲି। ଓଡ଼ିଶାରୁ ମା'
ପଠେଇଥିବା ଆରିଶା ପିଠା ମୋ ବ୍ୟାଗରେ ଥିଲା। ଲେଡ଼ିଜ କ୍ଲବର ଅଣଓଡ଼ିଆ
ବନ୍ଧୁମାନଙ୍କ ପାଇଁ ଆଣିଥିଲି। ସେଥିରୁ ବାହାରକରି ସୋନୁକୁ ଦେଲି, ସେ ଖାଇ ଖୁସି
ହେଇଗଲା। 'ହଉ ଏବେ ମୁଁ ଯାଉଛି, ଚାଚା ଯଦି ଦେଖିବେ, ମତେ ପୁଣି ମାରିବେ।'
ମୁଁ କିଛି କହିଲିନି। ସେ ଟିକେ ହସିଦେଇ ଚାଲିଗଲା। ଆନ୍ତରିକତାର ହସ, ମୁଁ ଆଶ୍ୱସ୍ତ
ହେଲି। ବିଦ୍ୟାଳୟର କାମ ସାରି ଘରକୁ ଫେରିଲି। କିନ୍ତୁ ସେ ଦିନଟା ମୋର ଆଦୌ
ଭଲରେ କାଟିଲାନି। ଆଖି ସାମ୍ନାରେ ବାରମ୍ବାର ସୋନୁର ମୁହଁ ଦିଶିଯାଉଥିଲା। ତା'
ମା'ର କାଳ୍ପନିକ ଚିତ୍ରଟିଏ ବି ମୋ ମନକୁ ବ୍ୟାକୁଳ କରୁଥିଲା। ସୋନୁକୁ ଛାଡ଼ି
କେମିତି ରହୁଥିବ ସେ। କେତେ ଭୁଲ୍ ଭାବିଥିଲି ମୁଁ ତାକୁ। ବିଚାରି, ସମବେଦନାର
ଦୁଇଟୋପା ଲୁହ ମୋ ଆଖରୁ ଖସିପଡ଼ିଲା।

ସେଇଦିନ ପରଠୁ ପ୍ରତ୍ୟେକ ଦିନ ମୁଁ ସୋନୁକୁ ଦେଖାକରେ। ତା' ସହ କଥା
ହୁଏ, ସାଙ୍ଗରେ ନେଇଥିବା କିଛି ନା କିଛି ଖାଇବା ଜିନିଷ ତାକୁ ଦିଏ। ମତେ
ଦେଖିଲେ ତା' ଆଖିଦୁଇଟି ଉଜ୍ୱଳ ହେଇଯାଏ, ସତେକି ସେ ମୋ ଅପେକ୍ଷାରେ
ଥାଏ। ଏମିତି ଦିନ, ସପ୍ତାହ ତା'ପରେ ମାସରେ ପରିଣତ ହେଲା। ସୋନୁ ସହିତ
ମୋ ସମ୍ପର୍କ ବି ପ୍ରଗାଢ଼ ହେବାରେ ଲାଗିଲା। ମୁଁ ସବୁବେଳେ ତା' ଭବିଷ୍ୟତକୁ ନେଇ
ଚିନ୍ତିତ ରହୁଥିଲି। ସମୟ ସୁଯୋଗ ଦେଖି ତା' ବିଷୟରେ ସଞ୍ଜୟଙ୍କ ସହିତ ବି କଥା
ହେଇଛି। ହେଲେ ଏହା ଅନ୍ୟର ଜୀବନରେ ଅୟଥା ହସ୍ତକ୍ଷେପ କହି ନିଜେ ଚୁପ୍
ରୁହନ୍ତି, ମତେ ବି ଚୁପ୍ ରହିବାକୁ ପରାମର୍ଶ ଦିଅନ୍ତି। ମୁଁ ଚାହୁଁଥିଲି ସୋନୁ କୌଣସି
ଭାବେ ତା' ମା' ପାଖକୁ ଫେରିଯାଉ। ଲେଡ଼ିଜ କ୍ଲବର ପ୍ରାୟ ସବୁ ସଦସ୍ୟଙ୍କ ସହ ଏ
ବିଷୟରେ କଥା ହେଲି। କେହି ମତେ ସମର୍ଥନ ପାଇଁ ଆଗେଇ ଆସିଲେନି। ପୀୟୁ
ଗୁଞ୍ଜର ଭଳି ଏକ ଅହଙ୍କାରୀ ଅସାମାଜିକ ଲୋକ ସହିତ ଶତ୍ରୁତା ନକରି ଦୂରେଇ
ରହିବାକୁ ସେମାନେ ପସନ୍ଦ କଲେ। ମୋ ମନ କିନ୍ତୁ ବୁଝୁ ନଥିଲା। ରହିରହି ସୋନୁର
ସେ ବିକଳ ଚେହେରା, ହାତ, ଗୋଡ଼, ପିଠିରେ ମାଡ଼ର ଦାଗ ସବୁ ମନେ ପଡ଼ୁଥିଲା।
ମୁଁ ମନେମନେ କିଛି ଗୋଟାଏ ଅନ୍ତିମ ନିର୍ଣ୍ଣୟ ନେଇ, ସେ ବିଷୟରେ ସଞ୍ଜୟ ସହିତ
କଥା ହେବା ପାଇଁ ଉପଯୁକ୍ତ ସମୟକୁ ଅପେକ୍ଷା କଲି। ଦୁର୍ଭାଗ୍ୟବଶତଃ ଏଇ ସମୟରେ
ମୋର ଦେହ ଖରାପ ହେବାରୁ ମୁଁ ବିଦ୍ୟାଳୟ ଯାଇପାରିଲିନି, ତେଣୁ ସୋନୁ ସହିତ
ବି ଦେଖା ହୋଇପାରିଲାନି। କେବଳ ବିଛଣାରେ ପଡ଼ିରହି ତା' ବିଷୟରେ ଭାବିବା
ବ୍ୟତୀତ ମୋର ଅନ୍ୟ ଉପାୟ ନଥିଲା। ଏହା ଭିତରେ ଗୋଟିଏ ସପ୍ତାହ ବିତିଯାଇଥିଲା।

ସେଦିନ ସୋମବାର, ମୋ ଦେହ ଅପେକ୍ଷାକୃତ ସୁସ୍ଥ ହୋଇଯାଇଥିଲା।

ବିଦ୍ୟାଳୟ ଯିବା ପାଇଁ ପ୍ରସ୍ତୁତ ହେଉହେଉ ମିସେସ୍ ରାୟଙ୍କ ଫୋନ ଆସିଲା। ‘ସୋନୁ ଆଉ ନାହିଁ, ପପୁ ଗୁଜ୍ଜରର ପୁଅକୁ ବଂଚେଇବାକୁ ଯାଇ ବସ୍ତିପାଖ ଅଧା ଖୋଲା ସରକାରୀ ପୋଖରୀରେ ବୁଡ଼ିଗଲା। ତୁମେ ନିୟୁଜ ଦେଖ, ତା’ ବିଷୟରେ ଦେଉଛି।’ ଗୋଟିଏ ନିଶ୍ୱାସରେ ଏତିକି କହି ମିସେସ୍ ରାୟ ଫୋନ କାଟିଦେଲେ। ମୁଁ ସ୍ତବ୍ଧ ହେଇଗଲି। କ୍ଷିପ୍ର ଗତିରେ ଟିଭି ଅନ କରି ଆଞ୍ଚଳିକ ସମ୍ବାଦ ଚ୍ୟାନେଲଟି ଲଗାଉ ଲଗାଉ ଦେଖିଲି, ରାଜରାସ୍ତା ଉପରେ ସୋନୁର ଶବକୁ ରଖି ପ୍ରଲାପ କରୁଥିଲା ତା’ ଚାଚୀ ଉଷା ଦେବୀ ଆଉ ସରକାରଙ୍କ ପାଖରେ କ୍ଷତିପୂରଣ ପାଇଁ ଦାବି କରି ଚିତ୍କାର କରୁଥିଲା ପପୁ ସିଂ ଗୁଜ୍ଜର।

ନିରବ ପ୍ରେମ

‘ଶୀଘ୍ର ରେଡି ହୁଅ।’ ହଲ୍‌ରୁ ବ୍ୟସ୍ତ ହୋଇ କହୁଥିଲେ ଅନିମେଷ।

ଶୃଙ୍ଗାରର ଶେଷ ପର୍ଯ୍ୟାୟ ସ୍ୱରୂପ ଫୁଲ ଗଜରାଟିକୁ ବେଣୀରେ ବାନ୍ଧି ତରତର ହୋଇ ବେଡ୍‌ରୁମରୁ ବାହାରିଆସିଲା ସୁପ୍ରଭା। ଆଜି ତାଙ୍କର ଜଣେ ପାରିବାରିକ ବନ୍ଧୁଙ୍କ ଭଉଣୀର ବିବାହୋତ୍ସବ। ତେଣୁ ନିଜକୁ ସ୍ୱତନ୍ତ୍ର ଦେଖାଯିବାର ଭରପୂର ପ୍ରୟାସ କରିଛି ସୁପ୍ରଭା।

‘ଦେଖିଲ, କେମିତି ଦେଖାଯାଉଛି ?’

ଅନିମେଷଙ୍କ ମୋହର ବି ଲାଗିବା ଜରୁରୀ। ଏହାପଛରେ ତା’ର ଦୁଇ ଘଣ୍ଟାର ପରିଶ୍ରମ ଯେ ଲାଗିଛି।

‘ଖୁବ୍‌ ସୁନ୍ଦର’, ସ୍ନିତ ହସି ଅନିମେଷ କହିଲେ। ଅନିମେଷଙ୍କ ଏହି ବାକ୍ୟଟି ସୁପ୍ରଭା ପାଇଁ କେତେ ଯେ ମହତ୍ତ୍ୱ ରଖେ, ସେ ହିଁ ଜାଣିଛି। ଅତଏବ ତାଙ୍କଠୁଁ ଏଇ ପ୍ରଶଂସା ଶୁଣିବା ପରେ ଏକ ଅଜଣା ପୁଲକରେ ପୁଲକିତ ହୋଇ ତିନି ବର୍ଷର ପୁଅ ଆଦିକୁ ନେଇ କାର୍‌ରେ ବସିପଡ଼ିଲା ସୁପ୍ରଭା।

କୋଡିଏ ମିନିଟ୍‌ର ଡ୍ରାଇଭିଂ ପରେ ସେମାନେ ଭେନ୍ୟୁ ଜାଗାରେ ଉପସ୍ଥିତ ହେଲେ। ବର୍ଣ୍ଣାଢ଼୍ୟ ପରିବେଶ। ବିଭିନ୍ନ ରଙ୍ଗର ଦେଶୀ ବିଦେଶୀ ଫୁଲରେ ଆକର୍ଷଣୀୟ ସାଜସଜ୍ଜା। ନିଜ ଭଉଣୀର ବିବାହକୁ ଅବିସ୍ମରଣୀୟ କରିବା ପାଇଁ ଯଥାସାଧ୍ୟ ଉଦ୍ୟମ କରିଛନ୍ତି ଆଦିତ୍ୟବାବୁ। କନ୍ୟାକୁ ଉପହାରଟି ପ୍ରଦାନ କରି ଅତିଥିଙ୍କ ପାଇଁ ଉଦ୍ଦିଷ୍ଟ ହଲରେ ବସିଲେ ଅନିମେଷ, ସୁପ୍ରଭା।

‘ସୁମି !’, ନିଜ ନା ଶୁଣି ଚମକି ପଡ଼ି ପଛକୁ ଦେଖିଲା ସୁପ୍ରଭା।

‘ଆନି ଅପା !’ ଦୀର୍ଘ ସାତ ବର୍ଷ ପରେ ବି ତାଙ୍କୁ ଚିହ୍ନିବାରେ ଅସୁବିଧା ହେଲାନି। ଆନି ଅପା ଏବେ ବି ସେମିତି ତନୁପାତଳୀ, ଗୋରା, ସୁନ୍ଦରୀ। ବୟସ ବୋଧେ ତାଙ୍କୁ

ଛୁଇଁବାକୁ ସାହସ କରିନି। କିଛି ସମ୍ପର୍କ ସ୍ୱତଃସ୍ଫୁର୍ତ ହୁଏ। ଆଜୀବନ ସେଇ ସ୍ନେହ ଅମ୍ଳାୟତା ବଜାୟ ରହେ। ସେଥିପାଇଁ କୌଣସି ପ୍ରୟାସ କରିବାକୁ ପଡ଼େନି। ବୋଧେ ସେମିତି ଏକ ସମ୍ପର୍କ ସୁପ୍ରଭାର ଆନି ଅପା ସହିତ। ପରିସ୍ଥିତି ଯଦିଓ ସୁପ୍ରଭାକୁ ଆନି ଅପାଠୁ ଦୂରେଇ ଦେଇଥିଲା; କିନ୍ତୁ ସାତ ବର୍ଷ ତଳର ସେହି ସ୍ନେହ ଅମ୍ଳାୟତା ବଜାୟ ରହିଛି।

ଆନି ଅପା ସୁପ୍ରଭାକୁ କୁଣ୍ଢେଇ ପକେଇଲେ। ଛଳଛଳ ଆଖି, 'ତୋ ସହ କେବେ ନା କେବେ ଭେଟ ହେବ, ଏ ବିଶ୍ୱାସ ତ ମୋର ଥିଲା; କିନ୍ତୁ ଆଜି ହେବ ବୋଲି ଭାବି ନଥିଲି', ଭାବପ୍ରବଣ ହୋଇ ଆନି ଅପା କହୁଥିଲେ।

କିଛି ସମୟ କଥାବାର୍ତ୍ତା ପରେ ସୁପ୍ରଭା ଅନିମେଷ ସହ ଆନି ଅପାକୁ ପରିଚିତ କରେଇଲା। ସୌଜନ୍ୟମୂଳକ କଥାବାର୍ତ୍ତା ପରେ ଆନି ଅପା ବୋଧେ ସୁପ୍ରଭାକୁ ଆଉକିଛି କହିବାକୁ ଚାହୁଁଥିଲେ; ତେଣୁ ଆଦିକୁ ଅନିମେଷ କୋଳକୁ ଦେଇ ସୁପ୍ରଭା ତାଙ୍କ ସହିତ ଖାଇବା ସ୍ଥଳ ଆଡ଼େ ଗଲା।

'ତୁ ରଞ୍ଜନକୁ ମନେ ରଖିଛୁ?'

'ରଞ୍ଜନ ଭାଇ, ହଁ, କାହିଁକି?' ଆନି ଅପାଙ୍କ ପ୍ରଶ୍ନର ଉତ୍ତରରେ ସାମାନ୍ୟ ଭାବେ ସୁପ୍ରଭା କହିଲା।

'ଦେଖ, ରଞ୍ଜନ ସେଇଠି ବସିଛି।'

ଗୋଟିଏ କୋଣରେ ଚେୟାରରେ ବସିଥିଲେ ରଞ୍ଜନ ଭାଇ। ଶୂନ୍ୟ ଦୃଷ୍ଟିରେ ଚାହିଁଥିଲେ ନେପଥ୍ୟକୁ, ନିଜ ଚାରିପାଖର କୋଲାହଲକୁ ବେଖାତିର କରି।

ସୁପ୍ରଭା ପ୍ରଶ୍ନିଳ ଦୃଷ୍ଟିରେ ଚାହିଁଲା ଆନି ଅପାକୁ। 'କ'ଣ ହେଇଛି ରଞ୍ଜନ ଭାଇଙ୍କର?' ସାତ ବର୍ଷ ତଳର ରଞ୍ଜନ ଭାଇ ଆଉ ତା' ସାମ୍ନାରେ ବସିଥିବା ରଞ୍ଜନ ଭାଇଙ୍କ ଭିତରେ ଆକାଶ ପାତାଳ ପ୍ରଭେଦ।

'ମୁଁ ତତେ କ'ଣ କହିବି ସୁମି, ସାତ ବର୍ଷ ତଳେ ରଞ୍ଜନର ହାବଭାବରୁ ତୁ କିଛି ଜାଣିପାରିଲୁନି। ସେ ତୋ ପାଇଁ ନିଜକୁ ସମ୍ପୂର୍ଣ୍ଣ ବଦଳେଇଦେଲା। ସେ ତତେ ଭଲପାଉଥିଲା ସୁମି!'

ଆଶ୍ଚର୍ଯ୍ୟ ହେଲା ସୁପ୍ରଭା। ସାତ ବର୍ଷ ତଳର ପ୍ରତ୍ୟେକ ଘଟଣା ପୁଣି ଥରେ ଜୀବନ୍ତ ହୋଇଗଲା।

ସେତେବେଳେ ସୁପ୍ରଭା ଭୁବନେଶ୍ୱରସ୍ଥିତ ଏକ ନାଟ୍ୟନୁଷ୍ଠାନର ଦୁଇମାସିଆ ୱାର୍କସପରେ ଯୋଗଦେବାକୁ ବାଲେଶ୍ୱରରୁ ଯାଇଥିଲା। ନେସନାଲ୍ ସ୍କୁଲ୍ ଅଫ୍ ଡ୍ରାମାରେ ପଢ଼ିବାର ଅଦମ୍ୟ ଅଭିଳାଷକୁ ଚରିତାର୍ଥ କରିବା ଉଦ୍ଦେଶ୍ୟରେ। କ୍ୟାରିଅରକୁ ନେଇ

କିଛି ନିଷ୍ପତ୍ତି ନେବା ପୂର୍ବରୁ ନିଜ ଇଚ୍ଛା ଡ୍ରାମା ଥିଏଟରରେ ଥରେ ଭାଗ୍ୟ ପରୀକ୍ଷା କରିବାକୁ ଚାହୁଁଥିଲା ସୁପ୍ରଭା। ବାପା କିନ୍ତୁ ସମ୍ପୂର୍ଣ୍ଣ ଭାବେ ଏହା ବିପକ୍ଷରେ ଥିଲେ। କିନ୍ତୁ ନିଜ ଝିଅର ଜିଦ ଆଗରେ ହାର ମାନି ଶେଷରେ ଅନୁମତି ଦେଇଥିଲେ। ତାଙ୍କ ସହିତ ଚୁକ୍ତି ଅନୁଯାୟୀ ଗୋଟିଏ ବର୍ଷ ଭିତରେ ସୁପ୍ରଭା ଯଦି ଏ କ୍ଷେତ୍ରରେ କିଛି ଦୃଷ୍ଟାନ୍ତମୂଳକ ସଫଳତା ନ ପାଏ; ତେବେ ଉଚ୍ଚଶିକ୍ଷା ପାଇଁ ଦିଲ୍ଲୀ ଯିବ। ଜୁନ ମାସର ପ୍ରଥମାର୍ଦ୍ଧରେ ୱାର୍କସପ୍‌ ଆରମ୍ଭ ହୋଇ ଅଗଷ୍ଟରେ ଶେଷ ହେବା କଥା। ଏଇ ସମୟ ମଧ୍ୟରେ ଓଡ଼ିଶାର ବିଭିନ୍ନ ଜାଗାରୁ ଆସିଥିବା କଳାକାର ଓ ନାଟ୍ୟନୁଷ୍ଠାନର କଳାକାରମାନଙ୍କ ସମନ୍ୱୟରେ ପ୍ରସ୍ତୁତ ନାଟକଟି କଟକ ଓ ଭୁବନେଶ୍ୱରର ପ୍ରତିଷ୍ଠିତ ମଞ୍ଚରେ ମଞ୍ଚସ୍ଥ ହେବ। ତା' ସହିତ ନାଟକ ସମ୍ପର୍କିତ ଆଲୋଚନାଚକ୍, ନୂତନ କଳାକାରମାନଙ୍କ ଅଭିନୟ ଦକ୍ଷତା, ମୁଖଭଙ୍ଗୀ, ସ୍ୱର ଉପରେ ସ୍ୱତନ୍ତ ଭାବେ ଧ୍ୟାନ ଦିଆଯିବ। ରଞ୍ଜନ ଭାଇ ଉକ୍ତ ନାଟ୍ୟନୁଷ୍ଠାନର ସ୍ଥାୟୀ କଳାକାରଙ୍କ ମଧ୍ୟରୁ ପ୍ରମୁଖ ଥିଲେ। ତାଙ୍କ ସହିତ ଆନି ଅପା ଓ ସନ୍ତୋଷ ଭାଇ ମଧ୍ୟ। ଖୁବ୍‌ କମ୍‌ ସମୟ ଭିତରେ ଆନି ଅପା ଓ ସନ୍ତୋଷ ଭାଇଙ୍କ ସହ ଘନିଷ୍ଠ ହୋଇପଡ଼ିଥିଲା ସୁପ୍ରଭା। ୱାର୍କସପର ନିୟମ ଅନୁସାରେ କଳାକାରମାନଙ୍କ ବାହ୍ୟ ଜଗତ ସହ ସମ୍ପର୍କ ସମ୍ପୂର୍ଣ୍ଣ ବାରଣ ଥିଲା, ଯେପର୍ଯ୍ୟନ୍ତ କୌଣସି ଗୁରୁତ୍ୱପୂର୍ଣ୍ଣ ଘଟଣା ନ ହେଇଛି। ତେଣୁ ଏମିତି ଏକ ପରିବେଶରେ ଆନି ଅପା ଓ ସନ୍ତୋଷ ଭାଇଙ୍କ ଆନ୍ତରିକ ସ୍ନେହ ସୁପ୍ରଭାକୁ ତାଙ୍କର ଖୁବ୍‌ ନିକଟତର କରିଥିଲା। କିନ୍ତୁ ରଞ୍ଜନ ଭାଇ! ସେ ସୁପ୍ରଭାଠୁ ବାର ବର୍ଷ ବଡ଼ ଥିଲେ। ନିଜ ଅଭିନୟ ପ୍ରତିଭା ପାଇଁ ସେ ଯେତିକି ପ୍ରଶଂସିତ; ସେତିକି ସମାଲୋଚିତ ହେଉଥିଲେ ତାଙ୍କ କ୍ଷଣକୋପି ଗୁଣ ଯୋଗୁଁ। ପ୍ରଥମେ ପ୍ରଥମେ ସୁପ୍ରଭା ବି ଏହାର ଶିକାର ହୋଇଥିଲା।

'ସୁପ୍ରଭା, ସମସ୍ତଙ୍କ ପରି ତୁ ବି ମତେ ରାଗୁଥିବୁ ନା?' କୌଣସି ଏକ ସନ୍ଧ୍ୟାରେ ଚା' ବିରତି ସମୟରେ ପଚାରିଥିଲେ ରଞ୍ଜନ ଭାଇ।

'ନା, ମୁଁ ଆପଣଙ୍କୁ କେବେ ରାଗିନି, କିନ୍ତୁ ନିଜ ରାଗକୁ ନିୟନ୍ତ୍ରଣ କରି ଉଚିତ ସମୟରେ ଯଦି ପ୍ରକାଶ କରିବେ; ତା'ହେଲେ ଭଲ ହେବ। ଏମିତି କ୍ଷଣକୋପି ହେଲେ ଆପଣଙ୍କ ନ୍ୟାୟୋଚିତ କଥାଟି ବି ଲୁଚିଯିବ।' ଅନ୍ୟମନସ୍କ ହୋଇ କହିଲା ସୁପ୍ରଭା।

ତା' କଥାନୁଯାୟୀ ରଞ୍ଜନ ଭାଇ ଯେ ବଦଳି ଯିବେ; ସେ ବିଶ୍ୱାସ କି ଉଦ୍ଦେଶ୍ୟ ତା'ର ନଥିଲା। ଏହା ବୋଧେ ଗୋଟିଏ ପ୍ରଶ୍ନର ସାମାନ୍ୟ ଉତ୍ତରଟିଏ ଥିଲା। ସେଦିନ ଆଉ କିଛି ନ କହି ଚାଲିଯାଇଥିଲେ ରଞ୍ଜନ ଭାଇ। କିନ୍ତୁ ସତକୁ ସତ ସେ ନିଜକୁ ପରିବର୍ତ୍ତନ କରୁଥିଲେ। ସୁପ୍ରଭାର ଖାଲି ହାତକୁ ଦେଖି ରାଗୁଥିଲେ ରଞ୍ଜନ ଭାଇ।

ସେଥିପାଇଁ ତ ତା' ଉପରେ ହକ୍ ଜତେଇ ରୁଢ଼ି କିଣିଦେଇଥିଲେ। ତଥାପି ସୁପ୍ରଭା ସାମାନ୍ୟ ଥିଲା। ଯଦିଓ ଏଇ ଘଟଣା ଅନ୍ୟମାନଙ୍କ ପାଇଁ ଚର୍ଚ୍ଚାର ବିଷୟବସ୍ତୁ ହୋଇପଡ଼ିଥିଲା। ସୁପ୍ରଭା ବି ରଞ୍ଜନ ଭାଇଙ୍କ ମନ ରଖିବା ପାଇଁ ଆସିବା ପର୍ଯ୍ୟନ୍ତ ହାତରୁ କେବେ ରୁଢ଼ି ଖୋଲି ନଥିଲା। ତଥାପି ସେମାନଙ୍କ ଭିତରେ ତୁ ଆଉ ଆପଣର ବ୍ୟବଧାନ ସେମିତି ହିଁ ରହିଗଲା। ସୁପ୍ରଭାକୁ ବି ରଞ୍ଜନ ଭାଇଙ୍କ ସାନ୍ନିଧ୍ୟ ଯେ ଭଲଲାଗୁ ନଥିଲା ତା' ନୁହେଁ, ନହେଲେ ତାଙ୍କ ପରିବାରକୁ ବ୍ୟକ୍ତିଗତ ଭାବେ ଭେଟିବାକୁ ଯାଇନଥାନ୍ତା; ସେ ରହୁଥିବା ସରକାରୀ ବାସଭବନକୁ। ରଞ୍ଜନ ଭାଇ ତାଙ୍କ ବାପା, ମା' ଓ ଦୁଇ ଭଉଣୀ ସହ ରହୁଥିଲେ। ସେଦିନ ସୁପ୍ରଭା ତାଙ୍କ ଆତିଥ୍ୟରେ ଅଭିଭୂତ ହୋଇ ପଡ଼ିଥିଲା। ତାକୁ ଲାଗି ନଥିଲା ଏହା ତା'ର ପ୍ରଥମ ସାକ୍ଷାତ। ରଞ୍ଜନ ଭାଇ କିନ୍ତୁ ନଥିଲେ। ସୁପ୍ରଭାକୁ ତାଙ୍କ ଘରେ ଛାଡ଼ିଦେଇ ଦୁଇ ଘଣ୍ଟା ପରେ ଆସି ନେଇଯାଇଥିଲେ। ତଥାପି ସୁପ୍ରଭା ବୁଝିପାରି ନଥିଲା।

ସମୟ କାହାକୁ ଅପେକ୍ଷା କରେନା। କ୍ରମାଗତ ନାଟକର ରିହଲସଲ, ମଞ୍ଚସ୍ଥ ଭିତରେ ଦୁଇମାସ କେମିତି କଟିଗଲା ସୁପ୍ରଭା ଜାଣିପାରିଲାନି। ଏବେ ତ ବିଦାୟର ପର୍ବ। ଚାରିଆଡ଼େ ନିଶବ୍ଦତା, ଶୂନ୍ୟତା ବିରାଜମାନ। ସୁପ୍ରଭା ତା' ବ୍ୟାଗ୍ ସଜାଡ଼ିଲା। ଦୁଇ ମାସର ୱାର୍କସପରେ ସେ କ'ଣ ଶିଖିଲା, ଏହା ଭବିଷ୍ୟତରେ ତା' ପାଇଁ କେତେ କାର୍ଯ୍ୟକାରୀ ହେବ; ତାହା ନିର୍ଦ୍ଧାରିତ ହେବା ସମୟସାପେକ୍ଷ। ଏଠୁ ଯିବା ପରେ ବି ସମ୍ପର୍କର ଡୋରଟିଏ ଯେମିତି ସବୁଦିନ ଅତୁଟ ରହେ; ସେଇ କଥା ସହ ସମସ୍ତଙ୍କଠୁଁ ବିଦାୟ ନେଲା ସୁପ୍ରଭା। ଏମିତି କେତେ ସମ୍ପର୍କ ଗଢ଼େ ପୁଣି ଭାଙ୍ଗେ। କିଛି ସମ୍ପର୍କର ମୋହ ଆଚ୍ଛନ୍ନ ଥାଏ ଆଜୀବନ। ସେଥିରୁ ମୁକୁଳିବା ଭୀଷଣ କଷ୍ଟଦାୟକ। ଆନି ଅପା ଓ ସନ୍ତୋଷ ଭାଇଙ୍କ ମୁହଁରେ ଦୁଃଖର ଛାପ ସ୍ପଷ୍ଟ ବାରିହୋଇପଡ଼ୁଥିଲା, ସୁପ୍ରଭାଠୁ ବିଦାୟ ନେବା ସମୟରେ। ଆଉ ରଞ୍ଜନ ଭାଇ! ଗଭୀର ଆବେଗରେ ଘଡ଼ିଏ ଚାହିଁଥିଲେ ସୁପ୍ରଭାକୁ, ସହସ୍ର ଯୁଗର ନିରବତା ଥିଲା ତାଙ୍କ ଭିତରେ।

ସମୟ ସବୁବେଳେ ଗତିଶୀଳ, ପ୍ରବାହମାନ। ସୁପ୍ରଭା ଜୀବନରେ ବି ସେଇ ସମୟ ଆସିଲା; ଯେତେବେଳେ ତାକୁ ବିବାହର ନିଷ୍ପତ୍ତି ନେବାକୁ ପଡ଼ିଲା। ପ୍ରଥମ ଦେଖାରେ ହିଁ ଅନିମେଷ ଓ ତାଙ୍କ ପରିବାରର ପସନ୍ଦ ହୋଇଯାଇଥିଲା ମୃଦୁଭାଷୀ ସୁପ୍ରଭା। ଅନିମେଷଙ୍କ ସୌମ୍ୟ ବ୍ୟକ୍ତିତ୍ୱ ଓ ବାପାଙ୍କ ପଦିଏ କଥାରେ ସୁପ୍ରଭା ରାଜି ହୋଇଥିଲା ବିବାହ ପାଇଁ। 'ତୋ ତଳେ ଆହୁରି ଦୁଇ ଭଉଣୀ ଅଛନ୍ତି, ଅବସର ପୂର୍ବରୁ ତାଙ୍କ ଦାୟିତ୍ୱ ପୁଣି ମତେ ସାରିବାକୁ ପଡ଼ିବ କି ନାହିଁ!'

ସୁପ୍ରଭା ପ୍ରକୃତିସ୍ଥ ହେଲା। ଆନି ଅପା ପ୍ରଗଲ୍ଭ ହୋଇ ଗପିଚାଲିଥିଲେ। ତାଙ୍କ

କଥା ଶୁଣି ସୁପ୍ରଭା ଅନ୍ୟମନସ୍କ ହୋଇପଡୁଥିଲା। ସମସ୍ତଙ୍କୁ ରୋକ୍‌ଠୋକ୍‌ ଜବାବ ଦେଉଥିବା ରଞ୍ଜନ ଭାଇ କାହିଁକି ଏ କଥାଟି କହିପାରିଲେନି। ସେଇ ସମୟରେ ତାଙ୍କ ପ୍ରତି ସୁପ୍ରଭା ମନରେ ଯେଉଁ ଭାବନା ଥିଲା; ତାକୁ ପ୍ରେମର ରୂପ ଦେବା ହୁଏତ ଅତ୍ୟଧିକ ହୋଇପାରେ। କିନ୍ତୁ ସେ ଯେ ତାଙ୍କ ବ୍ୟକ୍ତିତ୍ବରେ ପ୍ରଭାବିତ ନଥିଲା; ଏହାକୁ ଆଢ଼େଇଦେବାଟା ବି ମିଛ ହୋଇଯିବ।

ସୁପ୍ରଭା ରଞ୍ଜନ ଭାଇଙ୍କ ପାଖକୁ ଗଲା। ସେ ଚାହିଁଥିଲେ ସୁପ୍ରଭାକୁ ତଲ୍ଲୀନ ହୋଇ, କିଛି ଶବ୍ଦ ନଥିଲା କହିବା ପାଇଁ ସୁପ୍ରଭା ପାଖରେ। ନିରବରେ ଯେମିତି ରଞ୍ଜନ ଭାଇ ତାକୁ କହୁଥିଲେ, 'ରହିଯା' ସୁମି!' ଯେମିତି କହିଥିଲେ ସାତବର୍ଷ ତଳେ, ବସ୍‌ଷ୍ଟାଣ୍ଡରେ, ବାଲେଶ୍ବର ବସ୍‌କୁ ଉଠିବା ପୂର୍ବରୁ। ସୁପ୍ରଭା ଆଖିରେ ଲୁହ ଜମାଟ ବାନ୍ଧୁଥିଲା।

'ପୁଅ କାନ୍ଦିଲାଣି ସୁପ୍ରଭା', ଅନିମେଷ ଡାକୁଥିଲେ।

ସୁପ୍ରଭା ଅତୀତରୁ ବର୍ତ୍ତମାନକୁ ଫେରିଆସୁଥିଲା।

ଯୌଥ

ଯମୁନାର ନିଷ୍ପତ୍ତି ସମଗ୍ର ପରିବାର ପାଇଁ କୌଣସି ବଜ୍ରପାତଠୁ କମ୍ ନଥିଲା। କାହିଁକିର ପ୍ରଶ୍ନବାଚୀ ସମସ୍ତଙ୍କ ମନରେ ଥିଲେବି, ଉତ୍ତର କେବଳ ଯମୁନା ପାଖରେ ଥିଲା। ଗାଁ ସାରା ଫୁସୁରଫାସୁର ହେଉଥିଲେ। କିଏ କହୁଥିଲା ଯମୁନାଟା ଭାରି ମଉନମୁହଁ, ଅନ୍ତର ଭିତରେ ଏତେ କଥା ସାଇତିକି ରଖିଥିଲା, ସ୍ୱାମୀ ମରିବାର ପନ୍ଦର ଦିନ ନ ଯାଉଣୁ ଘର ଭିତରେ ପାଚେରି ଠିଆ କରେଇଦେଲା। ଆଉ କିଏ କହୁଥିଲା ଯମୁନା ଉପରେ ନିହାତି ପ୍ରେତାମ୍ମା ସବାର ହେଇଥିବ, ସେ ହିଁ ଏ ଇ କାଣ୍ଡ ଘଟଉଛି। ନହେଲେ ଏପରି ଦିନରେ ସେ ଏମିତି ଅବାନ୍ତର ନିଷ୍ପତ୍ତି ନେଇନଥାନ୍ତା। ପୁଣି କିଛି ଲୋକ କହୁଥିଲେ, ଯା'ହେଉ ମାଲତୀ ଯାହା ଚାହୁଁଥିଲା, ତାହା ଆପଣଛାଁଏଁ ହେଇଗଲା। ଯମୁନା ମାନଙ୍କୁ ଅଲଗା ହୋଇଗଲା। ନହେଲେ ରମେଶକୁ ଗୋଟିଏ ରୋଜଗାରରେ ଏତେ ବଡ଼ ପରିବାରକୁ ଦେଖିବା କ'ଣ ସହଜ ହୋଇଥାନ୍ତା। ଏସବୁ ଶୁଣିଲେ ମାଲତୀର ଛାତି ଫାଟିଗଲା ପରି ଲାଗେ। ହେଲେ ଯମୁନା, ସେ ତ ପଥର ପାଲଟିଯାଇଛି। ସ୍ୱାମୀର ଅସମୟରେ ମୃତ୍ୟୁ ଆଉ ବାର ଲୋକର ବାର କଥା ଶୁଣି ଶୁଣି ସେ ନିଥର ହୋଇଯାଇଛି। ସେ କ'ଣ କହିବ ? ମାଲତୀ ଅନେକ ଥର ପଚାରିଛି, ହେଲେ ଯମୁନାର ସେଇ ଗୋଟିଏ ଉତ୍ତର, 'ମତେ ମୋ ନିଷ୍ପତ୍ତି ମାନିବାକୁ ଦିଅ ଅପା, ବାଧ କରନି।' ମାଲତୀ ଆଉ କିଛି କହିପାରେନି।

ପନ୍ଦର ଦିନ ତଳେ ସବୁ ସାମାନ୍ୟ ଥିଲା। ଯମୁନାର ସ୍ୱାମୀ ରାଜେଶ, ପୁଅ ଅଭି, ରାଜେଶର ବଡ଼ଭାଇ ରମେଶ ତା' ସ୍ତ୍ରୀ ମାଲତୀ, ପୁଅ ବିଭୁ ଓ ଝିଅ ରୁଚିକୁ ନେଇ ତାଙ୍କ ଯୌଥ ପରିବାର ବେଶ ହସଖୁସିରେ ଥିଲେ। ରାଜେଶ ଚାଷବାସ କଥା ବୁଝାବୁଝି ସହ ଛୋଟ ମୋଟ ବ୍ୟବସାୟ କରୁଥିଲା। ବଡ଼ଭାଇ ରମେଶ ଗାଁ ପାଖ ମାଧ୍ୟମିକ ବିଦ୍ୟାଳୟରେ ଶିକ୍ଷକତା କରୁଥିଲେ। ଦୁଇଟି ପରିବାରର ସାମଗ୍ରିକ ଖର୍ଚ୍ଚ ଦୁଇଭାଇ

ମିଲିମିଶି ବହନ କରୁଥିଲେ। ପର୍ବପର୍ବାଣି ଓଷାବ୍ରତରେ ନୂଆ ଲୁଗା ଆସିଲେ ସମସ୍ତଙ୍କ ପାଇଁ ଆସୁଥିଲା। ପରିବା, ଦୋକାନ ସଉଦାଠୁ ପିଲାଙ୍କ ପଢ଼ାଖର୍ଚ୍ଚ ସବୁ ଦୁହେଁ ମିଶି ବହନ କରୁଥିଲେ। 'ମୁଁ', 'ମୋର'ଠୁ ବହୁ ଊର୍ଦ୍ଧରେ ସେମାନେ ଆମର ବୋଲି ସବୁବେଳେ ଚିନ୍ତା କରୁଥିଲେ। ମାଳତୀ ଓ ଯମୁନା ଦୁଇଟି ଅଲଗା ପରିବାରରୁ ଆସିଥିଲେ ବି ସେମାନଙ୍କ ମନ ଭିତରେ ପରସ୍ପର ପ୍ରତି ଅତୁଟ ପ୍ରେମ ଥିଲା। ମାଳତୀ ଘରର ବଡ଼ବୋହୂ। ଦାୟିତ୍ୱସମ୍ପନ୍ନା, ସହିଷ୍ଣୁତାର ପ୍ରତୀକ ଥିଲା। ଆଉ ଯମୁନା, ସ୍ୱଭାବରେ ସାମାନ୍ୟ ଜିଦ୍‌ଖୋର ହେଲେବି ମେଳାପୀ, ନିର୍ମଳ ହୃଦୟର ଥିଲା।

ଜୀବନରେ ବେଳେ ବେଳେ ଦୁଃଖ ଆସେ। ବିନା ପୂର୍ବାଭାସରେ, ହଠାତ୍‌ ଅଦିନିଆ ଝଡ଼ ଭଳି। ଆଉ ଗଲାବେଳେ ତା'ର କରାଳ ରୂପରେ ସବୁକିଛି ସାଉଁଟିକି ନେଇଯାଏ। ଏମିତି ଦୁଃଖ ଆସିଲା ଯମୁନା ଜୀବନରେ। ଚୁପ୍‌ଚାପ୍‌, ଖୁବ୍‌ ସନ୍ତର୍ପଣରେ। ଅନ୍ୟଦିନ ପରି ସେଦିନ ସନ୍ଧ୍ୟାରେ ରାଜେଶ ବେପାର ସାରି ହାଟରୁ ଘରକୁ ଫେରିଲା। କିନ୍ତୁ ଝାଲରେ ଜୁଡ଼ୁବୁଡ଼ୁ ହୋଇ। ଯମୁନା କିଛି ବୁଝିବା ପୂର୍ବରୁ ରାଜେଶ ଅଚେତ ହୋଇପଡ଼ିଲା। ପାଖ ଡାକ୍ତରଖାନାରେ ଚିକିସା ପାଇଁ ଭର୍ତ୍ତି କରାଗଲା। କିନ୍ତୁ ଡାକ୍ତର ତାକୁ ମୃତ ଘୋଷଣା କଲେ। ମାତ୍ର କେଇ ଘଣ୍ଟା ଭିତରେ ଯମୁନାର ସଂସାର ଉଜୁଡ଼ିଗଲା। ଆଖି ଆଗରେ ବହଳ ବହଳ ଅନ୍ଧକାର ଜମାଟ ବାନ୍ଧୁଥିଲା। ଯମୁନା ଭାବିପାରୁ ନଥିଲା ସ୍ୱାମୀକୁ ହରେଇବା ଦୁଃଖରେ ସେ ମ୍ରିୟମାଣ ହେବ କି, ବାପାକୁ ହରେଇଥିବା ନିଜ କୋଡ଼ିଏ ବର୍ଷର ପୁଅକୁ ଦୁନିଆରେ ଠିଆ ହେବାକୁ ଧୈର୍ଯ୍ୟ ଦେବ। ମଣିଷଟିଏ ସଂସାରରୁ ବିଦାୟ ନେବାପରେ ବିଧିବଦ୍ଧ ଭାବେ ଯାହା ଯାହା କାମ ହେବା କଥା; ରାଜେଶ ପାଇଁ ସେସବୁ ସରିଲା। ଯମୁନା ନିଜ ମନକୁ ଦୃଢ଼ ଦେଲା। ଅନେକ ଚିନ୍ତା ପରେ ବନ୍ଧୁବାନ୍ଧବ ଯେ ଯାହା ଘରକୁ ଯିବା ପୂର୍ବରୁ ସେ ନିଜ ମନକଥାଟି ସମସ୍ତଙ୍କ ଆଗରେ ପ୍ରକାଶ କଲା।

'ମୁଁ ଅଲଗା ହେବି, ରୋଷେଇ ଅଲଗା କରିବି।' ଯମୁନା ସ୍ପଷ୍ଟ କହିଲା।

ସମସ୍ତେ ବୁଝେଇବାକୁ ବହୁତ ଚେଷ୍ଟା କଲେ। କିନ୍ତୁ ତା' ଦୃଢ଼ୋକ୍ତି ଆଗରେ ହାର୍‌ ମାନି ଚୁପ୍‌ ରହିଲେ। ରମେଶ ଆଉ ମାଳତୀ ପାଇଁ ଏହା କୌଣସି ଦୁଃସ୍ୱପ୍ନଠୁ କମ୍‌ ନଥିଲା। ଅନ୍ତିମ ଦିନରେ ବାପାକୁ ଦେଇଥିବା କଥା ଅନୁଯାୟୀ ଦୁଇଭାଇ ପରସ୍ପରଠୁ କେବେବି ଅଲଗା ନହେବାର ପ୍ରତିଶ୍ରୁତି ଭାଙ୍ଗିଯାଇଥିଲା। ସେଇ ଦିନଠୁ ତାଙ୍କ ଘରର ଚିତ୍ର ସମ୍ପୂର୍ଣ୍ଣ ରୂପେ ବଦଲିଗଲା।

ଘର ମଝି ବାରଣ୍ଡାକୁ ଲାଗି ଯେଉଁ ଦୁଇଟି କୋଠରି ଥିଲା; ଯମୁନା ସେଇଟି ପୁଅ ଅଭିକୁ ନେଇ ରହିଲା। ରୋଷେଇ ଅଲଗା କଲା। ଯଦିଓ ତା' ପାଇଁ କିଛି

ପ୍ରତିବନ୍ଧକ ନଥିଲା; ତଥାପି ସେ ନିଜକୁ ନିର୍ବାସିତ କଲା ଭଳି ଘରର ଅନ୍ୟ କୋଠରିକୁ ନିଜେ ନିଜର ପ୍ରବେଶ ନିଷେଧ କରିଦେଲା। ମାଲତୀ ଦେଖେ, ବୁଝାଏ ଯମୁନାକୁ, 'କେଉଁ ରାଗ ରଖି ନିଜ ଉପରେ ଏମିତି ପ୍ରତିଶୋଧ ନେଉଛୁ ଯମୁନା ?'

'ତମେ ବୁଝିପାରିବନି ଅପା', ଯମୁନା କେବଳ ଏତିକି କହେ।

ଦିନ ଗଡ଼ି ଛଅ ମାସ ଯାଇ ଆଠ ମାସ ପୂରିବା ଉପରେ।

ଯମୁନା ପାଖରେ ଯାହା ସ୍ୱଳ୍ପ ସଂଚୟ ଥିଲା; ସବୁ ସରିବାକୁ ବସିଲାଣି। ଧୈର୍ଯ୍ୟର ବାଡ଼ ଭାଙ୍ଗିବା ଉପରେ। ଯମୁନା ସବୁଦିନ ଭାଙ୍ଗେ, ପୁଣି ମନକୁ ଦୃଢ଼ କରି ପରଦିନ ପାଇଁ ସଲଖ ଠିଆ ହୁଏ। ଜମିରୁ ଯାହା ଧାନ ଆସୁଛି, ମା' ପୁଅର ଭାତ ପାଇଁ ଚିନ୍ତା ନାହିଁ। ଖାଲି ଯାହା ତରକାରି କଥା। ଘରର ସଜନା ଗଛ, ଅମୃତଭଣ୍ଡା ଗଛ ଆଉ କେଉଁ ଦିନକୁ! ଯମୁନା ସେତିକି ଆଣି କେବେ ଭଜା, କେବେ ସିଝା କରିଦିଏ। ଅଭି ଆଉ ଜିଦ୍ କରେନି ଆଇଁଷ ପାଇଁ। ତରକାରିର ସ୍ୱାଦ ବାଛେନି। ଯାହା ଯେତେବେଳେ ମିଳିଲା, ଖାଇଦେଲା। ମାଆଟିଏ କେତେ କଠୋର ହେଇପାରେ! ନିଜକୁ ତ ତିଲ ତିଲ କରି ଜାଳୁଚି, ଶେଷରେ ଛୁଆଟାକୁ!

ମାଲତୀ ମନେ ମନେ ବହେ ଗାଳିଦିଏ ଯମୁନାକୁ। କେବେ କେମିତି ଯିବା ଆସିବା ବେଳେ ଅଭିର ଭାତ ଥାଲି ଉପରେ ନଜର ପଡ଼ିଗଲେ ତା' ଛାତି ଭିତରଟା କୋରି ହୋଇଯାଏ। କେବେ ଭାତ ସହିତ ଲୁଣ ଲଙ୍କା ତ କେବେ ସଜନା ଶାଗ ଭଜା, ନହେଲେ ଅମୃତଭଣ୍ଡା ସିଝା। କେମିତି ଖାଉଥିବ ପିଲାଟା। ମାଲତୀ ମନ ଖାଲି ଉହଲ ବିକଳ ହୁଏ।

ଯମୁନା କିନ୍ତୁ ଅଟଳ, ନିଶ୍ଚଳ। ଯେମିତି ହେଲେ ଅଭିକୁ ମଣିଷ କରିବାକୁ ହେବ। ଏଇତ ସମୟ! ଏବେ ଯଦି ସେ ନିଜ ଦାୟିତ୍ୱଜ୍ଞାନ ବୁଝି ନିଜ ଗୋଡ଼ରେ ଠିଆ ହୋଇ ନପାରିବ; ତା'ହେଲେ କେବେ ? ଛାତିକୁ ପଥର କରିଦେଇଛି ଯମୁନା। ବେଳେ ବେଳେ ଭୟ କରେ ସେ, ଯାହା କରୁଛି ଠିକ୍ କରୁଛି ତ! ଅସମୟରେ ବାପାକୁ ହରେଇ ବାପାଛେଉଣ୍ଡ ପିଲାଟା ଉପରେ ସହାନୁଭୂତି ସବୁ ଅଜାଡ଼ି ହୋଇଗଲା ବେଳେ ସେ ନିଜ କର୍ତ୍ତବ୍ୟ ପ୍ରତି ଉଦାସୀନ ହୋଇଯିବନି ତ ? ଅନ୍ୟର ସାହାରାରେ ବଂଚିବା ଥରେ ଅଭ୍ୟାସ ହୋଇଗଲେ, ନିଜ ଗୋଡ଼ରେ ଚାଲିବା ଭୁଲିଯିବନି ତ ? ଯମୁନା ମନକୁ ଦୃଢ଼ କରେ। ଯାବତୀୟ ଚିନ୍ତାକୁ ପଛରେ ଛାଡ଼ି ଅଭିକୁ ଭରସା ଦିଏ।

ରାଜେଶ ଯିବା ବେଳକୁ ଅଭି ଗାଁ ପାଖ କଲେଜରୁ ବିଏ ପାସ୍ କରି କମ୍ପ୍ୟୁଟରରେ ଆଡ଼ମିସନ ନେଇଥିଲା। ଏବେ ସେ ସରକାରୀ, ବେସରକାରୀ ଚାକିରି ପାଇଁ ଆବେଦନ କରୁଛି। ସେ ଆଉ ଗାଁ ମୁଣ୍ଡ ପଡ଼ିଆରେ ସାଙ୍ଗମାନଙ୍କ ସହ କ୍ରିକେଟ

ଖେଲେନି କିମ୍ବା ଗାଁ ମଝି ବରଗଛ ମୂଳ ପାନ ଦୋକାନରେ ଖଟି କରେନି। ସେ ପଢ଼ାପଢ଼ି କରେ। ଈଶ୍ୱରଭୂ ପାଇଁ ନିଜକୁ ପ୍ରସ୍ତୁତ କରେ। ଅଭିକୁ ଦେଖିଲେ ଯମୁନା ଆଖିରେ ଲୁହ ଜକେଇ ଆସେ। ଏଇ କିଛି ଦିନ ଆଗରୁ କେତେ ସ୍ୱଚ୍ଛନ୍ଦ ଥିଲା ତା' ଜୀବନ। ନା ବର୍ତ୍ତମାନର ଚିନ୍ତା, ନା ଭବିଷ୍ୟତ ପାଇଁ ଡର। ଲୁଗାକାନିରେ ଆଖି ପୋଛି ପୁଣି ନିଜକୁ ଥୟ କରେ ଯମୁନା। ଆଉ ବେଶୀ ଦିନ ନୁହେଁ। ଅଭି ନିହାତି କୂଳକୁ ଲାଗିବ। ଅଭି ସବୁ ବୁଝିପାରେ; କିନ୍ତୁ କିଛି କୁହେନି। ସେ ଭଲଭାବେ ଜାଣେ କିଛି କହିଲେ ଯମୁନାର କୋହ ଲୁହ ହୋଇ ବନ୍ୟା ହୋଇଯିବ। ସେ ମା' ଆଖିରେ ଲୁହ ଦେଖିପାରିବନି।

ସେଦିନ ହଠାତ୍ ଅଦିନିଆ ମେଘଖଣ୍ଡଟି ବର୍ଷି ଦେଇ ଚାଲିଗଲା। ଆକାଶ ଏବେ ସମ୍ପୂର୍ଣ୍ଣ ସ୍ୱଚ୍ଛ ଓ ନିର୍ମଳ। ପିଣ୍ଡା ଉପରେ ବସି ଯମୁନା ଶୂନ୍ୟଦୃଷ୍ଟିରେ ଚାହିଁରହିଥିଲା ସେଇ ଆକାଶକୁ।

'ବୋଉ ଦେଖିଲୁ ଏଇଟା କ'ଣ?'

ପ୍ରକୃତିସ୍ଥ ହେଲା ଯମୁନା। ଅଭି ଠିଆ ହୋଇଛି ହାତରେ ଲଫାପାଟିଏ ଧରି। 'କ'ଣ ତୁ କହୁନୁ', ଅନ୍ୟମନସ୍କ ହେଇ ଉତ୍ତର ଦେଲା ଯମୁନା।

'ବୋଉ ମୋର କଲେକ୍ଟରିଏଟରେ କ୍ଲର୍କ ଚାକିରି ହେଇଯାଇଛି। ଏଇଟା ଅପୋଇଣ୍ଟମେଣ୍ଟ ଲେଟର।' ଉତ୍ସାହିତ ହୋଇ କହିଲା ଅଭି।

ସତେକି ଏଇ ମୁହୂର୍ତ୍ତକୁ ଯମୁନା କେଉଁ କାଳରୁ ଅପେକ୍ଷା କରି ରହିଥିଲା। ଆଖିରୁ ଧାର ଧାର ଆନନ୍ଦାଶ୍ରୁ ବହିବାରେ ଲାଗିଲା। ଆଜି ତା'ର ତପସ୍ୟା ସାର୍ଥକ ହୋଇଛି। ଅପେକ୍ଷାର ଅନ୍ତ ଘଟିଛି।

ଅଗଣାରେ ମାଲତୀ ଠିଆ ହୋଇ ମା' ପୁଅର କଥା ଶୁଣୁଥିଲା। ଏମିତି ଏକ ଖୁସି ଖବରରେ ସେ ବି ଆମ୍ହରୋ ହୋଇପଡ଼ିଲା। କିନ୍ତୁ ପାଖକୁ ଯାଇ ବଧେଇ ଦେବାର ସାହସ ତା'ର ନଥିଲା।

ଯମୁନା ମାଲତୀକୁ ଦେଖିଲା। 'ପୁଅକୁ ଆଶୀର୍ବାଦ ଦେବନି ଅପା', ଭାବପ୍ରବଣ ହୋଇ ଯମୁନା କହୁଥିଲା।

ଅଭି ବଡ଼ମା'ର ପାଦ ଛୁଇଁ ଆଶୀର୍ବାଦ ନେବା ପରେ ମାଲତୀ ତାକୁ ଛାତିରେ ଜାକି ଧରିଲା।

'ଅପା ଆଜି ମୁଁ ତୁମର ସବୁ ପ୍ରଶ୍ନର ଗୋଟି ଗୋଟି ଉତ୍ତର ଦେବି। ଅଭି ବାପା ଚାଲିଯିବା ପରେ ମୁଁ ଅଲଗା ହେବା ନିଷ୍ପତ୍ତି ନେଲି କେବଳ ଅଭିକୁ ଆମ୍ନିର୍ଭର କରିବା ପାଇଁ। ଦୁଃଖର ପାହାଡ଼ ଯେତେବେଳେ ଆମ ଉପରେ ଭାଙ୍ଗି ପଡ଼ିଲା;

ସେତେବେଳେ ସାହାରା ଦେବା ପାଇଁ ତମେ ସବୁବେଳେ ଥିଲ। କିନ୍ତୁ ମୁଁ ଚାହୁଁଥିଲି ଅଭି ଜୀବନର ନିଷ୍ଠୁର ସତ୍ୟକୁ ନିଜେ ସାମ୍ନା କରୁ। ସଂଘର୍ଷ କରି ଆଗକୁ ବଢୁ। ସ୍ୱାବଲମ୍ବୀ ହେଉ। ଦାୟିତ୍ୱସମ୍ପନ୍ନ, କର୍ତ୍ତବ୍ୟପରାୟଣ ମଣିଷଟେ ହେଉ। ଯାହା ସେ ତା' ବଡ଼ବାପାଙ୍କ ଛତ୍ରଛାୟା ତଳେ ଥିଲେ ହୁଏତ ଅନୁଭବ କରିପାରି ନଥାନ୍ତା। ଆଜି ମୁଁ ସଫଳ ହେଇଛି ଅପା, ଏଇ ଦିନଟି ପାଇଁ ଏତେ ତ୍ୟାଗ ଏତେ କଷ୍ଟ।', ଯମୁନା କଣ୍ଠ ବାଷ୍ପରୁଦ୍ଧ ହୋଇ ଆସିଲା।

'ଥାଉ ଆଉ କିଛି କହନା, ମୁଁ ସବୁ ବୁଝିସାରିଛି!' ଦୁଇ ଯାଆ ପରସ୍ପରକୁ କୁଣ୍ଢେଇ କାନ୍ଦିବାରେ ଲାଗିଲେ ଆଉ ତାଙ୍କ ଲୁହରେ ମଳିନ ପଡ଼ି ଆସୁଥିବା ଯୌଥ ପରିବାରର ଚିତ୍ରଟି ପୁଣି ଥରେ ଝଲସି ଉଠିଲା।

ଅନ୍ତର୍ଦାହ

ନିଜ ଚତୁଃପାର୍ଶ୍ୱର ପରିବର୍ତନକୁ ଆଶ୍ଚର୍ଯ୍ୟ ହୋଇ ଚାହିଁଥିଲେ ସେ। ସବୁଜ ବନାନୀ, ବସନ୍ତର ମୃଦୁ ମଳୟ ଓ ସୁଗନ୍ଧିତ ଫୁଲର ବାସ୍ନା ପରିବର୍ତେ ଥିଲା ଅରଣ୍ୟ। ଭୟଭୀତ ହୋଇ ସେ ଖୋଜିବାକୁ ଲାଗିଲେ ଅରଣ୍ୟରୁ ମୁକୁଳି ଆସିବାର ରାସ୍ତା। କିନ୍ତୁ ରାସ୍ତା କାହିଁ ? ସବୁ ରାସ୍ତା ତାଙ୍କ ପାଇଁ ଯେମିତି ଅବରୋଧ ହୋଇଯାଇଛି। ଏହି ସମୟରେ ହଠାତ୍ କାହାର ସ୍ୱର ଶୁଣି ଚମକି ପଡ଼ିଲେ ସେ। ସ୍ୱରଟି ଧୀରେ ଧୀରେ ତାଙ୍କ ନିକଟତର ହେଲା। ଏ ତ କାହାର ଆର୍ତଚିକ୍ରାର ! ସାହାଯ୍ୟ ପାଇଁ ଆକୁଳ ପ୍ରାର୍ଥନା। ଅମାବାସ୍ୟା ରାତ୍ରିରେ ଏଇ ନିଘଞ୍ଚ ଅରଣ୍ୟ ଭିତରେ କିଏ ? ସ୍ୱରଟି ଯେଉଁ ଦିଗରୁ ଆସୁଥିଲା; ସେହି ଦିଗରେ ଦୌଡ଼ିବାକୁ ଲାଗିଲେ ସେ। ବାଷ୍ପରୁଦ୍ଧ ହୋଇ ସ୍ୱରଟି କ୍ରମଶଃ ମିଳେଇଗଲା ସିନା; କିନ୍ତୁ ତାକୁ ଅନୁଧାବନ କରୁ କରୁ ପଥରରେ ଝୁଣ୍ଟି ତଳେ ପଡ଼ିଗଲେ ସେ। ସମଗ୍ର ଶରୀରରେ କଣ୍ଟା ଫୋଡ଼ି ରକ୍ତସ୍ରାବ ହେବାକୁ ଲାଗିଲା। ଯନ୍ତ୍ରଣାରେ ଚିକ୍ରାର କରିଉଠିଲେ ଜୋସେଫ୍। ଆଖି ଖୋଲି ଦେହସାରା ଅଞ୍ଜଳି ପକେଇଲେ। ନା ! ରକ୍ତର କୌଣସି ଚିହ୍ନବର୍ଷ ନାହିଁ। ତା'ହେଲେ ସେ କ'ଣ ସ୍ୱପ୍ନ ଦେଖୁଥିଲେ !

ଦୀର୍ଘନିଶ୍ୱାସ ନେଇ ବିଛଣାରୁ ଉଠିବାକୁ ଚେଷ୍ଟା କଲେ ଜୋସେଫ୍। ବୃଥା ତାଙ୍କର ଏ ଚେଷ୍ଟା। ଦୁର୍ଘଟଣାରେ ଗୋଡ଼ ଦୁଇଟି ହରେଇ ସେ ଆଜି ପଙ୍ଗୁ। ଦୁଇ ବର୍ଷ ହେଲା ଏହି ନିଷ୍ଠୁର ବାସ୍ତବତାକୁ ସାମ୍ନା କରିଆସୁଥିବା ସତ୍ତ୍ୱେ କାହିଁକି ତାକୁ ଗ୍ରହଣ କରିପାରୁନାହାନ୍ତି। ଝରକା ଦେଇ ବାହାରକୁ ଦେଖିଲେ ଜୋସେଫ୍। ସକାଳର ସୁନେଲି ସୂର୍ଯ୍ୟକିରଣରେ ପୃଥିବୀ ଯେମିତି ହସି ଉଠୁଛି। ନୀଳ ଆକାଶ ତଳେ ଘାସର ଗାଲିଚା ଉପରେ ଛୋଟ ଛୋଟ ପିଲାମାନେ ନିଜର ସବୁ ଦୁଃଖ ଯନ୍ତ୍ରଣାକୁ ଭୁଲି ଖେଳିବାରେ ବ୍ୟସ୍ତଥିଲେ। ଜୋସେଫ୍ ଦେଖୁଥିଲେ ବର୍ତମାନକୁ ଆଉ ବର୍ତମାନ ଭିତରେ ଅତୀତକୁ ସତରେ ସମୟ କେତେ ପରିବର୍ତନଶୀଳ।

ଝରକା ଦେଇ ମେଞ୍ଝାଏ ପବନ କୋଠରି ଭିତରକୁ ପଶିଆସିଲା। ଆଉ ସେ ପବନରେ କ'ଣ ମାଦକତା ଭରିରହିଥିଲା କେଜାଣି, 'ଏଲିନା', ଚିତ୍କାର କରିଉଠିଲେ ଜୋସେଫ୍। ଠିକ୍ ଏମିତି ଦିନେ ଚିତ୍କାର କରିଥିଲେ ଆଲବର୍ଟ୍। ଜୋସେଫ୍ଙ୍କ ଚିତ୍କାର ସିନା ମିଳେଇଗଲା ପବନରେ, ହଜିଗଲା ଆକାଶରେ, ମିଶିଗଲା ପୃଥିବୀରେ; କିନ୍ତୁ ଆଲବର୍ଟ୍ଙ୍କ ଚିତ୍କାର ଭିତରେ ସେଦିନ ଭାଙ୍ଗିରୁଜି ଯାଇଥିଲା ତାଙ୍କର ସବୁ ଆଶା, ସ୍ୱପ୍ନ।

କ୍ରୋଧ, ଅହଂକାର, ଗର୍ବ, ଦର୍ପରେ ଫାଟି ପଡୁଥିଲେ ଆଲବର୍ଟ୍। ନିଜ ବାପାଙ୍କ ଏମିତି ରୂପ କେବେ ଦେଖି ନଥିଲେ ଜୋସେଫ୍। ମୋଟା ଫ୍ରେମ୍ର କାଚ ଚଷମା ତଳେ ଦପ ଦପ ହୋଇ ଜଳୁଥିବା ତାଙ୍କ ଆଖି ଦୁଇଟିକୁ ଦେଖି ସେଦିନ ଡରିଯାଇଥିଲେ ସେ। ଭୟାର୍ତ ଆଖିରେ ଅପରାଧୀଟିଏ ପରି ଠିଆ ହୋଇଥିଲେ ତେଇଶ ବର୍ଷର ଜୋସେଫ୍। ବାପାଙ୍କ ପାଖରେ ନିଜ କଥା ରଖିପାରିବାର ଯେଉଁ ଆମ୍ବିଶ୍ୱାସ ତାଙ୍କ ପାଖରେ ଥିଲା; ତାକୁ ସେ ନିଜ ଭିତରେ ଖୋଜୁଥିଲେ। ସହରର ଜଣେ ପ୍ରତିଷ୍ଠିତ ବ୍ୟବସାୟିଙ୍କ ଏକମାତ୍ର ପୁଅର ପ୍ରେମ ଜଣେ ମାମୁଲି ଝିଅ ସହିତ! କଥାଟାକୁ କେହି ସହଜରେ ଗ୍ରହଣ କରି ନଥିଲେ। କିନ୍ତୁ ଏଲିନା ତ ମାମୁଲି ନଥିଲା, ଏକଥା ବୁଝେଇବାକୁ ଖୁବ୍ ଚେଷ୍ଟା କରିଥିଲେ ଜୋସେଫ୍। ରୂପ ଗୁଣରେ ସେ ତଥାକଥିତ ଯେକୌଣସି ଅଭିଜାତ୍ୟସମ୍ପନ୍ନ ଝିଅ ସହିତ ସମକକ୍ଷ ଥିଲା। ତାଙ୍କ ପତ୍ନୀ ହେବାପାଇଁ ଏତିକି ତ ଯଥେଷ୍ଟ। 'ବୈବାହିକ ସମ୍ପର୍କ ପାଇଁ ଖାଲି ଗୁଣ ଦେଖାଯାଏନା ଜୋସେଫ୍, ଏଲିନାର ବଂଶ ପରମ୍ପରା କ'ଣ, ଅଭିଜାତ୍ୟ କ'ଣ ଜଣେ ପାଦ୍ରିଙ୍କ ପାଳିତା କନ୍ୟା! ଆମ ବୋହୂ ହେବାପାଇଁ ଏତିକି ଯୋଗ୍ୟତା କ'ଣ ଯଥେଷ୍ଟ।' ତାଚ୍ଛଲ୍ୟ କରି କହିଥିଲେ କ୍ୟାଥେରାଇନ୍, ଜୋସେଫ୍ଙ୍କ ମା'। କ୍ରୋଧ ଆଉ ଅପମାନରେ ଜର୍ଜରିତ ଜୋସେଫ୍ ସେଦିନ ଉଠି ଆସିଥିଲେ ଖାଇବା ଟେବୁଲ୍ ଉପରୁ। ସେଦିନ ରାତିରେ ସେ କ'ଣ ଶୋଇପାରିଥିଲେ, ବୋଧହୁଏ ନା! କେଇ ମୁହୂର୍ତ ଭିତରେ ତାଙ୍କ ଜୀବନର ସବୁଠୁ ଗୁରୁତ୍ୱପୂର୍ଣ୍ଣ ନିଷ୍ପତ୍ତି ହେଇସାରିଥିଲା, ଅଥଚ ସେଥିରେ ତାଙ୍କ ସହମତି ଦୂରେ ଥାଉ; ତାଙ୍କର ଇଚ୍ଛା କ'ଣ ପଚାରିବାକୁ କେହି ଉଚିତ ମଣି ନଥିଲେ। ନିଜ ପରିବାର ବିରୁଦ୍ଧରେ ଯାଇପାରିବାର ସାହସ ତାଙ୍କର ନଥିଲା। ସତେକି ସେ ଆକର୍ମଣ୍ୟ ହୋଇଯାଇଥିଲେ। ଧୀରେ ଧୀରେ ନିଷ୍ଠୁର ବାସ୍ତବତାକୁ ଗ୍ରହଣକରି ଜୀବନ ସହିତ ସାଲିସ୍ କରିନେବାକୁ ଚେଷ୍ଟା କରୁଥିଲେ। ଆଉ ଏଲିନା! ସେ କ'ଣ ଏହାକୁ ସହଜରେ ଗ୍ରହଣ କରିପାରିବ?

ତା'ପରଦିନ ସନ୍ଧ୍ୟାରେ ଜୋସେଫ୍ଙ୍କଠାରୁ ସବୁ ଶୁଣି ଏଲିନା କେବଳ ହସିଥିଲା। ଆଉ ସେ ହସରେ କ'ଣ ଥିଲା ଦୁଃଖ, ବ୍ୟଙ୍ଗ ନା ଘୃଣା ଜୋସେଫ୍ ପ୍ରତି, ତା'ର ପାରିବାରପଣିଆ ପ୍ରତି, ବୁଝିପାରି ନଥିଲେ ଜୋସେଫ୍। ପାର୍କର ସିମେଣ୍ଟ ବେଞ୍ଚ ଉପରେ

ବେଶ୍ କିଛି ସମୟ ଚୁପଚାପ୍ ବସିଥିଲେ ଜୋସେଫ୍ ଓ ଏଲିନା। ଦୁହିଁଙ୍କ ଭିତରେ ଥିବା ନିରବତାକୁ ଭାଙ୍ଗି ଜୋସେଫ୍ ଆରମ୍ଭକରି କହିଲେ, 'ଆମ ସମ୍ପର୍କକୁ ଯେ ଯେତେ ବିରୋଧ କଲେ ବି ମୁଁ ତୁମଠୁ କେବେ ଦୂରେଇ ଯିବିନି ଏଲିନା। ତୁମେ ବି କଥା ଦିଅ।'

ଏଲିନା କିଛି କହିଲାନି। ଜୋସେଫ୍‌କୁ କିଛି ସମୟ ଦେଖିବାପରେ ମୁହଁପୋତି ତଳକୁ ଚାହିଁଲା। ଜୋସେଫ୍ ଠିକ୍ ବୁଝିପାରିଲେ ଏଲିନା ମନର କଥା। ବୋଧହୁଏ ଏଲିନା କହିବାକୁ ଚାହୁଁଥିଲା, 'ମୁଁ ତୁମଠୁ ଦୂରେଇ ଯାଉନି ଜୋସେଫ୍; ବରଂ ତୁମେ ମୋଠୁ।' ସେଦିନ ସେ ତା'ର ଗୋଲ ଗୋଲ ଆଖିରୁ ବହିଯାଉଥିବା ଲୁହକୁ ଲୁଚେଇବାପାଇଁ ଖୁବ୍ ଚେଷ୍ଟା କରିଥିଲା। ଜୋସେଫ୍ ସବୁ ଜାଣିବା ସତ୍ତ୍ୱେ ବି କାହିଁକି କେଜାଣି ତାକୁ ସାନ୍ତ୍ୱନା ଦେଇପାରି ନଥିଲେ। କିଙ୍କର୍ତ୍ତବ୍ୟବିମୂଢ଼ ଭାବେ ବସିରହିଥିଲେ ସେଇ ସିମେଣ୍ଟ ବେଞ୍ଚ ଉପରେ। ପାଖ ଚର୍ଚ୍ଚରୁ ଘଣ୍ଟା ଶବ୍ଦ ଶୁଭିବା ପୂର୍ବରୁ ସେଦିନ ବିଦାୟ ନେଇଥିଲା ଏଲିନା, ଜୋସେଫ୍‌ଙ୍କଠାରୁ ଯେମିତି ବିଦାୟ ନିଏ ଅନ୍ୟଥର। ସେତେବେଲେ ତା' ଆଖିରେ ପ୍ରତିଶ୍ରୁତି ଥାଏ ପୁଣି ଥରେ ଦେଖାକରିବାର; ଏଥର କିନ୍ତୁ ତା' ଉଦାସ ଆଖିରେ ସେମିତି କିଛି ଦେଖି ନଥିଲେ ଜୋସେଫ୍।

ସେଦିନ ପରେ ଜୋସେଫ୍ ଯେ ଏଲିନାକୁ ଦେଖା କରିବାକୁ ଚେଷ୍ଟା କରିନଥିଲେ ତା' ନୁହେଁ; କିନ୍ତୁ କେବେ ବାଧ କରିନଥିଲେ। ଘଣ୍ଟା ଘଣ୍ଟା ଧରି ଚର୍ଚ୍ଚ ଗେଟ୍ ପାଖରେ ଖରା ବର୍ଷା ଶୀତରେ ବସିରହୁଥିଲେ କାଲେ ଏଲିନା ସହିତ ଦେଖା ହେଇଯିବ। କିନ୍ତୁ ତାଙ୍କ ଅପେକ୍ଷା, ଅପେକ୍ଷାରେ ହିଁ ରହିଗଲା। ଏଲିନା ଆସିଲାନି।

ଦିନେ ଫାଦରଙ୍କଠୁ ଶୁଣିଲେ ଏଲିନା ଗୋଆ ଚାଲିଯାଇଛି।

କିଛିଦିନ ପରେ ଉଚ୍ଚ ଶିକ୍ଷା ପାଇଁ ସେ ବି ଆମେରିକା ଚାଲିଗଲେ। ଏଲିନାକୁ ଭୁଲିବା ପାଇଁ ଆମେରିକା ଯିବା ତାଙ୍କର ଏକ ବାହାନା ଥିଲା। ହେଲେ ସେ କ'ଣ ଏଲିନାକୁ ଭୁଲିପାରିଲେ? ଆଉ ଏଲିନା! ଭାବିଲେ ଛାତି ଭିତରଟା ଯେମିତି ଶୂନ୍ୟ ହେଇଯାଏ। ଲାଗେ ଆଜିବି ସେ ଏଲିନାକୁ ଖୋଜୁଛନ୍ତି। କିନ୍ତୁ ଏଲିନା ଏବେ କେଉଁଠି! ଏହା ଭିତରେ ଛଅ ବର୍ଷ ବିତିଗଲାଣି। ଏଲିନା ଜୀବନରେ ବି ବହୁତ କିଛି ପରିବର୍ତ୍ତନ ଆସିଥିବ। ହେଇପାରେ, ପୂର୍ବରୁ ଏଲିନା ହୃଦୟରେ ଜୋସେଫ୍‌ଙ୍କ ପାଇଁ ଯେଉଁ ସ୍ଥାନ ଥିଲା; ସେହି ସ୍ଥାନ ଆଉ କିଏ ଅଧିକାର କରିଥିବ।

ଘଣ୍ଟାର ଟଂ ଟଂ ଶବ୍ଦରେ ପ୍ରକୃତିସ୍ଥ ହେଲେ ଜୋସେଫ୍। ରାତି ପ୍ରାୟ ବାରଟା ହେବ। ସମସ୍ତେ ଶୋଇପଡ଼ିବେଣି ବୋଧେ। କୁଆଡ଼େ କିଛି ଶବ୍ଦ ନାହିଁ। ପାଖ ରୁମ୍‌ରେ ଜନ୍ ବି ଶୋଇଯାଇଥିବ। ବିଚରା, କାଶ ପାଇଁ ତା'ର ନିଦ ହୁଏନି। ଆଜି କିନ୍ତୁ

ବେଶ୍ ଆରାମରେ ଶୋଇଛି। ଜନ୍ ସହିତ ପୁରା ଆଶ୍ରୟ ଶୋଇଛି ଗଭୀର ନିଦରେ। କିନ୍ତୁ ନିଦ ତାଙ୍କଠୁ ବହୁ ଦୂରରେ।

ବିଛଣା ଉପରେ କଡ଼ ଲେଉଟେଇଲେ ଜୋସେଫ୍। ଦୁନିଆର ସବୁ ସମ୍ପର୍କ ପାଇଁ ସେ ଆଜି ପରିତ୍ୟକ୍ତ। କେତେ ନିଃସ୍ୱ, କେତେ ଏକା ସେ ଆଜି। ପାଖ ଟେବୁଲରେ ଥୁଆ ହେଇଥିବା କେଇଖଣ୍ଡ ବହି ହିଁ ତାଙ୍କ ଅନ୍ତରଙ୍ଗ ସାଥୀ। ସମୟ କାଟିବାପାଇଁ ସିଷ୍ଟର ମେରୀ ଏସବୁ ବହି ଆଣିଦେଇଛନ୍ତି। ସେକ୍ସପିଅର, ଜର୍ଜ ବର୍ଣ୍ଡାର୍ ଶ', ଟି.ଏସ୍. ଇଲିଅଟ୍ଙ୍କ ବହି। ଏମାନେ ତ ତାଙ୍କର ପ୍ରିୟ ଲେଖକ। ଆଶ୍ଚର୍ଯ୍ୟ ହୋଇଥିଲେ ଜୋସେଫ୍, ସିଷ୍ଟର ମେରୀ କେମିତି ଜାଣିଲେ! ଜୋସେଫ୍ଙ୍କ ପ୍ରଶ୍ନରେ କେବଳ ହସିଥିଲେ ମେରୀ, ଯେମିତି ଏହି ପ୍ରଶ୍ନର କିଛି ଆବଶ୍ୟକତା ହିଁ ନାହିଁ। ସତରେ ବେଳେ ବେଳେ ଖୁବ୍ ରହସ୍ୟମୟ ଲାଗେ ସିଷ୍ଟର ମେରୀଙ୍କ ବ୍ୟକ୍ତିତ୍ୱ। ସମସ୍ତଙ୍କଠୁ ଅଲଗା, ସବୁବେଳେ ଚୁପ୍‌ଚାପ୍ ଓ ଶାନ୍ତ। ତାଙ୍କ ପୋଷାକ ପିନ୍ଧିବା ଶୈଲୀ ବି ସମସ୍ତଙ୍କଠୁ ଅଲଗା। ମୁଣ୍ଡରୁ ପାଦ ପର୍ଯ୍ୟନ୍ତ ଧଳା ଶାଢ଼ୀ ପରିହିତା। ମେରୀ ଅନ୍ୟମାନଙ୍କ ତୁଳନାରେ ଓଢ଼ଣା ଅଧିକ ଦିଅନ୍ତି। ସେଥିପାଇଁ ବୋଧେ ଜୋସେଫ୍, ଆଜିଯାଏ ତାଙ୍କର ଦିନ ରାତି ସେବା କରୁଥିବା ସିଷ୍ଟର ମେରୀଙ୍କ ଚେହେରା ଦେଖିପାରିନାହାନ୍ତି। ଏଥିପାଇଁ ଆଶ୍ଚର୍ଯ୍ୟ ହେଲେବି ଜୋସେଫ୍ ଅନ୍ୟର ବ୍ୟକ୍ତିଗତ ଜୀବନରେ ଅଯଥା ହସ୍ତକ୍ଷେପ ଭାବି ଚୁପ୍ ହୋଇଯାନ୍ତି। କିନ୍ତୁ ମେରୀଙ୍କ ଉପସ୍ଥିତି ତାଙ୍କୁ ନୂଆ କରି ବାଂଚିବାକୁ ପ୍ରେରଣା ଦିଏ, ଲାଗେ ଯେପରି ତାଙ୍କ ସହିତ କେଉଁ ଜନ୍ମରୁ କିଛି ସମ୍ପର୍କ ଅଛି।

ସହରଠାରୁ ବେଶ୍ ଦୂରରେ ଅବସ୍ଥିତ ରୋଗୀ ଅକର୍ମଣ୍ୟଙ୍କ ପାଇଁ ଉଦ୍ଦିଷ୍ଟ ଆଶ୍ରୟର ଏକ ଛୋଟ କୋଠରିରେ ସେ ତର୍ଜମା କରୁଥିଲେ ସ୍ୱପ୍ନ ଓ ବାସ୍ତବତା ମଧ୍ୟରେ ଥିବା ପ୍ରଭେଦକୁ। ଛଅ ବର୍ଷ ପୂର୍ବରୁ ସେ ସ୍ୱପ୍ନ ହିଁ ତ ଦେଖୁଥିଲେ। ଏଲିନା ସହିତ ପରିଚୟ, ପ୍ରେମ ପୁଣି ବିବାହ ନିଷ୍ପତ୍ତି। ଜୀବନକୁ କେତେ ସହଜ ମନେକରିଥିଲେ ସେ। ଟେବୁଲ ଉପରୁ ବହିଟିଏ ନେଇ ପଢ଼ିବାକୁ ଚେଷ୍ଟା କଲେ ଜୋସେଫ୍। ଏଇ ବହି ପଢ଼ିବା ଅଭ୍ୟାସ ପୂର୍ବରୁ ତାଙ୍କର ନଥିଲା। କିନ୍ତୁ ଏଲିନା ସହିତ ପରିଚୟ ହେବା ପରେ ସେ ହିଁ ଏଥିପାଇଁ ତାଙ୍କୁ ପ୍ରବର୍ତ୍ତାଇଥିଲା। କେତେ କବି ଲେଖକଙ୍କ ବହି ସେ ତାଙ୍କ ଲାଇବ୍ରେରୀରେ ସାଇତି ରଖୁଥିଲେ। ଏବେ କିନ୍ତୁ ସେଥିରେ ଅଲକ୍ଷ୍ୟ ବସିଯାଇଥିବ। କ୍ୟାରଲ କ'ଣ ତା'ର ଯତ୍ନ ନେଉଥିବ! ହା... ହା... ମନେ ମନେ ହସିଲେ ଜୋସେଫ୍। କ୍ୟାରଲ ସହ ତାଙ୍କ ସମ୍ପର୍କ ବା କ'ଣ! ଏଲିନା ସହ ସମ୍ପର୍କ ଛିନ୍ନ ହେବା ପରେ ସମାଜ, ପରିବାର ଆଖିରେ କ୍ୟାରଲ ହୁଏତ ତାଙ୍କ ପତ୍ନୀ; କିନ୍ତୁ ସେ କେବେ ତାଙ୍କୁ ନିଜ ପତ୍ନୀ ଭାବେ ଗ୍ରହଣ କରିନାହାନ୍ତି। ଏ କଥା କ୍ୟାରଲ ବି ଭଲଭାବେ ଜାଣେ।

ଏଥିପାଇଁ ଅବଶ୍ୟ ସେ ନିଜକୁ କେବେ ଦୋଷୀ ମନେ କରିନାହାନ୍ତି। ବିବାହ ପୂର୍ବରୁ ସେ କ୍ୟାରଲକୁ ସବୁ ଜଣେଇ ଦେଇଥିଲେ। ସବୁ ଜାଣି ବି କ୍ୟାରଲ ତାଙ୍କୁ ଗ୍ରହଣ କରିଥିଲା, ଭାବିଥିଲା କିଛି ଦିନ ଭିତରେ ସବୁ ଠିକ୍ ହୋଇଯିବ। ଜୋସେଫ୍ ନିଜ ଅତୀତକୁ ଭୁଲି ତାକୁ ନିଜ ପତ୍ନୀ ଭାବେ ଗ୍ରହଣ କରିନେବେ। କିନ୍ତୁ ଜୋସେଫ୍ ଆଜି ବି ନିଜ ଜିଦରେ ଅଟଲ।

ବହିର ପୃଷ୍ଠା ଓଲଟେଇଲେ ଜୋସେଫ୍। ଅକ୍ଷରଗୁଡ଼ିକ କ୍ରମଶଃ ଝାପ୍ସା ହେଇଆସୁଛି। ଯନ୍ତ୍ରଣାରେ ଶରୀର ଅବଶ ହେଇ ଆଖିପତାଗୁଡ଼ିକ ମୁଦି ହୋଇଆସୁଛି, ଧୀରେ ଧୀରେ ଶୋଇବାକୁ ଚେଷ୍ଟା କଲେ ସେ। ଓଃ କି ଶାନ୍ତି, ହଠାତ୍ କାହାର ନରମ ପାପୁଲି ସ୍ପର୍ଶ ସେ ତାଙ୍କ ମୁଣ୍ଡ ଉପରେ ଅନୁଭବ କଲେ। କାହାର ଏ ସ୍ପର୍ଶ? ଏ ସ୍ପର୍ଶ ତ ସେ ଅନୁଭବ କରିସାରିଛନ୍ତି। ଛଅ ବର୍ଷ ତଳେ। ଖୁସିରେ ପାଗଳ ହୋଇଉଠିଲେ ଜୋସେଫ୍। ଏଲିନା, ଏଲିନା... ତା'ହେଲେ ଏଠି ଅଛି ତାଙ୍କ ଆଖ ପାଖରେ। ଦେହ ଉପରୁ ଚାଦରଟିକୁ ଫିଙ୍ଗି ଦେଇ ଉଠିବସିଲେ ଜୋସେଫ୍। କିନ୍ତୁ ଦୁର୍ଭାଗ୍ୟ ଝାପ୍ସା ଆଲୁଅରେ କିଏ ଜଣେ ତାଙ୍କ କୋଠରିରୁ ବାହାରିଯିବା ବ୍ୟତୀତ ସେ କିଛି ଦେଖିପାରିଲେନି।

'ଏଲିନାକୁ ଦେଖିଛନ୍ତି ?' ତା' ପରଦିନ ତାଙ୍କ କୋଠରିକୁ ଆସିବାମାତ୍ରେ ଶିଷ୍ଟର ମେରୀଙ୍କୁ ପ୍ରଶ୍ନ କରିଥିଲେ ଜୋସେଫ।

'ନା', ଖୁବ୍ ସଂକ୍ଷିପ୍ତ ଉତ୍ତର ଥିଲା ଶିଷ୍ଟର ମେରୀଙ୍କ।

'ମୁଁ କିନ୍ତୁ ଦେଖିଛି, ଅନୁଭବ କରିଛି ତା' ସ୍ପର୍ଶକୁ...। ସେ ମୋ ମୁଣ୍ଡରେ ହାତ ରଖିଥିଲା ସିଷ୍ଟର।' ଜୋସେଫ୍ ଭାବବିହ୍ୱଳ ହୋଇପଡ଼ୁଥିଲେ।

ସେହିଦିନଠୁ ଜୋସେଫ୍ଙ୍କ ଜୀବନରେ ବହୁତ କିଛି ପରିବର୍ତ୍ତନ ଆସିଲା। ସେ ଆଉ କୋଠରି ଭିତରେ ଚୁପ୍ଚାପ୍ ନରହି ହୁଇଲ୍‌ଚେୟାର୍‌ରେ ବସି ବୁଲିବାକୁ ପସନ୍ଦ କଲେ। ମନ ଖୋଲି ହସୁଥିଲେ। ଘଣ୍ଟା ଘଣ୍ଟା ଗପୁଥିଲେ ଆଶ୍ରୟର ଅନ୍ତେବାସୀଙ୍କ ସହ। ଆଉ ରାତି ରାତି ଅନିଦ୍ରା ରହି ଅପେକ୍ଷା କରୁଥିଲେ ଏଲିନାକୁ। ଜୋସେଫ୍ଙ୍କ ସ୍ୱାସ୍ଥ୍ୟବସ୍ଥାର ଉନ୍ନତି ଦେଖି ଆଶ୍ରୟ ନିଷ୍ପତ୍ତି ନେଇସାରିଥିଲା, ଯଥାଶୀଘ୍ର ତାଙ୍କ ଅସ୍ତ୍ରୋପଚାର କରିବାକୁ। ଅସ୍ତ୍ରୋପଚାର ପରେ କୃତ୍ରିମ ଗୋଡ଼ ଲଗେଇ ସେ ଏକ ସାଧାରଣ ଜୀବନ ଜିଇଁପାରିବେ। ଜୋସେଫ୍ ବହୁତ ଖୁସି ଥିଲେ; କିନ୍ତୁ ତା' ସହିତ ଭୟ ବି କରୁଥିଲେ, ଏଲିନା କ'ଣ ଏବେ ତାଙ୍କୁ ଗ୍ରହଣ କରିବ ? ସେ ଆଉ ଛଅ ବର୍ଷ ତଳର ସୋମ୍ୟ ସୁଦର୍ଶନ ଯୁବକ ଜୋସେଫ୍ ହୋଇ ରହିନାହାନ୍ତି। ସମୟ ତାଙ୍କୁ ପୁରା ବଦଲେଇଦେଇଛି। ଦୁର୍ଘଟଣାରେ ଗୋଡ଼ ଦୁଇଟି ହରେଇ ସେ ଆଜି ସମ୍ପୂର୍ଣ୍ଣ ଅକର୍ମଣ୍ୟ।

ନା, ନିଜ ମନକୁ ପୁଣି ନିଜେ ବୁଝନ୍ତି ଜୋସେଫ୍‌। ତାଙ୍କ ପ୍ରେମ ଶାଶ୍ୱତ, ଐଶ୍ୱରୀୟ। ନିଜେ ଏଲିନା ଦିନେ ତାଙ୍କୁ କହିଥିଲା, ଆମ ପ୍ରେମ ଦୁଇଟି ଆମ୍ଭର, ଶରୀର ତ କ୍ଷଣସ୍ଥାୟୀ।

ଜୋସେଫ୍‌ ନିଷ୍ପତ୍ତି ନେଇସାରିଥିଲେ, ଅସ୍ତୋପଚାର ପରେ ସେ ଏଇଠି ଗୋଆରେ ରହିବେ। ଏଇଠି ହିଁ ଏଲିନା ସହିତ ତାଙ୍କର ପ୍ରଥମ ସାକ୍ଷାତ ହେଇଥିଲା, ଆଉ ଦୀର୍ଘ ଛଅ ବର୍ଷର ବିଚ୍ଛେଦ ପରେ ପୁନର୍ମିଳନ ହେବାକୁ ଯାଉଛି। ତେଣୁ ତାଙ୍କ ଜୀବନରେ ଏହି ସ୍ଥାନର ବିଶେଷ ମହତ୍ତ୍ୱ ଥିଲା। ଜୋସେଫ୍‌ ସିନା ଏଲିନାକୁ ନେଇ ନୂଆ ଜୀବନର କଳ୍ପନା କରୁଥିଲେ; କିନ୍ତୁ ସେ କ'ଣ ଜାଣିଥିଲେ ତାଙ୍କ ଜୀବନରେ ପୁନର୍ବାର ଦୁର୍ଘଟଣା ଘଟିବାକୁ ଯାଉଛି। ସେଦିନ ସେ ସିଷ୍ଟର ଆନିଙ୍କ ସହ ବୁଲୁଥିଲେ ଆଶ୍ରୟ ପରିସରରେ। କୌଣସି ଏକ ଜରୁରୀ ଡାକରା ପାଇ ସିଷ୍ଟର ଆନି ତାଙ୍କୁ କିଛି ସମୟ ପାଇଁ ଛାଡ଼ି ଚାଲିଗଲେ। ଜୋସେଫ୍‌ ଦେଖୁଥିଲେ ଆଶ୍ରୟକୁ, ଆଶ୍ରୟର ପ୍ରତ୍ୟେକ ଅନ୍ତେବାସୀଙ୍କୁ, ସିଷ୍ଟରମାନଙ୍କୁ; ଯାହାଙ୍କ ଆନ୍ତରିକ ସ୍ନେହ ଶ୍ରଦ୍ଧା ପାଇ ସେ ଜୀବନକୁ ନୂଆ କରି ଜିଁବାର ପ୍ରୟାସ କରୁଛନ୍ତି। ଆଉ କିଛି ଦିନ ପରେ ସେ ଆଶ୍ରୟ ଛାଡ଼ି ଚାଲିଯିବେ; କିନ୍ତୁ ଦୀର୍ଘ ଦୁଇ ବର୍ଷର ରହଣି ଭିତରେ କେତେ ସ୍ମୃତି ଏହି ଆଶ୍ରୟ ସହିତ ଜଡ଼ିତ। ଗୋଟି ଗୋଟି କରି ସବୁ ମନେ ପକାଉଥିଲେ ଜୋସେଫ୍‌।

ଏମିତି ଭାବୁ ଭାବୁ ହଠାତ୍‌ ଅନ୍ୟମନସ୍କ ଜୋସେଫ୍‌ କେତେବେଳେ ଆଶ୍ରୟ ପରିସର ବାହାରକୁ ଚାଲିଗଲେ; ନିଜେ ଜାଣିପାରି ନଥିଲେ। ନିୟନ୍ତ୍ରଣ ହରେଇ ହୁଇଲଚେୟାର୍‌ ସହ ନିକଟସ୍ଥ ଖାଇରେ ପଡ଼ିଯିବା ପୂର୍ବରୁ କେହି ଜଣେ ପଛପଟୁ ତାଙ୍କୁ ଜାବୁଡ଼ି ଧରିଥିଲେ। ଏକ ନିଶ୍ଚିତ ମୃତ୍ୟୁରୁ ରକ୍ଷା ପାଇ ଯାଆନ୍ତୁ ଉଦ୍ଦେଶ୍ୟରେ ପ୍ରଣାମ କରି ପ୍ରକୃତିସ୍ଥ ଜୋସେଫ୍‌ ପଛକୁ ବୁଲିଦେଖିଲେ। ଏ କ'ଣ! ବିସ୍ତାରିତ ନୟନରେ ସେ ଦେଖୁଥିଲେ ସିଷ୍ଟର ମେରୀଙ୍କ ଭିତରେ ନିଜ ପ୍ରେମିକା ଏଲିନାକୁ। ପବନରେ ତାଙ୍କ ମୁଣ୍ଡର ଓଢ଼ଣାଟି ସମ୍ପୂର୍ଣ୍ଣ ଖସିଯାଇଥିଲା। ଜୋସେଫ୍‌ ଆଶ୍ଚର୍ଯ୍ୟ ହେଉଥିଲେ, ଏଲିନା ମୁହଁରେ କିଛି ଭାବାନ୍ତର ନଦେଖି; ବରଂ ତା' ପରିବର୍ତ୍ତେ ସେ ଦେଖୁଥିଲେ ନିଜର ସମସ୍ତ ସାମର୍ଥ୍ୟ ପ୍ରୟୋଗକରି ଆଶ୍ରୟର ଜଣେ ଅନ୍ତେବାସୀଙ୍କୁ ମୃତ୍ୟୁମୁଖରୁ ବଂଚେଇଥିବାର ଆଶ୍ୱସ୍ତିବୋଧକୁ। ଜୋସେଫ୍‌ ବାକ୍‌ଶୂନ୍ୟ ହୋଇଯାଇଥିଲେ। ତାଙ୍କ ମୁହଁରୁ ଶବ୍ଦ ହଜିଯାଇଥିଲା। ଛଅ ବର୍ଷ ପରେ ଏମିତି ଭାବେ ଏଲିନାକୁ ଦେଖିବେ, ସେ କ'ଣ କେବେ କଳ୍ପନା କରିଥିଲେ!

'ଏଲିନା ତୁମେ ଏ କ'ଣ କଲ? ମାତ୍ର ତେଇଶ ବର୍ଷ ବୟସରେ ଏପରି କଠୋର ନିଷ୍ପତ୍ତି?' ଛଳଛଳ ଆଖିରେ ଏଲିନାକୁ ଦେଖି ଖୁବ୍‌ କଷ୍ଟରେ ଜୋସେଫ୍‌

କହିଲେ। ନିଜର ସମସ୍ତ ଶକ୍ତିକୁ ଠୁଲ କରି ସେ କହିବାକୁ ଆରମ୍ଭ କଲେ, 'ଏହା ସଂଯୋଗ ନୁହେଁ ତ ଆଉ କ'ଣ! ଈଶ୍ୱର ପୁଣିଥରେ ଆମକୁ ମିଶେଇବାକୁ ଚାହୁଁଛନ୍ତି। ତୁମେ ଫେରିଆସ ଏଲିନା।' ତଥାପି କୌଣସି ପ୍ରତ୍ୟୁତ୍ତର ନାହିଁ, ମୁହଁରେ କିଛି ଭାବାନ୍ତର ନାହିଁ; ସତେଯେପରି ପଥର ପାଲଟି ଯାଇଥିଲେ ଏଲିନା।

'ଏଲିନା, ତୁମେ ଚୁପ୍ କାହିଁକି ? କିଛି କୁହ ଏଲିନା ! ମତେ ଦେଖ, ମୁଁ ଜୋସେଫ୍ ତୁମ ଜୋସେଫ୍। ଗତ ଛଅ ବର୍ଷ ଭିତରେ ପ୍ରତିଦିନ ପ୍ରତି ମୁହୂର୍ତ୍ତରେ ମୁଁ ତୁମକୁ ଖୋଜିଛି, ତୁମ ଅପେକ୍ଷାରେ କଟେଇଛି।' ଜୋସେଫ୍ ବ୍ୟାକୁଳ ହୋଇପଡୁଥିଲେ।

'ମୁଁ ଜାଣେ ତୁମେ ଜୋସେଫ୍, ଜୋସେଫ୍ ଆଲବର୍ଟ୍ ମେକେଞ୍ଜି। ମୁଁ କିନ୍ତୁ ଏଲିନା ନୁହେଁ। ଯେଉଁ ଏଲିନାକୁ ତୁମେ ଭଲପାଉଥିଲ, ସେ ଏଲିନା ମରିଯାଇଛି ଜୋସେଫ, ତା' ଆତ୍ମା ମରିଯାଇଛି। ଏଲିନା ଆଉ କେବେ ଫେରିଆସିବନି। ମୁଁ ମେରୀ, ସିଷ୍ଟର ମେରୀ। ମୋ ହୃଦୟରେ ସମଗ୍ର ମାନବ ସମାଜ ପାଇଁ ଭଲପାଇବା ଭରିରହିଛି। ତୁମ ପାଇଁ ଯାହା କରିଛି; ତାହା କେବଳ ମାନବିକତା ଦୃଷ୍ଟିରୁ। ତୁମ ସ୍ଥାନରେ ଆଉ କିଏ ଥିଲେ, ହୁଏତ ତା' ପାଇଁ ବି ଏହାହିଁ କରିଥାନ୍ତି।' ଖୁବ୍ ସରଳ ଭାବେ କହିଦେଇ ଚାଲିଗଲେ ସିଷ୍ଟର ମେରୀ। ଆଉ ତାଙ୍କ ଯିବା ବାଟକୁ ଏକଲୟରେ ଚାହିଁରହିଥିଲେ ନିରୁପାୟ ଜୋସେଫ୍, ଜୋସେଫ୍ ଆଲବର୍ଟ୍ ମେକେଞ୍ଜି।

ଅପେକ୍ଷା

ଜୀବନ ଗତିଶୀଳ। ପ୍ରବହମାନ। ଏହା ହେଉଛି ତା'ର ରୀତି ଓ ପ୍ରକୃତି। ତୁମକୁ ସ୍ଥିର ହୋଇ ଦେଖିବାକୁ ପଡ଼ିବ; ନହେଲେ ବହୁତ କିଛି ତୁମ ହାତପାହାନ୍ତାରୁ ଚାଲିଯିବ। ଗାଁରେ ମହିଳା ସଶକ୍ତିକରଣ ଉପରେ କାର୍ଯ୍ୟ କରୁଥିବା ସ୍ୱୟଂସେବୀ ସଂଗଠନର ମମତା ଦିଦିଙ୍କ ଏଇ କଥାଗୁଡ଼ିକ ମାଲତୀ କାନରେ ବାରମ୍ବାର ଶୁଭୁଥିଲା। ସତ କଥା ତ! ଅତୀତରେ ଯଦି ଏଇ କଥାଟି କେବେ ତା' ମନକୁ ଅସିଥାନ୍ତା; ହୁଏତ ବର୍ତ୍ତମାନ ତାକୁ ଏପରି ପରିସ୍ଥିତିର ସମ୍ମୁଖୀନ ହେବାକୁ ପଡ଼ି ନଥାନ୍ତା। କେତେ ସରଳ ଭାବେ କିଛି ନ ଭାବି ସେଦିନ ସେ ଭାଇ କଥାରେ ରାଜି ହୋଇଗଲା। ହେଲେ ଅବିଶ୍ୱାସ ବି କରିଥାନ୍ତା କେମିତି ? ବାପା ମା' ଚାଲିଯିବା ପରେ ଆଠ ବର୍ଷ ବୟସରୁ ଭାଇ ହିଁ ତ ତା' ଦେଖାଶୁଣା କରିଆସୁଛି। ନିଜ ଚେଷ୍ଟାରେ ଭଲ ନମ୍ବର ରଖି ମାଟ୍ରିକ୍ ପାସ୍ କରିବା ପରେ କଲେଜରେ ପାଦ ଦେଇଥିଲା ମାଲତୀ। କେତେ ସ୍ୱପ୍ନ ଥିଲା ତା'ର। ପାଠପଢ଼ା ସାରି ଚାକିରି କରିବ। ନିଜ ଗୋଡ଼ରେ ଠିଆ ହେବ। ଭାଇକୁ ସାହାଯ୍ୟ କରିବ।

କିନ୍ତୁ ହଠାତ୍ ଦିନେ ଭାଇ ତା' ପାଇଁ ବିବାହ ପ୍ରସ୍ତାବ ନେଇ ଆସିଲେ।

'ଭଲ ଘର, ଭଲ ବର, ଗୋଟିଏ ବୋଲି ପୁଅ, ଅଚଳାଚଳ ସମ୍ପତ୍ତି, ସୁଖରେ ରହିବୁ। ଏଠ ଦୁଃଖ ଛଡ଼ା ମୁଁ ତତେ କ'ଣ ବା ଦେଇପାରୁଛି।'

ମାଲତୀ ବିରୋଧ କରିପାରିଲାନି। ନାହିଁ ନାହିଁର ସଂସାର ଭିତରେ ଭାଇ ତା' ନିଜ ପରିବାରକୁ ଦେଖିବ କି ତାକୁ! ସେ ତ କୋଉ କାଳରୁ ନିଜକୁ ଭାଇ ଉପରେ ବୋଝ ଭାବୁଥିଲା। ମୁକ୍ତି ଦେବାକୁ ଚାହୁଁଥିଲା। କିନ୍ତୁ ଏମିତି ଭାବେ ନୁହେଁ। ପାଠ ପଢ଼ି ସ୍ୱାବଲମ୍ବୀ ହୋଇ।

ଭାଉଜ ବୁଝେଇଲେ 'ମାଲତୀ, ତୁମେ ଯଦି ଚାହିଁବ; ବିବାହ ପରେ ବି ପାଠପଢ଼ି ପାରିବ। ସେମାନେ ସବୁଥିରେ ରାଜି।'

ମାଲତୀ କିଛି କହିଲାନି । ଦିନ କେଇଟା ଭିତରେ ବାହାଘର ପାଇଁ ପ୍ରସ୍ତୁତି ଆରମ୍ଭ ହୋଇଗଲା । ସାଙ୍ଗସାଥୀଙ୍କ ଠଟ୍ଟା, ସାଇ ପଡ଼ିଶାଙ୍କ ସହଯୋଗ ଆଉ ଭାଇ ଭାଉଜଙ୍କ ଆଶୀର୍ବାଦରେ ରମେଶ ସହ ମାଲତୀର ହାତଗଣ୍ଠି ପଡ଼ିଲା । ଅସରନ୍ତି ସ୍ୱପ୍ନ ଓ ବିଶ୍ୱାସକୁ ନେଇ ଉଣେଇଶ ବର୍ଷର ମାଲତୀ ବୋହୂ ଭାବେ ଶଶୁର ଘରେ ପାଦ ଦେଲା ।

କିନ୍ତୁ ପାଦରୁ ଅଲତା, ହାତରୁ ମେହେଦି ରଙ୍ଗ ଛାଡ଼ିବା ପୂର୍ବରୁ ମାଲତୀ ଜାଣିସାରିଥିଲା କିଛି ଗୋଟେ ବ୍ୟତିକ୍ରମ ହେଉଛି । ରମେଶ ପୂରାପୂରି ସୁସ୍ଥ ନଥିଲା ।

ଶାଶୂ କହିଲେ, 'ବାହାଘର ସପ୍ତାହେ ପୂର୍ବରୁ ଜର ହେଇଥିଲା । ତେଣୁ ଦେହ ଟିକେ ଦୁର୍ବଳ ଅଛି, କିଛି ଦିନ ଭିତରେ ସବୁ ଠିକ୍ ହୋଇଯିବ । ମଣିଷ ଶରୀର, ରୋଗର ଗଣ୍ଠାଘର । ଜର ଥଣ୍ଡା ତ ସାମାନ୍ୟ କଥା ।'

ମାଲତୀ ବୁଝିଗଲା । ସେଦିନ ପରଠୁ ରମେଶର ସୁସ୍ଥତା ମାଲତୀର ପ୍ରାଥମିକତା ପାଲଟିଗଲା । ସେ ନିଜକୁ ଭୁଲି ତା'ର ସବୁ ସମୟ ସବୁ ଶକ୍ତି ରମେଶକୁ ଭଲ କରିବା ପାଇଁ ବିନିଯୋଗ କରୁଥିଲା । ରମେଶ ବେଶୀ କିଛି କହୁ ନଥିଲା । କେବଳ ଏକ ନିରବଦ୍ରଷ୍ଟା ହେବା ବ୍ୟତୀତ । କିନ୍ତୁ ମାଲତୀ ସବୁବେଲେ ତା' ଆଖିରେ କେମିତି ଏକ ଦୋଷୀ ଦୋଷୀ ଭାବ ଦେଖିପାରୁଥିଲା । ଶାଶୂ ଶଶୁରଙ୍କ ବ୍ୟବହାର ତା' ପ୍ରତି ଆବଶ୍ୟକତାଠାରୁ ଅଧିକ ଉଦାର ଥିଲା । ତାଙ୍କଠୁ ସବୁବେଲେ ଆଶ୍ୱାସନାର ସେଇ ଗୋଟିଏ ବାକ୍ୟ ଶୁଣୁଥିଲା, 'ତୁ ଟିକେ ଧୈର୍ଯ୍ୟ ରଖ ମା', ରମେଶ ନିଶ୍ଚୟ ଭଲ ହୋଇଯିବ ।'

କିନ୍ତୁ ଧୀରେ ଧୀରେ ପରିସ୍ଥିତି ଅଣାୟତ୍ତ ହେବାରେ ଲାଗିଲା । ରମେଶର ଦେହ ଦିନକୁ ଦିନ ଅଧିକ ଖରାପ ହେବାକୁ ଲାଗିଲା । ମାସକୁ ଥରେ କଟକ ଯିବାଟା ପନ୍ଦର ଦିନ, ତା'ପରେ ସପ୍ତାହରେ ପରିଣତ ହେଲା । ଶେଷରେ ପରିସ୍ଥିତି ଏମିତି ହେଲା ଯେ, ରମେଶକୁ ଡାକ୍ତରଖାନାରେ ଭର୍ତ୍ତି ହେବାକୁ ପଡ଼ିଲା । ଡାକ୍ତରଙ୍କ ଅକ୍ଲାନ୍ତ ଚେଷ୍ଟା, ମାଲତୀର ଦିନରାତି ସେବା, ଶାଶୂ ଶଶୁରଙ୍କ ଭଗବାନଙ୍କ ନିକଟରେ ଆକୁଲ ନିବେଦନ ସବୁ ବ୍ୟର୍ଥ ହେଲା । ରମେଶ ଚାଲିଗଲା ସବୁଦିନ ପାଇଁ । ବୈବାହିକ ସୁଖ କ'ଣ ଜାଣିବା ପୂର୍ବରୁ ମାଲତୀ ହାତରୁ ଶଙ୍ଖା, ମଥାରୁ ସିନ୍ଦୁର ପୋଛି ହେଇଗଲା । ମାଲତୀ ହିସାବ ରଖିନି, କେତେ ଦିନ କେତେ ମାସ ଥିଲା ତା'ର ସଧବା ଜୀବନ । ସବୁ ଘଟଣା ଆଖିସାମ୍ନାରେ ଏତେ ତଡ଼ିତ ବେଗରେ ଘଟିଗଲା ଯେ, ଅନୁଭବ କରିବା ପାଇଁ ସମୟ ନଥିଲା । କିଏ କହିଲା, ରମେଶ ଯିବାଟା ନିଶ୍ଚିତ ଥିଲା । ଲିଭର କ୍ୟାନ୍ସରରେ ପୀଡ଼ିତ ରମେଶର ସ୍ୱଚ୍ଛ ଆୟୁ ବିଷୟରେ ଜାଣି ବି ତା' ବାପାମା' ଏଥିପାଇଁ ବାହାଘର

କଲେ ଯେ, ଜୀବନର ସାୟାହ୍ନରେ ପୁଅ ପରେ ଅନ୍ତତଃ ବୋହୂ ସାହାରାରେ ତାଙ୍କ ବୃଦ୍ଧାବସ୍ଥା କଟିଯିବ।

ସବୁ ଘଟଣାକ୍ରମକୁ ମାଲତୀ ଭାଗ୍ୟର ବିଡ଼ମ୍ବନା ଭାବି ମାନି ନେଇଥାନ୍ତା; ଯଦି ସେଦିନ ସେ ଭାଇ ଭାଉଜଙ୍କ କଥା ଶୁଣି ନଥାନ୍ତା। ରମେଶ ଯିବାର ତେର ଦିନ। ଘରେ ବନ୍ଧୁବାନ୍ଧବ ଆତ୍ମୀୟସ୍ୱଜନଙ୍କ ଗହଳି କମି ଯାଇଥିଲା। ଯେଉଁମାନେ ଥିଲେ; ସମସ୍ତେ ସେଦିନ ଅଧିକ ରାତି ହେବାରୁ ଶୋଇପଡ଼ିଥିଲେ। କିନ୍ତୁ ମାଲତୀ ଆଖିରେ ନିଦ ନଥିଲା। କେମିତି ଏକ ଶୂନ୍ୟତା ତା' ମନ ଶରୀରକୁ ଆବୋରି ପକେଇଥିଲା। ରମେଶ ଥିଲା ପର୍ଯ୍ୟନ୍ତ ବଞ୍ଚିବା ପାଇଁ କ୍ଷୀଣ ଆଶାଟିଏ ଥିଲା। ହେଲେ ଏବେ ସେଇ ଆଶା ଟିକକ ବି ମଉଳିଗଲା। ଜୀବନ ତା' ପାଇଁ ଅର୍ଥହୀନ। 'କୁଆଡ଼େ ଯିବ, କ'ଣ କରିବ'ର ପ୍ରଶ୍ନବାଚୀ ଭିତରେ ସେ ଅନିଶ୍ଚାସୀ ହୋଇପଡ଼ୁଥିଲା। ମାଲତୀ ବିଛଣାରୁ ଉଠିଲା। ବାହାରର ଖୋଲା ପବନରେ ନିଶ୍ୱାସ ନେବାକୁ ତା'ର ଖୁବ୍ ଇଚ୍ଛା ହେଲା। ହଠାତ୍ କାହାର ଫିସ୍ ଫିସ୍ ସ୍ୱର ଶୁଣି ମାଲତୀ ଅଟକିଗଲା। 'କିଏ ହେଇପାରେ?' ମାଲତୀ କାନ ଡେରିଲା। ଆରେ ଇଏ ତ ଭାଇ ଭାଉଜଙ୍କ ସ୍ୱର। ରାତ୍ରିର ନିର୍ଜନତାରେ କଥାଗୁଡ଼ିକ ସ୍ପଷ୍ଟ ବାରି ହୋଇପଡ଼ୁଥିଲା। ଏତେ ରାତିରେ ନ ଶୋଇ କ'ଣ କଥା ହେଉଛନ୍ତି!

ଭାଉଜ କହୁଥିଲେ, 'ତମେ କ'ଣ ରମେଶର ରୋଗ ବିଷୟରେ ଜାଣିନଥିଲ?'

'ଜାଣିଥିଲି, ହେଲେ ଏତେ ଶୀଘ୍ର ଏମିତି ସବୁ ଘଟିଯିବ, ମୁଁ ଭାବି ନଥିଲି। ମାଲତୀର ଶାଶୁ ଶଶୁର ମତେ ଆଶ୍ୱାସନା ଦେଇଥିଲେ, ରମେଶର ଚିକିସା କଟକର ସବୁଠୁ ବଡ଼ ଡାକ୍ତରଙ୍କ ପାଖରେ ଚାଲିଛି। ତେଣୁ ଖୁବ୍‌ଶୀଘ୍ର ସେ ଭଲ ହୋଇଯିବ', ଭାଇ କହୁଥିଲେ।

'ତା'ହେଲେ ଏବେ ସେ ଟଙ୍କା କଥା କ'ଣ ହେବ? ସେଥିପାଇଁ ତ ମାଲତୀକୁ ନେବା ପାଇଁ ଆସିଛି! ମାଲତୀକୁ କୋଡ଼ିଏ ବର୍ଷ ହେଲେ ଟଙ୍କାଟା ବାହାର କରିହେବ। ସେଥିରେ ତା' ଦସ୍ତଖତ ଦରକାର। ତା'ହେଲେ ଏବେ ମାଲତୀ କ'ଣ ସବୁଦିନ ଆମ ପାଖରେ ରହିବ?' ଭାଉଜଙ୍କ ସ୍ୱରରେ କ୍ରୋଧ ମିଶ୍ରିତ ଆଶଙ୍କା ଥିଲା।

'ନା, ଟଙ୍କାଟା ପାଇସାରିବା ପରେ ମାଲତୀକୁ ବୁଝେଇ ମୁଁ ପୁଣି ତା' ଶାଶୁ ଘରକୁ ପଠେଇ ଦେବି। ଏଇ ବୟସରେ ସେମାନଙ୍କୁ ବି ତ ଜଣକ ସାହାରା ଦରକାର। ରମେଶ ତାଙ୍କ ଗୋଟିଏ ପୁଅ ଥିଲା।' ଭାଇ ସ୍ୱରରେ ଦୃଢ଼ୋକ୍ତି ଥିଲା।

'କେବେ ଯଦି ମାଲତୀ ତା'ର ଏଇ ପରିସ୍ଥିତି ପାଇଁ ତମକୁ ଦାୟୀ କରେ?' ଭାଉଜ କହିଲେ।

‘ମୁଁ କାହିଁକି ଦାୟୀ ହେବି ? ଏଇଟା ତା’ ଭାଗ୍ୟର ଦୋଷ। ମୁଁ ତା’ ପ୍ରତି କିଛି ଅନ୍ୟାୟ କରିନି। ରମେଶ ସିନା ନାହିଁ; କିନ୍ତୁ ତା’ର କ’ଣ ଅଭାବ ରହିବ ! ଅଚଳାଚଳ ସମ୍ପତ୍ତିର ମାଲିକାଣି ସେ। ବାକିତକ ଜୀବନ ଭଲରେ କଟିଯିବ।’

ମାଲତୀ ଆଗକୁ ଆଉ କିଛି ଶୁଣିପାରିଲାନି। ଯାହାକୁ ସେ ଭାଗ୍ୟର ନିଷ୍ଠୁର ପ୍ରହାର ଭାବୁଥିଲା; ତାହା ସମସ୍ତଙ୍କର ତା’ ପ୍ରତି ଜାଣିଶୁଣି ଗୋଟିଏ ବିରାଟ ଷଡ଼ଯନ୍ତ୍ର ତା’ହେଲେ। କେଉଁ ଟଙ୍କା, ଯାହା ପାଇଁ ଭାଇ ତା’ ଜୀବନକୁ ନେଇ ଏତେ ବଡ଼ ଚକ୍ରାନ୍ତ କଲେ। ମାଲତୀ ମନେପକେଇବାକୁ ଖୁବ୍ ଚେଷ୍ଟା କଲା, ହଁ ଏଥର ଧାପ୍ସା ମନେ ପଡ଼ିଲା। ଇହଲୋକକୁ ଯିବା ପୂର୍ବରୁ ବାପା ତା’ ନାଁରେ ଯେଉଁ ଫିକ୍ସ ଡିପୋଜିଟ୍ ରଖିଥିଲେ; ତାହା ମାଲତୀକୁ କୋଡ଼ିଏ ବର୍ଷ ହେଲେ ମିଳିବା କଥା। ଭାଇ ମୁହଁରୁ ଥରେ ଏ କଥା ଶୁଣିଥିଲା। କିନ୍ତୁ ସମୟକ୍ରମେ ସେ ଏହାକୁ ଭୁଲିଯାଇଥିଲା। ତା’ପରେ ଭାଇ କି ଭାଉଜ କେବେବି ଏ ପ୍ରସଙ୍ଗକୁ ଉଠେଇ ନଥିଲେ। ଯନ୍ତ୍ରଣାରେ ମାଲତୀର ଛାତି କୋରି ହେଇଗଲା, ମସ୍ତିଷ୍କ ଭାରାକ୍ରାନ୍ତ ଲାଗିଲା, ଭାଇ କେମିତି କହିପାରିଲା ତା’ ପ୍ରତି ଅନ୍ୟାୟ ହୋଇନି। ସାଂସାରିକ ଜୀବନ କ’ଣ ଜାଣିବା ଆଗରୁ ସେ ବିଧବା ହୋଇଗଲା। ଏହା ତ ସଂଯୋଗ ନୁହେଁ; ବରଂ ତା’ ବିରୁଦ୍ଧରେ ସମସ୍ତଙ୍କ ଯୋଜନାବଦ୍ଧ ଏକ ଷଡ଼ଯନ୍ତ୍ର। ଭାଇ-ଭାଉଜ, ଶାଶୂ-ଶ୍ୱଶୁର କାହାକୁ ସେ ନିଜର କହିବ ? ମାଲତୀ ବିଛଣାକୁ ଫେରିଆସିଲା। ଶୋଇବାକୁ ଖୁବ୍ ଚେଷ୍ଟା କଲା, କେତେବେଲେ ନିଦ ଆସିଲା ଜାଣିନି।

ବାହାରର ମୃଦୁ କୋଲାହଲରେ ମାଲତୀର ନିଦ ଭାଙ୍ଗିଲା। ଝରକା ଖୋଲି ବାହାରକୁ ଦେଖିଲା। ସାଇପଡ଼ିଶା, ସମ୍ପର୍କୀୟ, ଗାଁର ମୁରବି ସମସ୍ତେ ଜମା ହେଲେଣି। ମିଳିମିଶି ସେମାନେ କିଛି ଗୋଟାଏ ନିଷ୍ପତ୍ତି ନେବେ; ତା’ ଭବିଷ୍ୟତକୁ ନେଇ ସେମାନେ ନିର୍ଦ୍ଧାରଣ କରିବେ; ମାଲତୀ ଏବେ କେଉଁଠି ରହିବ। ଶାଶୂଘରେ କି ବାପଘରେ। ଶାଶୂ ଶ୍ୱଶୁରଙ୍କ ଦାବି, ‘ବୋହୂ ଆମ ପାଖରେ ରହିବ। ଏଇଟା ତ ପରମ୍ପରା। ଶାଶୂ ଘରକୁ ସବାରିରେ ଆସି ବୋହୂଟିଏ କୋକେଇରେ ବିଦା ହୁଏ।’ ଭାଇର ଦାବି ଥିଲା, ‘ସ୍ୱାମୀକୁ ନେଇ ଝିଅଟିର ଶ୍ୱଶୁର ଘର, ଯେଉଁଠି ସ୍ୱାମୀ ନାହିଁ; ସେଠି ଶ୍ୱଶୁର ଘର ହିଁ ଅପ୍ରାସଙ୍ଗିକ। ତେଣୁ ମୋ ଭଉଣୀ ମୋ ସହିତ ଯିବ।’ ଏଇ ପ୍ରହସନ ତ ସେ ରମେଶର ଚୁଇ ଜଲିବା ପରଠୁ ଦେଖୁଆସୁଛି। ଦୁଇ ପକ୍ଷର ଦାବି ଉପରେ ବିଚାର କରି ରାୟ ଶୁଣେଇବେ ଗାଁର ମୁରବି। ଅଥଚ ତା’ରି ଉପସ୍ଥିତି, ଇଚ୍ଛା କ’ଣ ସମସ୍ତଙ୍କ ପାଇଁ ଗୌଣ, ଅନାବଶ୍ୟକ।

ମାଲତୀ ଝରକା ବନ୍ଦ କଲା। ଆବଶ୍ୟକ କେତୋଟି ଜିନିଷ ବ୍ୟାଗରେ ଭର୍ତି

କରି ବାହାରକୁ ଆସିଲା। ମାଲତୀ ତା' ଭାଇକୁ ଚାହିଁଲା। ଏଇ ଭାଇ ବାପାମା'
ଚାଲିଯିବା ପରେ ତାକୁ ବାପାର ଶୂନ୍ୟସ୍ଥାନ କେବେ ଅନୁଭବ ହେବାକୁ ଦେଇନାହିଁ,
ଝିଅ ପରି ପାଲି ବାପାର କର୍ତ୍ତବ୍ୟ ସମ୍ପାଦନ କରିବାର ବାହାବା ନେଇଛି। କିନ୍ତୁ ଆଜି
କାହିଁକି ତା' ଆଖିରେ ତା' ପ୍ରତି ଖାଲି ଉପେକ୍ଷା ଆଉ ସ୍ୱାର୍ଥପରତା ଦେଖାଯାଉଥିଲା।
ମାଲତୀ ଓଢ଼ଣା ଟେକି ତା' ଶାଶୂ ଶ୍ୱଶୁରଙ୍କୁ ଦେଖିଲା, ବୋହୂ ନୁହେଁ, ଝିଅ ବୋଲି
ଦାବି କରୁଥିବା ଲୋକ ଦୁଇଜଣ ଝିଅର ଦୁଃଖରେ ମ୍ରିୟମାଣ ନଥିଲେ; ବରଂ
ଅସହାୟତାର ନିର୍ଭୁଲ ନାଟକ କରି ନିଜ ସ୍ୱାର୍ଥ ହାସଲ ପାଇଁ ବ୍ୟାକୁଳ ହୋଇପଡୁଥିଲେ।
ଆମ୍ୟାୟ କହି ତା'ର ଏଇ ଦୁର୍ଦ୍ଦିନରେ ସହାୟତାର ହାତ ବଢ଼ାଉଥିବା ପ୍ରତ୍ୟେକ ଲୋକଙ୍କ
ଉପରେ ନଜର ବୁଲେଇ ଆଣିଲା ମାଲତୀ। କାହିଁ କେହି ତ ତାକୁ ଥରଟିଏ ପଚାରିଲେନି
ସେ କ'ଣ ଚାହୁଁଛି। ସମସ୍ତେ ନିଜ ରାୟ ଶୁଣେଇବାକୁ ବ୍ୟଗ୍ର। ତାକୁ ସମବେଦନା
ଜଣେଇ ନିଜ ନିଜ ସ୍ୱାର୍ଥହାସଲ କରିବାକୁ ଚାହୁଁଥିବା ଲୋକମାନଙ୍କ ଅସଲ ଚେହେରା
ଆଜି ପଦାରେ ପଡ଼ିଯାଇଛି। କିନ୍ତୁ ଆଜି ସେ ସେମାନଙ୍କୁ ତାଙ୍କ ଯୋଜନାରେ ସଫଳ
ହେବାକୁ ଦେବ ନାହିଁ। ସେ ଆଜି ଦୁଃଖରେ ଭାଙ୍ଗିପଡ଼ିନି; ବରଂ ନିଜକୁ ଆହୁରି ଶକ୍ତ
କରି ଆଗକୁ ବଢ଼ିବା ପାଇଁ ପ୍ରସ୍ତୁତ ହେଉଛି। ମାଲତୀ ଟୁପଟାପ୍ ଉଠି ଠିଆ ହେଲା।
ଯିଏ ଯେତେ ପଚାରିଲେ, କିଛି କହିଲାନି। ମମତା ଦିଦି ଆସିଯାଇଥିଲେ। ମାଲତୀକୁ
ଅଟକେଇବାକୁ ଚାହୁଁଥିବା ଲୋକମାନଙ୍କ ଭିତରୁ କାହିଁକି କେଜାଣି କାହା ପାଟିରୁ
ପଦଟିଏ ଶବ୍ଦ ସୁରି ନଥିଲା। ସମସ୍ତେ ଯେମିତି ଜଡ଼ ପାଲଟିଯାଇଥିଲେ।

BLACK EAGLE BOOKS

www.blackeaglebooks.org
info@blackeaglebooks.org

Black Eagle Books, an independent publisher, was founded as a nonprofit organization in April, 2019. It is our mission to connect and engage the Indian diaspora and the world at large with the best of works of world literature published on a collaborative platform, with special emphasis on foregrounding Contemporary Classics and New Writing.